陈应松中篇小说集

暗杀者的后代

陈应松 著

江苏凤凰文艺出版社
JIANGSU PHOENIX LITERATURE AND
ART PUBLISHING, LTD

目　录

秋　帆

一

这两个人驾着一条破船，载着一舱湖蚌，在虎流河里航行。

中年人三十五六，小孩十四五六。三十五六样子的显得颓丧而愤怒，眼皮松弛，关着两颗冷冰冰的眼珠，像关进石头砌的古牢里。此刻，这个中年人正在抽烟，看流水。十四五六样子的长着一颗开水瓶脑袋，头发像个软木塞，直愣愣的，不过，一切都经过了变形。他正用一根棍子戳湖蚌玩，露出一副心事重重而又空虚无聊的派头。

帆灰不灰，黑不黑。帆桁的影子投到中年人的脸上，花一道、白一道，像一些栅栏的影子。有一道也投在小孩的脚上；小孩的脚趾像石佛的脚趾，大得出奇。十个趾甲又蛮又厚，里面藏着些陈年的泥巴。船上的缆绳，七股八岔地拴结着、绑缚着，或者空着，似乎没有人收捡。黯旧的船体像害了骨节病一样。船的木质是好的，但缺少桐油，一看就不是一条正经的跑水船，有临时凑合的味道。

这两个人也有临时凑合的味道。

现在虎流河上秋水盈盈，清风柔柔。风把帆吹成一个弓背，舵柱嘎嘎。转了一个弯儿，船无端地动荡了几下，这两个人都不自觉地嘘了一声。中年人把稳舵，把帆绳拉得吱吱响，然后咳出一口痰来投射到河心。小孩拿起测水篙。篙钩像一种古人用的兵器，这使他看上去威风凛凛。当他转过头来瞧那个中年驾长，却是敌视的目光，不屑一顾。他打了一个老腔老板的哈欠，坐在草袋上，用一块蚌壳去刮脚板上的鸡眼。

空气新鲜得令人乏味，十四五六岁的孩子打起一桶清亮的水来，噗喇喇地倒进隔舱的鼎锅里，溅得船板上一片湿。又去搬柴，找斧头。这一切，三十五六的汉子只当没看见。

从烧火的这个隔舱，通过苇棚甬道看得见船尾。船头船尾没多大区别，唯一的区别是船头有锚而船尾有舵。这条船是缺乏才能的木匠随便砍制的，是船的毛坯。十四五六的点燃火，又吹火，烟多于火，使他连连咳嗽。鼎锅是生铁，被柴烟熏得像黑夜，是一种老鳏夫的锅。现在火燃起来了，木柴的油滋滋地唱歌。十四五六的孩子坐在隔板上敲打着吹火筒，吹火筒像乐器发出嗡嗡的声音，毫无欣赏价值。

有一只船从旁边斜插过来，是一条渡船。船上坐着三几个人，有一个穿水红衣的媳妇，这使得两个人眼睛都活了。老渡工卖力划桨，大声向乘客说些什么。过了垭口，风变了点方向，中年汉子拴好舵柄跳上船篷去，整理着帆桁。那个烧火的孩子也就朝垭口望去，见一大团云躲躲藏藏地贴在山背后。垭口显得泛红，像一层铁锈。这时中年汉子从船篷上跳下来，衣裳被风掀得一鼓一鼓的，拍打着两手灰。船两边颤晃了几下。很凶，把山影压得稀烂。十四五六岁的孩子心跳了一下，看见驾长复又坐在他的舵位上喷鼻孔，于是扭头朝渡船看去，红衣早成波中一点了。没了激动，又水阔山长，又山长水阔。这时鼎锅下的火又越发燃起来，照着孩子垂头丧气的脸。

黑夜降临不久，一只锚在沙洲上挖进去，帆的翅膀收敛，从青桅上直溜溜委下来。这两个人跳上沙洲摸黑吃饭，听得见牙齿碰撞碗沿的声音，此起彼伏。这时山影也从天光前隐去了，河光与天光一样地混沌，糨糊般地黏在船前船后。只有河心的几点磷光虚虚实实，世界像荒野什么也看不见。

山上的杂树林子弄出一些奇怪的响声，如兽如鬼。浪花卷在河滩上。三十五六的放下碗筷，打着饱嗝，踏上船头整理着什么，气息很重。小孩一个人在河滩枯坐，过了一会儿，他才懒懒地提了鼎锅上船。他喝了一瓢水，就爬到艄楼里去睡觉，无声无息。

一切就是这样。这条运蚌船，这两个人一句话也不说，像两个哑鬼。

小孩歪在角落里，通了通鼻孔出气。天有些凉，头顶和脚边的风侵人。不过他偎在厚厚的稻草里觉得舒服极了。甚至他还看到了一颗星星，星星离他很遥远。船晃悠着，像一个摇篮，轻柔而温情。小孩打了一个很困的哈欠刚准备伸直双腿睡觉，就听到下面干舷边驾长在打水，河里稀里哗啦，木桶像一个鼓那样在吊水时碰碰磕磕。水在往舱里泼，一桶又一桶。

“懒鬼！我日你死娘，个懒鬼！”

小孩的耳朵极灵敏地张开，万物皆空。小孩咬着牙，咬碎了一点儿什么往肚里吞。那水一桶桶泼洒在舱里的草包上，小孩用一根稻草缠着自己的无名指，缠得两节指头因血脉不通而胀痛起来。小孩闻到了舱内散发出来的类似于水草的湖蚌气味。蚌的气息钻进小孩的鼻孔，这对于惊恐万状的小孩没有一点儿好处。他感觉到船的陌生。他仿佛睡在虚空中，下面是千蚌万蚌犁出泥迹的干湖，摇曳着一望无边的蒲草，绿藻丝覆盖着濒临死亡的鱼类和螺壳；一只鹳鸟像一个黑衣巫婆临风而立，守候着这些湖底最后的晚餐。

中年人骂过之后又到船的另一边去吊水。九月的夜清寒而高傲。好一会儿，那个人浇完了水，小孩才敢在稻草里吐出一口气，并且松动了一下四肢。那个人提着信号球，不知道安放在哪里，最后，丢进了船舱。黑球丢进舱里，就宣告明日无风了。小孩自己也感觉到自己像个黑球，无处安放。小孩提在大人的手里。之后，他迷迷糊糊地梦见黑球挂在桅杆上，被风吹得乱滚。后来桅杆像笋一样越长越高。黑球被挂到半天空去。小孩就在这种危险的境界中做梦。

中年汉子总算忙完了，爬上来，找到自己的窝，把小孩的脚往篷壁扒了扒，套进被窝去。把自己的夹袄脱下来，搭在小孩的身上，边搭边骂：

“日你死娘的像条懒虫，懒得屙牛屎……”

骂着骂着便打起鼾声。

小孩压在被子和袄子下面一点儿也没睡着。小孩钻出被子滑下去冷飕飕撒尿，身子薄得像荷叶。尿了一阵儿后爬上去，那人的腿早占了他大半的地方。小孩于黑暗中掐了大人一根腿上的汗毛好歹才夺回一点儿地方，于是钻进去躺下来，闻大人那沾满了蚌腥味的腿。这时候，一种水鸟的怪叫迫使他只好喜欢上了蚌的腥味，在腥味中无计可施地睡着了，那蜷缩的样子显得前途渺茫。

二

"五癞疤，五癞疤，日你死娘的，太阳晒到屁股了！"

小孩跳起来，头撞着顶棚，使他骤然清醒。小孩其实不癞。小孩沾了满头稻草，像条睡垛缝的狗。小孩溜下去就卷了裤腿下河拔锚。小孩抱起锚甩到船头，中年汉子正在升帆。小孩也去拉帆绳，滑轮在空中刮刮地响。这使小孩的精神为之一振。但看看驾长的脸相，黑沉沉的。小孩从心底里害怕他。

这一天的天气不阴不阳。中年汉子没什么话可说，只是在适当的时候恶狠狠地吐痰，以此发泄他心中的郁气。这一天依然是小孩做饭，大人扯帆，小孩和大人一起撑篙，等等。吃饭的时候小孩添了一碗饭躲到一旁去吃，狼吞虎咽几下子就把饭扒到肚里，然后放下碗又跑开。中年汉子有时喝点儿酒，吃饭就慢，见小孩躲着他，好笑地说："老子吃了你?！"小孩像没听见似的，在船头半蹲半坐看风光。那个人讨了个没趣，只好把酒杯搁在甲板上，要死不活地打嗝儿。

"到伍家闸了。"下午的时候中年汉子说。

小孩也看到了那个凹进沙坎的荒闸。闸顶上的一颗红五星缺了一个角。算起来离到家还有两天。中年汉子说这话的时候多少有些高兴，把舵扳得两边跑风，帆像兜了很多希望似的饱满可爱。而小孩漠然地看着远去的荒闸，坐在草包上直咬嘴唇。

吃饭前又湿了一遍水，草包都变得黯旧了，水淋淋得像遭逢了连阴雨。中年汉子又喝了些酒，脸黑红黑红地蹲在草包上，从里面拿出一个湖蚌来，放在船舷上敲了敲，然后像捧着一块金子在手上摩挲，又想把它掰开。中年汉子找准了下手的地方，那个湖蚌很有夹力，暗暗地使劲，但中年汉子终于把它掰开了。小孩远远地看着他下力，小孩瞥见了那壳里包裹的蚌肉，黑红黑红，跟中年人的脸一个颜色，难看极了。中年汉子在夕阳下研究着那些毫无表情的蚌肉，甚至用一只指甲掏进去，在里面不知抠着什么，那黏糊糊的蚌肉一滴滴流着痛苦的涎水，残忍极了。

“日他死娘的究竟是死是活咧？”

中年人愤愤地说。他把蚌丢在草包缝里，在另一只手上揩着沾了脏物的手。空气里的腥气模模糊糊，三十五六的人嗅觉不太灵敏，而小孩只吸了一下鼻子就闻出了那腥气中散发出来的全部内容。但是小孩不说，中年汉子在草包上前后抽了四五支烟，转过头来，发现小孩已经爬进稻草铺中睡了。“珍珠……死娘的珍珠……”小孩听见大人喃喃地在秋风中说。

虎渡河发出一阵儿远古的呓语，山影如梦。几声秋蝉和寒蛙的鸣叫细长而悠远，凄凄切切也美美妙妙。现在天隙里有一点儿月光，照着艄楼顶上稀稀的舱板间漏出的稻草，像一排古寺檐下的麻雀窝。中年汉子爬上去，听见小孩细细密密的鼾声，他感到好笑地整理了稻草之后，船上终于平静了。一会儿，就听见黑暗里爆出一声：

“五癞疤，狗杂种！”

叫五癞疤的孩子鼾声更响，一动没动。

中年人此刻光着脊梁一下坐起来，掀开被子，又死劲地扯开垫絮，在稻草中扒出一块三角石头。

“五癞疤！”

“……嗯。”朦朦胧胧地应一声。

“五癞疤！”

“嗯！”

“装得蛮像，我日你死娘的！”

中年汉子弓起身来，跳到另一头，麻利而准确地提住了小孩的耳朵。小孩疼得哇啦地大叫。终于把一个人提出草丛，像提一只猪崽。

“说，搞什么鬼！说！”

小孩犟着脑壳，英勇不屈。

“回去嘬你娘的奶。交给老子屁用！你这个小促狭鬼人小鬼大！”

中年汉子把那块三角石直戳小孩的胳窝，小孩的骨头被戳得咯咯直响。

“说呀！”

“你总是把腿压得我喘气不赢……”

“老子压你了？！”

“我用石头做界线……”

“就给老子留一个旮旯？”

“我天天睡一个旮旯。”

“好呀！你存心跟老子捣蛋，狗娘养的，看老子不教训教训你！”

“哎哟哎哟……”

“晓得疼！”

“哎哟哎哟……”

“晓得疼就好。杀猪？日你死娘的，说，你该喊我一声什么？”

“……”

“喊我什么？！”

“房驾长。”

“放屁！”

中年汉子差点把小孩的耳朵拧下来。

“哎哟……喊、喊房叔。”

“哼！房叔？老子是你爹！小杂种，老子迟早会是你爹的。还有两天就到了，看老子不在你娘面前揍你个半死！”

“你敢！”

“老子不敢？”

“你揍我我就用石头砸你。”

“嘿！小崽子还蛮凶的。老子掐死你像掐死只蚂蚁。困你娘的觉去，再搞小动作老子就不客气了！”

中年汉子一把将小孩推倒在床铺上，自个儿坐在稻草丛中喘气。小孩缩了四肢睡在一边，浑身哆嗦得像打疟疾。

这小杂种！房驾长抽着烟，想到每次到他家与他娘“踩水”的时候，他就躲在某个角落里虎视眈眈，一双眼睛像安了弹子；或者坐在石阶下用高粱秸做风车，像没看见他光临似的。这个小狗崽子！

“他十几岁了，还不醒世？”房驾长对妇人说。

“他醒世。他生下来五个月就会喊爹，可他爹……”女人说。

“死了还喊屁！”

“他生下来就缺了什么。”

“我未必不配做他爹？”

“你是我的，不是他的。”他娘哀哀地说，“我把他交给你吧。”

这个男人咬了咬腮帮子。那时他正准备娶这个女人。他没有积蓄，他所有的钱都喝酒喝干了，他对任何女人都不感兴趣。但是他碰到这个女人后就突然准备成家。这个船佬儿有一个驾长执照，却没好生驾一天船，虽然他有公认的好力气和好水性。他知道驾这条破船是发不了财的，他索性像个寄居蟹一样寄在这个破船上，优哉游哉。这次他听说他心爱的女人想育珍珠，就为之心动了。只要搞到三角蚌，用竹栅吊着，一年内可以不管它，到时坐收珍珠。这正符合了他淡散的性格。而且，他就不必再在外面风餐露宿，夜宿沙洲了。他要守着这个女人，过一个正常人的日子。

村里听说他要育珍珠，都拿一种异样的眼光看他。在签承包合同的时候，村干部和一些年高德昭的人都抽着烟一言不发，迟迟不愿掏出笑来。“去买珍珠蚌吗？”人们问。这个中年汉子坐在村民委员会的竹椅上，像受审的坏人低着头，乱糟糟的头发和敞开的衣襟给那些城府很深的父老乡亲找到了口实。

“让他去吧！欺老不欺少。”老年人温和地说。

其他人问：“珍珠是什么东西？”

有一个妇女干部说：“就是擦脸的家伙。”

他掏出找船工朋友们借来的钱，一把乌黑的票子。他当时想笑。他不需要这些人瞧得起他。这个人，祖祖辈辈驾船。他的父亲丢下他在县上的一个航运公司做事，退休了也不回乡下。他有一次去找航运公司的领导，说他应该顶职。但领导说他年龄超过了。他没有去城里工作的份儿，只好认命在村里驾破船。那年月他为队里运大粪，把城里人的排泄物全装到他的船上运回来，城里人的排泄物肥田是不成问题的。现在他不运粪了，就跑短途运输。然而现在他发誓再也不搞跑船的营生了，他说他已经厌倦。这次去为自己运珍珠蚌，也许是最后一次扯帆了。

人们听着他低沉而沙哑的嗓音说一句停一句，像个回头是岸的浪子。等他拿着承包池塘的合同出去之后，便有一两个人在后面笑了一两声。

这个人开始做珍珠梦了。

他跟那个女人一起一再描绘他们雄心勃勃的规划以及这个即将成功的美好远景。他说这一趟，最好请个帮手，事关重大。女人说，带上五癞疤。

“我不喜欢他。”这个男人直截了当地说。

“你怕他了？”

“老子怕他？哈哈，怕他？”

“他碍你事？”女人的眼睛炯炯发光，直刺他的心事。

“好吧。”男人说。

“你别打他。小心回来不给你烫酒。”

“你知道我不会动手。”

女人便凄婉地笑了，倒进男人热气逼人的怀里。

现在这个人看着在一边可怜睡去的小孩，思绪万分而充满柔情。他睡不着了。他把那块三角石子潇洒地丢进河里，只听见“咚”的一声，激起千层细浪，像女人飘散的发丝。

一会儿，月亮没了。

三

第二天早晨起来，小孩的眼圈乌青，添了些眼睑皱。耳朵是肿的，挂在开水瓶头颅两边，像有机玻璃瓶把，鲜艳夺目。大人看看天色，太阳像个精怪直溜溜挂在天上，一早晨就热得不行，船舱里透出一丝丝臭味来。

湖蚌开始死了。

中午时分，天气跟六月一样焦热，中年汉子急得汗往外冒，浑身像抹了橄榄油一样光滑。“怎么回事？才两天咧，我日他死娘，未必那些打蚌的家伙搞了假？”

中年汉子提着吊桶直往草包上浇水，屁股一撅一撅得像猴。小孩坐在船篷的阴凉底下。小孩没有汗水。中年汉子的焦躁和咒骂使他也不能安身，他也爬到草包上去，打开一个草包，蚌便哗哗地滚落出来。

天瓦蓝瓦蓝，帆像一张水翼静静地滑翔在河面。中年汉子咬着牙齿，眉毛飞快地跳动。小孩像想起什么了，摸摸那草包上的水，滑腻腻的，像洗衣服的肥皂水。小孩的心咯噔一下。

中年汉子浇过一遍水之后就坐在舵柄上抽烟。烟雾在微微的河风中向后散去。小孩躲开他的视野，悄悄地一个人绕到船前，解开了一个草包，站起来把蚌全部倒进舱内。小孩不时地朝后头看，怕惊动了中年汉子，但蚌的落地声还是让中年汉子听见了。

“干什么？”

小孩继续倒。

“五癞疤！”中年汉子全看清了，又说，“倒出来暴晒，死得更快些，死了都把你煨汤喝？！住手！”

小孩只好放下草包。小孩朝河里啐了一口涎水，汗水亮晶晶地从额角渗出来。

“老子看你是疯了。要你干正经事不干，帮起倒忙来蛮行的。”

“它要透空气。”小孩说。

下午，甲板上热浪一阵阵扑来，河面的风也像是灶膛的风。爱困午觉的中年汉子现在呆呆地垂着一双手生闷气。整个船舱里臭气更熏人。小孩闻到的是，臭气中有一些植物在游泥中散出的清香，不过这种混合气味在热辣辣的阳光里有些令人窒息。

船上的一大一小两个人，一个在船头，一个在船尾，你看我，我看你，水路上晃一片白金，刺得人眼睛生疼。中年汉子带着揶揄的苦笑扒孩子倒出的那一堆蚌，然后以审视的眼睛斜觑着小孩。

傍晚，中年汉子开始捞水草。船停在一个浅岸，中年汉子把捞到的水草一抱抱扔上船来，覆盖到那些草包上。中年汉子全身脱得一丝不挂，印有短裤迹的白屁股在水中时沉时浮。

这样子到小孩的饭做好之后，把灶膛未烧尽的木柴拖出来用水淋熄，中年人才穿上裤子跃上船来。

晚上两个人都没提睡觉的事。

中年汉子揭开舱板，舀里面渗漏下去的水。水泛着黄黄绿绿的油花。水味像发过酵了的酸臭卤水。

小孩现在无事可干了，船上乱七八糟。中年汉子只好喝过量的酒来赶瞌睡。他先是吃一块干鱼，干鱼吃完之后又找出一袋花生米来，阵势越摆越大。在无灯的船头小孩听他嚼花生米的声音，那声音像偷食的耗子。小孩的头沉重起来，直磕自己的膝盖。小孩恶毒地想，最好是再臭一点儿，臭成拖粪船，那就美啦！接着，中年汉子的花生米也没了，于是唤小孩同他下船去，到河边的石缝中翻螃蟹。

小孩高低不动，抱着双手。中年汉子就拎小孩的耳朵，小孩的开水瓶脑袋只好跟着那只手转。这样，大人拎小孩的耳朵，小孩拎竹篓，走下跳板。

小孩深一脚浅一脚地跟在中年汉子身后。中年汉子走路明显地不平衡了，还唱着很荒凉的戏文，有古代的，有样板戏，小孩一句也不懂。

石缝里的河蟹又瘦又小，找不出一点儿肉的痕迹来。但中年汉子却固执地翻石头，戳蟹洞。中年汉子的动作很麻利。他提着小马灯，跪在一个地方，时不时地丢过来几只螃蟹，让小孩用篓接。

“菊黄蟹肥。”中年汉子一遍又一遍地说这四个字，表示他很懂一些什么。已经走了几个弯，中年汉子喊小孩跟上，小孩磨磨蹭蹭地站着不走了。中年汉子只好踅回来看看篓子，觉得不少了便往回走。

蟹煮熟了。中年汉子往嘴里放了一只，对小孩说：“尝尝鲜。”

小孩走到一边去，敲着火钳。

“杂种，有福不享！”中年汉子嚼着那些蟹壳，在蟹腿里吮吸一丁点儿营养，有滋有味。

小孩滚进稻草铺里，昏昏沉沉。一盏小马灯孤零零地搁在甲板上。小孩被寒气侵醒了，悄没声息地下铺去，又倒出了两包蚌，用水草盖住。

第二天早晨，他发现中年汉子歪倒在船头，酒瓶空了，头发一绺绺被露水打湿，像一个囚犯。小孩开始劈柴。过了一会儿，炊烟升起来了。

四

看天，太阳像块烧红的烙铁挂在头顶。帆升起来呼呼地响。船舱的臭气也升起来了。中年汉子喝了一瓢凉水，缓过气恶狠狠地对小孩说：

“你给老子掌掌舵，学着点儿，这段水路静。”

小孩爬过去掌舵。

中年汉子盘腿于船头。太阳贴在帆桅上。中年汉子浑身泥巴汗垢，对小孩说：“给老子掌稳点儿，到麻洋埠去买竹竿和尼龙线，好回去吊蚌。老子不相信都死绝了。”中年汉子又说：“这是珍珠蚌，只有这种蚌才能育珠……珍珠都是病蚌育的，晓得吗？不晓得听老子说。育珠就是要把好蚌搞成病蚌，病了好长珍珠……珍珠霜，抹这儿，城里的娘儿们还抹屁股呢！”

小孩没有一点儿兴趣。中年汉子只好住了嘴。他看见了昨夜小孩倒出来的两袋蚌，火又上来了。“你趁老子醉了，又往外倒，你安的什么心！”

“它要透透气。”小孩说。

“它是它，你是你，把你闷死了不成！掌好舵，船走中间一点儿，出了事我揍你个半死！”

小孩攥紧舵把，有些得心应手了。他欣赏着这个人暴怒不安的表情，还学着这人的样子，把一只腿压在另一只腿上晃悠。这安宁的虎渡河行驶着这只又破又臭的船，似乎永无尽头。帆像一张阔叶，展在波光闪闪的水面。秋天因这张帆而美妙起来。河岸是赭色，岸也很美，始终离他们那么远。

吊桶跟酒瓶都是空的，中年汉子懒得浇水了。忽然，中年汉子大喊起来，像一个傻瓜那么高兴：

“好了，我的腿开始疼了！真正疼！好了，下午要变天了！”

他蹦到这头那头，把船篷拉扯得快散架。这个人上蹿下跳地表演了一阵，激情才渐渐冷却。他接过小孩的舵，将舵柄骑在裆里，又掏出家伙来往舷边撒尿。尿又黄又臊，小孩赶紧跑开。

小孩抬起头，天上没有一点儿变天的征兆。一两只鸟盘旋在空中。小孩知道下雨前有鸟低飞的。小孩喜欢听那种声音。他一个人睡在偏厦里，床上垫了很厚很厚的稻草。他的母亲总是给他晒被子，说偏厦里潮湿。其实里面不潮，有一扇低矮的窗户，在床上正好看外面。外面有排向日葵，当然是夏天。傍晚的时候，向日葵被太阳晒蔫了，巨大的葵叶耷拉下来，湖埂上摇动着蒲草。下雨的时候，他躺在床上，喜欢把在芦荡中捉来的苇扎子小鸟放在被子里喂养，摸它们柔软的脯毛。他养过很多苇扎子，有的死了，有的飞了。

中年汉子把船贴近碛岸，调整好帆绳，站起来手搭凉棚看着远处。小孩此刻却把自己的一件衬衣藏好，把压在稻草中的一双鞋拿出来穿上。

船快到麻洋埠了。在他的想象中麻洋埠是很热闹的。麻洋埠是一个集镇。孩子有些兴奋，他瞄了瞄桅杆挡着的那个大人，忽然被一个奇怪的想法吓得要死。他上次乘船路过，看到了那个镇，只看到一些屋。渡口的人挤得腻歪。其间坡上猪行猪崽的叫声听起来就觉得很热闹。小孩摸了摸兜里，有一角钱。他准备上岸后买根冰棍吃。现在他把鞋襻系得很紧。鞋是他娘做的，毛边底儿。本来这鞋型就宽，一毛边儿，就更显宽了，襻子上的纽扣是红色的，这使小孩看起来很小，根本不像十四五六的样子。

他默默地等待。这孩子对臭味的忍耐力是非常惊人的，一点儿也不表露出来。船舷边的水清得发绿。小孩因为眼睛看到草包中的恶臭在阳光的蒸发下冒着一丝丝碧烟，清清楚楚。小孩憋足气，然后再吐出来。

河边有一只船，几个拉纤的汉子在石头上抽烟、拉尿。有一块没收割的黄麻，随风起伏，像风景。那几个纤夫都光了屁股，把他们的隐私处摊在河边晒。“像蚌。”小孩想。又看到有几只鸟从黄麻地飞出来，翅膀是白的，飞到河对岸去。小孩还听见了拉纤汉子们唱的歌，干吼，吼得悠悠扬扬。“是在唤风吧？”小孩想。

船上的中年汉子此刻却把许多蚌敲开了，像砸一些破碗。中年汉子用一把小刀将碎壳里的蚌肉剐出来，对小孩说：“到麻洋埠就去打酒，煮肉吃。”小孩看到中年汉子举起的蚌肉，心想，这也算肉？他没见谁吃过蚌肉，叫花子也不吃。

“死了的蚌不能白白糟蹋，省得老子去割猪肉。”

小孩只好去煮蚌。中年汉子配作料，作料独一样：尖椒。尖椒放多了，臭气就没了。蚌肉总是煮不熟。半熟不熟的时候，麻洋埠到了。

五

小孩跟着中年汉子踏上了又高又陡的石阶。他们穿过熙熙攘攘的人群和摊子、店铺，找卖竹竿和尼龙绳的日杂铺。街上的灰尘很多。到处是开饭馆的泼出来的油汤和洗碗水。小孩想买一根冰棍但终于没有停下来买。小孩不想吃镇上的冰棍了。小孩在充满了汗味和油汤味的人群中穿行，看着阳生的面孔、秤杆和讨价还价的顾客。

中年汉子在街上显得大大咧咧，一双贼眼滴溜溜乱转，应接不暇。小孩躲避着行人、自行车和突突突开来的手扶拖拉机。这种拖拉机没有喇叭，以机器声开路。

中年汉子先去买了两盒烟，又买了一瓶酒，要小孩提着。又买了两支藕和一把蒜，一并要小孩提着。

找到了卖竹竿和绳子的日杂铺，中年人买了两捆竹竿，一大团尼龙线，线吊在竹竿上。中年人付了款，扛着竹竿，嘴角露出了一点儿笑意。小孩歪着开水瓶脑袋，看中年汉子鼓气将竹竿上肩，表情木然。他的手指勾在装酒瓶和藕的网兜提绳里，离中年汉子远远的。中年汉子左肩右肩各扛一捆，压得东倒西歪。走了几步，才调好平衡，也还是猫着腰。末了还对小孩说：“只要活百分之三十就有救了。一年半以后还可以赚一笔。”见后面的小孩没有反应，又说，“湖底捞上来的东西，未必死得这么快！竹竿一吊，都得活过来。到时老子和你娘赚的钱，还不是留给你娶媳妇……”

他一路走一路说。走到码头边，似乎感到有些不对劲。转过头来一看，小孩不见了，装酒装藕的网兜挂在竹竿尖上，像钟摆左晃右晃。

中年汉子的腿有些软了。一步矮一步下了石级，把竹竿哗地摔向船头，向船上大喊道：“五癞疤！五癞疤！”

船上静得像坟山。他又跳下船，爬上坡去，去喊。

“鬼家伙，屙屎去了？”他自言自语地说。

这家伙不在船上拉屎，像个女崽子生怕别人见了他的屁股。跟他妈一个样，一个性格。中年汉子想起他妈心就软了，柔情蜜意地暗笑那个精怪孩子，并且宽容了他的一切，也没了火气。

他在石岸上等了至少可以拉三五泡屎的工夫，还不见人影。河面上的风吹来，钻进他汗湿的背脊，透冰。汗吹干了，鼻涕也下来了。等他打了两个喷嚏，才最后相信，小孩的确是逃跑了。

“婊子下的！”他洋里洋气地骂了一声，完完全全是自嘲。

六

小孩踏着一个卖豆浆老头的影子，一直走到候船室里。河边摆着一溜儿小摊。每个摊都有一只火炉，火炉上煨着猪脚。小孩一路嗅着鼻孔，那香气使他直想打喷嚏。

一个老太婆把一只猪脚捞出来放到盘子里，在猪脚上摆了几根尖椒，红得让小孩直吞涎水。一个老头交了钱，撩起脚坐在矮凳上，把猪脚端起来闻了闻，又从怀里拿出一个小瓶，打开塞子，往口里倒了几滴，抿着下巴很尖的嘴，用手抓起盘中的猪脚，歪了嘴就势一啃，啃缺一个角，再把小瓶往口里倒。

小孩站在那儿，老太婆便恶狠狠地打量他。见不走，便拿起一个长长的铁钩去掏火炉，掏得煤灰四散。煤灰也落到煨猪脚的锅里，像一层作料，越发显得猪脚好看。小孩挥赶着煤灰，溜之乎也。

来到候船室。候船室很热闹，有人在摆棋子，有人在讨钱。小孩看了看船次公告牌，牌上字迹模糊。小孩想找到回家的一班船，但没见着，牌上没有他村的名儿。小孩不过只想瞧瞧，兜里才一角钱。

在外面的一个货场上，有几个孩子在滑旱冰，总是摔跤，小孩情不自禁地哈哈大笑。这把一些坐在条椅上打瞌睡的人激怒了，都神情怪异地瞪着他。他只好逃出候船室。一只废弃的大铁锚上，绑着一只猴子，一个穿西藏服讲汉话的人在卖药。小孩不知他卖的什么药，地上全摆些动物的骨架和蹄子，卖药人汗湿水流地用小锯锯骨头，锯下一片，用纸包好，另一只手收了很多钱。小孩看他身后的那只活猴。

小孩正沉浸在欣赏的意境中，忽然一只大手从背后抓来，小孩吓了一跳。扭过头，是船上的驾长。驾长扭歪了脸，肌肉发颤，像个魔鬼。

“往哪里跑！”小孩一下就被他提溜到空中，双脚离地。

“呀——”小孩瞅准机会，一口咬住了中年汉子的手。小孩感到牙齿刺进别人肉中的幸福。中年汉子更凶了，揪住小孩的耳朵，小孩的耳根像火烧，有一种被人揪掉球了的轻松感觉。

小孩鼓起腮帮子，紫红了脖颈子，张开了手爪子，到处刨大人的身上脸上。大人拖，小孩双脚死死贴地不走。小孩犟死一头牛，大人把他的耳朵揪出了血，大人的脸上也有血在溅。“跑！看你跑！”中年汉子被围着让看热闹的人看到掉尽了面子，把嘴角边一丝无可奈何的苦笑换成了恶毒，挥起手就是几个耳刮子，左右开弓，小孩一颗牙齿被打落了，小孩吐了中年汉子一脸的涎水和血水。中年汉子手重。不一会儿，小孩的脸就肿起来，像含了坨萝卜。

“还跑！日你个死娘的，不好好在船上干事！”

几下把小孩打服了，自己也没劲了，于是都不嚣张了。在众目睽睽之下拖着一条死猪般的小孩往河堤上去。一边拖一边向众人解释：“我儿子，我儿子……”

小孩口里的血水流了一线，两只毛边底的绊根鞋在地上刮出两条深深的槽迹。

小孩用缺了一颗牙齿的嘴不停地骂着什么。中年汉子不打他了，也不还嘴。一直拖到船上，丢在蚌草包上头。

中年汉子找了一根缆绳，试了试坚牢度，然后提起小孩来，将他五花大绑地捆在桅杆上。

现在，小孩的全身都在绳索里面了，不太紧，也不太松。中年汉子做完这些，就开始升帆。此刻已是下午，风有些加大，空气新鲜了许多。小孩的头昂着，不看船，不看人，不看珍珠蚌，只是看天，看一些虚幻的、高远的东西。

“就这样给老子好好待着，小杂种。”

中年汉子咬开酒瓶盖，咕了很大一口，以征服者的姿态坐在一个缆柱上。

“我要撒尿！”

“撒吧，撒在裤子里流下来，老子浇几个蚌壳。”

“我要屙屎。”

“你屙。反正蚌也臭了，老子不在乎。”

“我要打屁。”

“打，响响地打！哈哈！哈哈！”中年汉子干笑。

“哈哈，哈哈……”小孩也笑。使劲吐涎水，涎水一团团射到中年汉子周围，中年汉子频频躲闪，急中生智，捡起一块蚌来还击，正好打在小孩头上。小孩的眼前一黑，又亮了。

“现在顺风顺水，几美气！”中年汉子扳着舵说。

“日你妈！”

“你个小流氓。”

“你才是流氓。”

“老子流氓？……”

“我妈不同意。”

“你个小杂种，嘻……”

“嘻！你个老流氓，不要脸？！”

“老子现在是你爹啦，你别作贱，你也不小了，十几岁了，一点儿事都不懂。”

“把你杀了！”

“想杀我，何必跑。说，你跑到哪儿去，去当小偷？”

“我偷你妈。”

“小流氓！”

“老流氓！”

又一块蚌砸去，小孩的头一歪，飞到船篷上，又弹入河中。

“你个小精怪，小促狭鬼。记得啵，老子那天到你家去，你在门口挖了陷阱，里面埋了一大摊稀屎，让老子一脚踏进去，是你搞的吧。”

“是我。”

“老子捆死你。”

“稀屎地雷炸死你。”

“你还把你娘的床腿搬掉一块砖……”

“塌死你。”

“好，今天看谁厉害。”

小孩头颅高昂，哼了一声，像个少年英雄。中年汉子整理着帆绳，又对小孩说：

“回去了叫你娘教教你，不懂得礼貌，长大了有屁用！”

“我把船掀翻。”

“你掀开试试看。”

“我把帆烧了。”

“你敢！”

“把这些臭蚌全踢到河里去。”

“踢！”

“把你的竹竿子全撇断。”

“好，你有本事你撇吧，人的手呢？手捆住了。”

“呸！”

七

小孩差不多习惯了身上的绳索，他有大量悠闲的时候来看河上的船了。

小孩认识很多船。小孩对虎渡河的船怀有敌意。也许小时候没有，这两年有了，特别是现在。小时候看见那些黑梭形的“乌江子”船就喜欢唱“乌江子，两支角，只走新康靖港河。出了靖港河，就要搬掉两支角”。乌江子黄瓜底，一点浪就打得它歪七歪八。而讲一口益阳腔的小湘驳像个盾牌船，船头一大块木板直立着，好像打仗一样。不过他不怕，这种喜欢装板栗的船，他们总找得到机会偷窃，在后找个牛棚点火爆栗子吃。从湖南来的还有一种船叫“翘巴子，”他们也唱“翘巴子船，翘湖南，湖南淹哒水，见他姆妈的鬼”。这些湖南的翘巴子首尾难分，翘到天上去了。有一闪他在这种船上认识了一个女伢，女伢给他干鱼吃。女伢说每到半夜船后面就有一个水鬼浇她们船上的水，赶都赶不走。

湖南的船佬儿不论男女老少都很随和亲热，愿意跟当地码头的人交往；而一些从四川下来的船就不同了。那些矮船佬停了船就自个儿生火烧饭，也不知他们吃的是什么。他们讲一口土话，结结巴巴。他们的船是一种“舵笼子”，上有艄楼，用芦席所搭，四面敞口，前后的艄把又长又细，几个人掌一把艄，在河心爱唱号子，那号子中唱到云里，像条蛇游动，弯儿很多，人听了心里总感忧伤。

小孩还可以数出丫梢划子燕子尾、五板子、铜勺子、葫芦子、豌豆壳、扁子船、茶陵驳、神河驳、岳阳铲子、峨眉豆、荆帮划子。这些谁都没教他，他一个人在河面看会的。那时他的父亲死了，他的父亲是乘一艘黑船去的，去外地贩莲子。他的父亲对他妈说三五日就回来，可是三五年之后还没回。有人就说那船翻了，遇到了大风暴。他的父亲不是驾船的船佬儿。小孩在河边天天等他的父亲，认识了虎渡河所有的船，看遍了虎渡河所有的船，结果没有父亲。那些船来来往往不知忙些什么。小孩后来因此对所有的船都怀有一种希望，一种忧伤得要死的希望。不管是黑帆白帆、春帆秋帆。

小孩现在绑在桅杆上，河风沁凉凉地吹拂着他，帆兜着一卷卷风斜过去又斜过来，但船头走得很正。中年汉子看到小孩蔑视的眼睛，但他不在意，他紧盯着河道。太阳暗下来了，有云，风大小不定。无风的时候空气里湿度很大，令人窒息。天气有些反常的征候。

晚饭没有谁做，所以也没有谁吃，船上冷火秋烟，汉子把酒瓶晃了几晃，又放进船舱。

“喂，撒尿吗？”

小孩没理他。

“那我就不客气了。”中年汉子自个儿解了裤绳，对着河面撒了些尿，拢起裤裆，坐好后挑衅地喊：“儿子！”

不应。

“儿子！儿子儿子！”这个无可奈何显出几分泼皮的中年汉子只好拿出酒来喝了一口，又说：“老子向天发誓了，老子把你做抵押，不下雨老子就不放你。老天爷看帮不帮你这个忙。”

小孩的汗又濡湿了背心。他换了个脚站着，依旧傲骨铮铮。

过了麻洋埠之后的河道，两边完全是芦苇滩，一望无际，偶尔一根电线杆子或是红色的过河导标竖在那儿，孤零零的。现在风势有些暗劲了，把苇滩吹得起起伏伏，天地苍黄。在很远的地方有一只白色的鸥乌在芦苇上空飞翔，时起时落，总是在他的视野里。他的眼睛把鸥乌固在安酸的眼眶内。一条向苇滩穿进去的小水道泊着一只小划子，划子边有一具板罾，罾网也随风飘摇。

小孩直想打盹儿。他现在是很累了。他沉在困盹无边的航行中，他的手脚却不能动。他歪在绳索里有一种疲倦的安全感，就好像有了一个管束那样。此刻他发现河面上再也见不到一条船。都到各处避风去了。他的开水瓶头颓耷拉下来，一点一点地在梦境的边缘徘徊，似睡非睡，似醒非醒。但是他的双腿没有投降，十分清醒地以一种仇恨的状态站着，表示他不在乎。

他醒过来几次之后便幸灾乐祸地看着脚下的一舱臭蚌，在安在的袖手旁观中看这个中年汉子怎样度过他最后的航程。离家已经不远了。“不下雨，不下雨！”他暗暗地对老天爷说。他希望让空虚雄心勃勃、踌躇满志的中年人的计划破产。他思念父亲。思念模糊了形象的父亲。总之，不会是像这个驾长。父亲是慈祥的，会摸着他的头，呵呵地同他傻笑；父子两个傻笑，在路上、在床上、在梦中。当然现在他长大了，这一切他都不需要。但父亲的微笑却总在天空，在水中向他闪现。他不会像摇摇摆摆的小孩扑向父亲的怀抱撒娇，但是他会跟着父亲走。就像无条件地跟着母亲走一样，跟着夜雨时的鱼汛走一样，跟着棉花地里的野鸽子声走一样。

八

然而天气未能如小孩的愿，天黑前下起了雨。

这艘张着黑帆的破船似乎有一股天生前行的意志，无论是暴热还是凉爽，夜晚还是白天。中年汉子刚强，他一意孤行，似乎要把这条船一直驾到沉没为止。

河面上出现了一些不规则的波浪，是大风雨来临的征兆。雨打在河面上如黄豆砸软泥坑。中年汉子感到很高兴，他披上了一张塑料破，风吹得塑料布哗啦哗啦地干响，雨其实还没湿尽船篷。

小孩迎头接了几滴雨水到口里，酸苦酸苦的，他吞咽着喉咙。喉咙也哗啦哗啦的一阵儿干响，这使他猛然觉得口里渴出火星了。暝色悄然四起，苇荡苍苍，航道如漠野。中年汉子没打算泊船避风、烧饭。小孩诧异地看着他。不一会儿，风猛然加大了，带着一阵砭骨的冷意，雨也猛然加大；四面的暝色突地透亮，天低到桅尖。雨打在甲板上和船篷上，溅起一道道白雾。小孩听着那森森凉凉的风雨声，在绳索里心烦意乱。

中年汉子点亮了一盏风灯，挂在船篷的一根柱子上，风灯暗红的光越发使得这条船荒凉可怕。小孩看着中年汉子固定好帆索之后像一只冒险爬屋脊的春猫从草包顶上爬过来，靠近桅杆，去找捆小孩的绳头。小孩的身上慢慢松开了，绳子落在脚下。

“到前面拿钩篙！”

小孩在渐浓的黑暗中一动不动，依然站在那里。

“你妈养了你这种东西！”中年汉子骂了一句就离开了。等他回到舵位上之后，小孩摸索着，走到船头。

雨斜打着他像鞭子。船像驴打尥一尥。他拿起钩篙，浑身发冷。他衣裳单薄，现在全湿了，头发也塌在眼睛上。

“只要保得住三分之一……”

小孩在船头听见后面的汉子一个劲儿地唠叨这句话，语气里很紧张。河面上的天光还有一点儿，特别是在下雨的时候。偶尔发现岸边有避风的一盏船火，这使小孩感到特别温暖。风大，帆饱，船快。岸影像梦中的景象飞快地向后去，船好像失去了控制一般，发疯前行。小孩的心提到嗓子眼了。他的钩篙紧握着，以防不测。

天全黑了，雨越下越沉，风越起越大，天地间再没有别的声音，船颠得小孩腹痛难忍。

中年汉子去下帆，想减一点儿速。但是那个旧滑轮卡住了帆索，帆索不知缠结在哪个地方。死劲拉，拉得滑轮咯吱咯吱，小孩心惊肉跳。

中年汉子喊他到船尾来。他只好放下钩篙，摸索着爬到船尾。中年汉子把舵交给他，让他双手爬住，吩咐他眼尖点，别他妈撞了岸。小孩牙嗑得不行，后来咬住了，惶恐不安地按中年汉子教的拿紧舵。

中年汉子从舱里的船具中捡出一把水手刀，别在腰带间，向桅杆上爬去。中年汉子在第二根帆桁上才停下来了，对小孩喊：“索子别动，扯紧，动了老子就砍你的头！”一眨眼，桅杆上的人就不见了，帆晃得很厉害，像只受伤的鸟翅膀，左一下，右一下。

这个像一尊铁塔的汉子现在轻巧地爬上去了。小孩在黑暗中只管看着前方的航标灯。小孩很快就学会了掌舵并且根据风水流调整帆索。小孩无意中摸了摸自己的嘴，周围长出一些毛茸茸的胡子。

上面的那个人在吹着什么，拉着什么。桅尖有时候歪到很远，而一边的舷干就拖到水里去。那个人却像条油蚂蟥吸附在桅杆上。小孩这才看到，桅杆其实很高，高得令他可望而不可即。小孩还看到，风信球在横桁上如钟摆一般摇晃，像一棵冬树上的病果子。

小孩谛听着桅杆上的响动，但听不见。现在这条风雨交加的河流上，似乎只剩下小孩一个人了，孤立无援。他一个人驾着这条骨节嘎嘎的船在波浪中行走。小孩恐怖地四顾，船篷角一个神秘的门洞，船舱里是死尸般的草包，堆在他眼皮子底下。雨打在草包上像打着坟山。舵尾的水风云涌，似有万个水鬼在追捕他。他想到如果那桅杆上的人此刻掉入河中不见了，他该怎么办？他差一点儿就喊出那个人的名字来，他真想喊他。他巴望他快溜下来，站在他面前喷很浓的鼻息，浑身透出一股异味的汗馊气。他希望那个人此刻跟他在一起，甚至把他重新绑捆起来也行。

好长好长的时候，那个中年汉子终于溜下来了，把水手刀“当”的一声扔在甲板上。小孩如释重负。帆矮了一截，船渐渐平稳了。风势雨势正在减弱。中年汉子在暗处准确地摸到酒瓶，咕咕地喝了几口，把舵接过去，对小孩说：“去睡！”

小孩如得了大赦一样，爬到稻草铺上去。小孩裹着湿衣裳躺下了，埋在稻草里，全身发抖。干草中吸进了重重的死蚌臭气，风没吹走。小孩的鼻子塞得厉害，耳鸣。小孩像一条跟主人跑了很远路的狗，现在蜷缩到自己的窝里，可怜而悲哀。他迷迷糊糊地开始做梦。他梦见湖光山色美不胜收，水鸟叫得心里痒痒。他梦见他走在一条硬底的浅沼里，踩着一些溜滑可爱的鲫鱼乌龟。他梦见太阳像枚金币，微风如柔，湖边的小渡船一篙撑进芦花荡；湖觀上走着挑箩筐的人，有割稻踩谷桶的声音。他梦见他躺在五月的河堤上口含青草看流云，什么也不想；一只白帆悠悠从云间飘来，又飘进云中去。他梦见豌豆花的清香。总之，他梦见一些很淡雅的人和东西。

小孩睡着了，脸上是雨水和泪水。

九

“推船！给老子下来推船！”

小孩惊坐起来，发现船已停了。他跳下床铺，风侵到骨头里去，衣裳还是半湿的，雨住了，云散了。中年汉子在水中站着，他的身后是岸渚。

船搁浅了。

小孩卷起裤腿跳下去，水里滑得要命。小孩站起在大人的身边，双手扶船。中年汉子用肩膀死死顶着舷干，像条抵角的牛。小孩也用他瘦精巴骨的肩去顶，船跟骨头碰得叮当响。两人没有喊号子，都暗中一致使力。小孩发现他有了一把力气。船，活动了。重又浮进水里。

大人坐在泥地上，两眼无神地对小孩说：“跑吧，小杂种。这下你跑吧，老子不抓你了。你要跑到哪儿就去哪儿，我算是完啦。跑吧，趁现在跑，老子站起来的力气都没了，一步也追不了你。”

小孩一步步往船那边退去。小孩爬上船。站在船上，落地生根。

好半天，中年汉子才站起来，一手绾了篾缆子，像条死猪般地爬上船。帆再次升了起来，贴着风行。小孩拿着钩篙在船头，看着远山远水，突然想大哭一场。他咬咬牙，心想，咬过去就好了。果然他不再想哭，他感到活在世上很有滋味。甲板像洗过一般干净，帆湿漉漉地发出光芒。

到后来，船停下，帆落下。那时云的天窗开了，像梦幻般的奇景，从云的天窗间泄出一束束光线来。小孩转过头看那个中年汉子，他正一只手扶在桅杆上；那只手的袖子不知什么时候挂破了，褴褛地垂挂着，头发散向一边。那云窗的一束光亮正衬托着他。小孩看着看着，哑了，醉了。

中年汉子开始选择那一舱湖蚌。

他把草包都倒出来。一共找出来三十六只活蚌。中年汉子从死蚌的内壳中掏到了几颗不成型的自然珍珠。中年汉子对小孩说，这就是珍珠，不过不是育的，是病蚌含了沙子自己磨的。大人说是珍珠，小孩就把它们揣进口袋里。他始终不相信这是珍珠。就跟沙子差不多。中年汉子守着三十六只活蚌。很久，他突然发疯一样地飞起双脚把那三十六只活蚌踢入河中。河蚌在河滩上到处飞蹿，栽落在水中，连泡也没鼓一个。中年汉子左一脚右一脚，直到那些锋利的蚌把他的脚趾都割出鲜血来。“去吧，跟你娘说，就说我们总算回来了，我把你交给了你娘。”

中年汉子趴在帆桁上说。

小孩踌躇了一下。

小孩像这个中年汉子每次回港到家一样——背起一片木桨和一捆牢实的篾缆绳。然后踏上了茫茫河滩。手在口袋里紧紧捏着那几颗沙子般的珍珠。

暗　伤

一

林歌那天听见了强烈的蛙鸣。那天晚上，林歌一个人待在湖田的棚子里，林歌用口琴吹了几支当时流行的歌曲：《怀念故乡》《莫斯科郊外的晚上》，等等。林歌在黑暗中边拍打着腿上的蚊子边吹歌曲，他听见了蛙鸣，于是从这一天起，蛙声引导他走进郝桂芝母女的生活中去。

湖畔的天空出奇地高远、洁净，星星拥挤在头顶，这是林歌在下乡之前从来没有见过的，它的荒凉和安静，使林歌对身处遥远的异乡有了刻骨铭心的感受。他从稻草铺上爬起来，看着星空在湖上的倒影，他的情绪好极了，他想，应该弄几只蛙来吃吃。

他在稻草铺中寻到了那只手电筒，电筒是当时的居委会发的，每个知青都有一只。他把电筒揿燃，电池不多了，光是红的，想照草中的青蛙，显然不行。于是，他只好去找郝桂芝借。

他打着暗红的电筒出来时，看看在沟那边远远蹲着的郝桂芝母女的草棚。草棚看不出有灯光，那是一个简夹棚，没有窗户，棚门对着南面的秧田。林歌跨过了那道用破船翻扑过来搭成的“桥”，走到了郝桂芝的门口。

在此之前，林歌与郝桂芝母女形同路人，他与她们分属于两个生产队，以水沟为界。虽然每天都能看见郝桂芝母女的身影，各自都知道对方的身份，却没什么接触。林歌拍响那扇门的时候发现整个草棚都在动。那扇门是用高粱秸和稻草编成的。从门缝里看得到棚里有微弱的灯光。当门被里面的人拉开之后，林歌看见了在洗脚的郝桂芝的女儿和含着饭的郝桂芝。林歌马上就说明了来意，林歌说借电筒。这样林歌免去了许多啰唆，在那个昏暗的有着两个安静女人的草棚里，林歌感觉到怎么都不自在。林歌这么直截了当地说借电筒，因为也知道郝桂芝肯定有电筒，郝桂芝是当地的下放户，下放户居委会也应该发给电筒的。

这时林歌听见了郝桂芝用筷头敲击碗沿的声音，这种声音使林歌觉得郝桂芝平易近人，不像本地乡下妇女那么拘束。郝桂芝很快就拿出了电筒给他，也没吩咐说几时还，也没问是作什么用的，反正，林歌的手上拿到了郝桂芝的电筒。他揿亮，发现电池是新的。这下轮到林歌有点于心不忍了，为几只蛙，浪费别人的一对新电池，差不多是一个劳动力两天的工分钱。林歌在出去的时候，发现郝桂芝十五六岁的女儿歪着头看他，一双眼睛在暗处闪烁着绝无仅有的清纯的光彩。

林歌在凌晨三点钟的时候捉到了一袋子蛙，还有一些鳝鱼。林歌浑身泥水地回到他的棚子里倒头就睡。

在十点钟的时候林歌被窗外照进来的太阳烤醒了，他听见那个装化肥的蛇皮袋子里的青蛙挤在一起的叫声。他提起袋子，背了一条毛巾，到沟边洗脸。他看见了郝桂芝的女儿，喊她说："喂，你们帮着弄弄青蛙吧，我这边没油了。"他同时指指那个袋子。

林歌不知道这个女孩的名字，在那个时候，他也不知道女孩子的母亲郝桂芝的名字。就这么，女孩被唤着提去了那一袋蛙，而后，林歌回到湖棚，操了一把小刀，当他拿起那个借来的电筒时，又放下了，不，还是让那女孩来取的好。

这一天，郝桂芝用辣椒煮了一大锅蛙，而且郝桂芝出奇地大方，让她女儿端着个陶碗穿田塍跨水沟到大队代销店打了四两白酒来让林歌喝。当然了，林歌当年不能喝那么多酒。林歌当年二十一岁。余下的酒被郝桂芝喝了。当年林歌发现，这个脚大屁股大脸盘大的女人，比他能喝多了，脸不变色心不跳。

只是一味地辣。那顿蛙的感觉林歌异常强烈，用油煎的蛙，辣得林歌大汗淋漓，舒服至极。林歌扯着蛙腿，喝一口酒，吸一口冷气。郝桂芝说：“汉口人也吃蛙！”又说，“汉口人也不怕辣！”郝桂芝声音很大，林歌告诉她们，汉口卖蛙不论斤，论只，一只五分钱。这一说吓了郝桂芝一大跳。郝桂芝说：“捉五只蛙就顶我出一天的工了，那我捉蛙到汉口去卖。”

这天中午，林歌坐在郝桂芝唯一的一把柳木椅上打瞌睡。林歌打着酒嗝，用手驱赶着饭蚊。这天中午郝桂芝到前面的湖田里踩秧草去了。郝桂芝的女儿看到林歌醉得很可怜的样子，就倒了杯凉茶递到他手上。林歌睁着通红的眼睛看着这个女孩秀气的脸和鼻子，猜想郝桂芝年轻时也有这一副样子吗？后来他就把女孩的手抓住了。他把女孩拉到自己的腿上坐下，发现这个女孩没有一点儿分量，的确还是个孩子。但是他抱着她吻了她，女孩没有反抗。女孩的嘴里没有任何成熟的女性的气味，令他索然无味。然而当他把手探到女孩的布衫里去时，发现女孩的乳房很结实丰满了，只是乳头扁平。

林歌看见女孩惊奇地低下头，当她看到自己的半截胸脯已被一个男人捋到光亮处之后，马上就挣开了林歌的双手，站到那个柴门那儿去。林歌也站了起来，他走近柴门，往门外看了看，一览无余、秧风荡漾的湖田，没有一个人影，也不见女孩的母亲郝桂芝的人影。他那天胆子出奇的大，又抱着这个矮自己一头的小女孩吻了一会儿，说了声“到我那边去拿手电筒”，就跳过水沟回到自己的棚子里。

林歌老是觉得脸上肉跳，林歌是平生第一次胆大妄为地亲吻抚摸一个异性，他想到这女孩告诉她母亲之后怎么办？他是不是会被污为流氓犯揪出去同队里的地富反坏右分子一起批斗？甚至这将影响到以后的招工。林歌发现自己在骨子里是个胆小鬼，是个优柔寡断的人，有几分女人气，林歌在他的棚子里坐卧不宁，一副预感到大难临头的模样。

林哥抽着烟，看着窗外。夏天的湖区昏昏欲睡，一两头牛卧在远处，这安静得给人温情的湖野，似乎使他产生了某种归属感。一直到晚上淡淡的暮霭充盈了屋棚，林歌硬着头皮去水沟边挑水，硬着头皮看见了郝桂芝。郝桂芝在那儿洗衣服，起身时冲着他笑了笑，他才舒了一口气，才知道什么事也没有，郝桂芝的女儿什么也没给她母亲说。

什么事都没有发生，那么剩下来的就是回味。林歌觉得口中异常芬芳，这种感觉久久不能退去。在林歌二十一岁生命的全部日子里他只做过与女同学或者教英文的女教师苟合的脏梦，当醒来之后换掉黏湿的裤头，往往一种很深的羞耻感罩在心头。然而今天当他接触到女孩真实的嘴唇和肌肤，他发现内心里没有羞耻，而是一种浸透骨髓的快慰。真是不可思议，女人的身体真不可思议，林歌这么想着。晚上也懒得弄饭吃，冷火秋烟地用土砖搭就的锅台上爬着蚂蚁。酒气渐渐散了，他躺在蚊帐里，听傍黑的蚊阵在屋子里嗡嗡呜呜。门也懒得关，月亮星光蛙声虫声一起在他的草棚里穿进穿出，干硬的凉席睡得浑身发痒。他瞅瞅在沟那边蹲着的郝桂芝母女的小屋，他感到那里面藏着他渴念已久的温暖。“女人真是好东西。”他当时这么感叹道。

二

后来弄清楚了，郝桂芝叫郝桂芝，而当地人不念“郝”念“活”；她的女儿叫燕子。郝桂芝的父亲是个屠宰工，整天抱着一杯酒操刀杀猪。郝桂芝没见过母亲，母亲早死了。在郝桂芝十八岁那年，她经常和食品公司的家属一起下河去赶猪，一天捞一块五角钱。郝桂芝长得人高马大，一个哈哈打过河，跟谁都见面熟；郝桂芝穿四十码的鞋子。后来一个押牲猪船的食品干部邀郝桂芝到湖南津市玩一趟，郝桂芝说“去就去”，她没有跟父亲讲，就随船去了津市。数日回来，郝桂芝就不在码头赶牲猪了。九个月之后郝桂芝生下一女婴，这就是燕子。在林歌知道这些之前，郝桂芝还没结婚呢。

林歌收肥、卖粮，经常同一起下放的知青去县城。林歌知道这个靠河的县城里充斥着暗娼，到处都是风流韵事，外地人很容易勾到当地的女孩睡觉；在旧社会，这个码头就是遍布婊子的码头，有“沿河一条街，家家都卖 ×”之说。

林歌并没有过于打探这些，林歌并不关心当地的风土人情，林歌关心的是自己的生计问题。林歌一月的半斤油，几天就吃完了，可林歌没有任何办法弄到食油。和林歌一起来或者后来的知青男女们，都比他有本事，有的抽到大队搞播音员，有的开拖拉机，有的去学校教书。林歌虽然一表人才，却不能文不能武。林歌的父母在武汉没有实权，所以得不到大队领导的器重。林歌当年读书完全是混了个初中文凭，他的当钳工的父亲和在居委会卖热干面的母亲几乎不管他和他的那一窝兄弟姐妹。林歌是在阁楼上同弟妹们一起睡大的孩子，林歌厌弃那个站没处站，睡没处睡，整天闹得一团糟的家庭。在到了下乡年龄的那一年，他请人代填了一张表，就欢欢喜喜地来到了湘鄂边界的这片湖区，成了一个自食其力的人。

林歌认为一个男人完全可以自食其力，不像那些女孩子和家境宽裕的同伴们，找家里要钱，让家里寄这寄那。林歌没吃的就去打狗、捉蛙、踩鸡，也有时候去生产队养猪场菜地偷一些西红柿、辣椒。林歌完全可以弄饱肚子。林歌还可以到其他生产队混食。后来，林歌终于弄到了一个省力气的轻松差事，守湖田。林歌不是个吊儿郎当的人，生产队长看中了他这一点，于是，这份差事把林歌捆在了湖中，动弹不得，林歌无法到外面混食，他没有油吃，谁也不可能接济他。每天吃辣椒是突出的问题，这使他染上了胃痛的毛病，排泄更是艰难。

可郝桂芝母女有油吃，林歌在吃蛙的那一天就发现她们家有猪油。后来林歌知道，这些油都是郝桂芝的杀猪父亲供应的；据说郝桂芝与她们队长有另一层关系，队长经常暗地里提油来，还有一些乡亲，养猪后为了巴结郝桂芝，让她在食品公司的父亲帮忙评个好级别少除几斤屎尿，也送些油来。因此郝桂芝吃得肥胖，整天油津着嘴指使她的女儿燕子干这干那。

吃了第一次，就有第二次。第二次，当林歌把那几条垂死的黄鳝丢给郝桂芝时，郝桂芝又让他醉了。从此以后，林歌再也没有吃到那种油烹黄鳝的滋味，当地人把那种切成寸余长的黄鳝叫“鱼桥”。郝桂芝说：“喝呀，喝呀，小林。”

躺在两个女性用葵花梗铺成的床上，郝桂芝在油灯前用宽大的身影遮住了呕吐得有气无力的林歌。郝桂芝用女人的毛巾为他擦头上和脖子里的汗。郝桂芝粗重的女人气息喷到他脸上，当郝桂芝弯下腰为他擦拭汗水和秽物时，他看见了郝桂芝身上那种已婚妇女们穿的无袖圆领衫里垂着的一对厚重的乳房和两颗黑枣般的乳头。

“……把咱们都赶到乡下来啦！造孽哟，你们在武汉好好的，到这里来讨鬼吓！鬼娘养的我们在县城要几好有几好，我爸杀猪，天天有下水吃，凭什么硬要咱们下放哪！下放了，一切都白手起家，住没住的，吃没吃的，样样农具都要置，燕子也荒了，读不成书了，都变成乡下人……”

林歌躺在床上在微茫中听郝桂芝的数落，他感到郝桂芝的手在他肩胛上总是不愿离去，无意间还揉搓两下。

那年迅猛的雨季来临了，暴雨成灾。天昏地暗的湖区田塍上，到处是吆喝着奔忙排渍抢险的人。林歌整天背着锹在雨水里、泥巴里，并且担任着报告险情的任务。

这天晚上他提着马灯逡巡时，发现了一处闸门溃口。黑黢黢的湖田里没一个人影，大家都回家去了。林歌一个人挖土垡，跳进水里堵漏洞，一直干到深夜一点。当他从水里出来踏着惊天动地的雨声和雷声回到他的草棚，发现自己浑身从头到脚筛糠似的寒冷，就像赤身裸体步入三九的雪天一样。加上难耐的饥饿，没有一点儿热力。他钻进潮湿的被子，依然冷。后来没法，他钻进灶膛前多少有些干燥的草窝里，在灶膛点起了火。头沉得不行，却又睡不着，数数脉跳，每分钟一百三十次。林歌颤抖着拿起一根树枝，在地上写下“我脉跳 130，我不行了”，并写下了钟点。他害怕熬不过这一夜。他知道自己患了“重感”，可是没药，连杯热茶也没有。

林歌蜷缩在草窝里，怀念起汉口的那个家来，怀念父母，怀念阁楼兄弟姐妹挤在一堆的狗窝似的床，怀念电影院和高楼夹着的一些街道、小巷。林歌想喊郝桂芝，喊那个燕子，可是在风雨声中，那边不会听见。

在无边的雨声里，林歌越想到故乡的往事越感到寒冷。林歌想到一同下乡的伙伴们，此刻都安然地在大队拖拉机站、学校、队部的宿舍里听雨入梦，那种深深的自卑感使他觉得自己太不中用了。名曰知青，却没有文化；家境贫寒，得不到别人的喜欢。后来林歌冷得呻吟起来，牙齿咯咯咯地碰个不停。二十一岁的林歌哭了起来，他在哭声中和牙齿不停的撞击声中昏昏睡去。

当他醒来的时候，发现燕子站在他面前。燕子说："我在你身边打死了一条水蛇。好怕人哟，小林哥哥，你怎么跟蛇睡在一起哪！"

林歌循着燕子指的方向，在门口真有一条尺余长的水蛇，已经血肉模糊了。林歌感到全身无力，膝盖酸痛，每一个关节都像锈了一样。

燕子是蹚水过沟来的，那个用船底做成的"桥"早淹了，燕子的裤腿卷得老高，露出只有城镇人才有的白皙的腿肚。

"小林哥哥，我妈喊你过去吃饭。可我发现你烫得厉害，你病啦？"

"我病了吗？燕子，你过来，你握握我的手。"林歌半睁着眼睛说。

他看见这个女孩羞涩而忸怩起来，露出了少女的本相。不过他到底还是抓住了她的手，她说："手好烫。"后来他去吻她，她说："你的嘴也很烫。"

"快要你妈给我搞碗姜汤来喝吧，多放点儿姜。燕子，我亲你的事千万别给你妈讲，这不能讲哪，听见没有！"

"听见了。"

她是一个什么都不懂的女孩，林歌在心里说。

两天之后，林歌总算挺过来了。湖上初晴，白云淡淡，虚弱的林歌走出棚子，渍水退去后的秧田越发碧绿。

他想钓鱼。这是钓鱼的好时机。不下雨，沟里是一些少见的黄壳鲫鱼，很难钓，钓上来鱼鳞金黄，用细葱生姜煎着最好吃；下雨涨水后，沟里就会出现许多白壳鲫鱼。这种鲫鱼体扁，白鳞，清炖味最佳。林歌喜欢钓白壳鲫鱼，因为钓到一个窝子，一连可以钓十多条。这种大水流来的鱼，一点儿吞食的经验也没有。

林歌挖好了红蚯蚓，泡好糠麸。他突然想到把燕子约出去一起钓鱼。

林歌和小巧单纯的燕子沿着长长的沟渠一直走到野蒿丛生的汉湖口，那里还有连天的荷叶和红成一片的荷花。在芬芳的空气中二十一岁的武汉知青林歌和一个本地的少女行走在辽阔的田野中，这情景叫林歌永不能忘怀，无数次回忆，无数次都有新鲜感。

这一天林歌钓到了大约有五斤鲫鱼。他教燕子钓，后来他跟燕子打起了水仗，后来他们两人都把湿透的上衣脱下来晾在野蒿上晒。在没有任何人打扰的阳光下，他抚摸着这个女孩的肌肤，异常细腻润滑，与后来她母亲郝桂芝的肌肤的那种感觉，真可谓是天壤之别。

后来牛叫鸡鸣，林歌收拾起渔具，穿好晾干的上衣，和燕子原路回去了。

就在这一天晚上，林歌暗中把燕子唤到自己的棚子里。他有些按捺不住了，他发现对这个女孩有着什么也不怕的强烈的占有欲望。他不顾一切地吻她，摸她，吮吸她娇小的胸脯，甚至不顾一切地去扯她的衣裤。二十一岁的武汉知青林歌那时候其实也是个什么也不知道的男孩。真的，他什么也不知道。他们两人没有发生事情，只是在嬉闹翻滚时，林歌听见了棚外的响动，有人扒着稻草壁。

当林歌整好衣服开门出去时，他看见了一个黑影正在过沟。他明白了是谁。他彻底地清醒过来。他走进棚子里，拍打了一下还处在兴奋之中的燕子，让她扣好衣服。他把看起来傻里傻气的燕子半推出门外。

他觉得有点不好意思再见郝桂芝了。算了吧，以后再也不跟她们打交道了。但是他想，郝桂芝跟踪而来，为什么只是在外听壁角而不进棚子制止或者喊燕子出去呢？林歌回忆他有些话让郝桂芝听去了，似乎有几句脏话，燕子也说过，这一切，郝桂芝果真听见了吗？郝桂芝是否暗中怂恿林歌和燕子的关系，以便找个武汉知青女婿？这是不可能的。林歌这么自嘲地想。他这么想了一夜，他做梦也没有想到的是，郝桂芝自己另有图谋和打算。

三

二队的女知青叶成芳早晨起来洗衣溜到塘里去了。中午人们才发现，等人们把她捞起来，早没气了。叶成芳是个近视眼，叶成芳不知道塘边溜滑，多走了一步，就掉下去了，叶成芳不会水，喊都没喊一声，就无声无息地走了，捞起来，一副塑料眼镜却永远留在了塘底。

林歌被通知去参加叶成芳的追悼会。在场的女知青哭，男知青也抹泪。叶成芳是同林歌他们一批坐轮船下乡来的，在汉口不同中学，然而也经常见面。叶成芳的父母都是老师。在叶成芳埋葬后的第三天，这两位老师才赶来。两位老师也戴着眼镜，他们摘下眼镜抹泪，说女儿的路就走到这儿为止了，在武汉长大，竟被埋在这儿。二队的落户知青小严说："伯伯阿姨，你们放心，我会看护好成芳的，她在这儿不会寂寞的，逢年过节我会给她烧纸的。"小严正抱着她流鼻涕的儿子喂奶，小严嫁给了财经队长的黑儿子，结果小严生的儿子也黑，黑得像块土，土里土气的。小严是许多落户知青中的一个，可林歌认为小严不该找这么黑的丈夫，一个武汉女伢，抱着玻璃糖果长大的，说什么也不能让一个黑土包子搞了。然而许多事实是难以想象的，事实就是事实。听说邻近大队的一个女知青被十几个大队干部搞了后，最后找了个老单身铁匠。只身远离家乡，什么事不会发生哪，这就是命吗？

林歌去参加了追悼会，林歌看着那口吞噬了叶成芳的水塘。水塘水面平静，蒲草摇曳，几棵歪脖子柳树立在塘边。林歌望着水面上的流云，望着异乡的陌生的水，心里感叹道："咱们这辈子完了，没什么前途了，就这样了。"

林歌决定抽烟。二十一岁的林歌，摸了摸自己的口袋，还有几元补助的知青生活费。他一个人来到代销店，买了一条"红橘"香烟。一条一块四毛钱。林歌拆开烟盒，抠出一支，点燃，深深吸了几口，夹着烟，孤独地向他的湖棚走去。

回去后他就没能看到燕子。只看见郝桂芝端着米筛子朝他不好意思地怪笑，于是他也不好意思地朝郝桂芝怪笑。

"队里分谷，小林你帮我挑一下吧，顺便帮我在机房里打了。"

林歌操起扁担箩筐就去了。分谷分柴挑草把，从此以后，就成了林歌责无旁贷的事。过去郝桂芝是请别人挑的，郝桂芝请得最多的是生产队长，那个长得又矮又壮一使劲脸上就凸出两块咬肌的家伙。

林歌这一天很轻松地就把谷分了打成米挑回来了。林歌在为郝桂芝分谷时许多人都盯着他瞧，郝桂芝队里的武汉知青也问你怎么帮郝桂芝分东西，说郝桂芝分东西许多人抢着帮忙，怎么今天看上你林歌？林歌说我没事她就让我来了，说郝桂芝那儿有酒喝。

林歌挑着珍珠般的杂交稻米回去后，就冲着浑身骚气的郝桂芝喊：“喂，晚上弄点儿酒喝。”

郝桂芝忙给林歌倒茶说酒倒是有，就是没好菜。

林歌拿起一根木棍说：“我打条狗来。”

林歌看到郝桂芝她们队养猪场有几只狗在寻食。林歌重新踅回去时，无意间望到了二队那口淹死了叶成芳的白水塘。林歌背着挂满倒刺的木棍，想到这块让同伴无缘无故死去的异地，他充满了莫名的仇恨。今天最好打到支部书记的狗。他跑到养猪场，见了狗就下棍，他狠狠地打，他看见一只活生生的狗在他手下变瘸，哀叫，最后成了堆死肉。这个白面书生般的知青林歌，双手沾满了如此之多的血。养猪场的饲养员在他旁边大喊：“狗有何罪，大热天狗没惹你？！”林歌直朝饲养员瞪眼睛。

林歌咬牙把狗打死了，拖起木棍和狗，昂首阔步地走过在田间劳动的人群。

从来没剥过狗的林歌，拿起刀子剥狗就三下两下剥了，剥得相当熟练。林歌把血糊汤流的四只狗胯留下，把余下的全丢进沟里，再把狗胯剁成一块一块，让郝桂芝架起大火烹煮。

在暑气收去的傍晚的湖棚，林歌大嚼三伏天的狗肉，和郝桂芝一次又一次碰杯，一支接一支抽烟。林歌把腿搁到郝桂芝腿上，躺进她的怀里，后来索性掀开她的上衣一把就含住了她玻璃弹珠般大的乳头。郝桂芝被这突如其来的进攻弄得直笑。郝桂芝嘻嘻地笑着，说：“小林你喝多了，小林你要干什么哪。”

那时候夜幕已经降临了，林歌站起来喝了最后一口酒说“我不干什么”，像拖死狗一样拖着郝桂芝就上了床。林歌说：“我不干什么，说燕子呢，你把燕子藏哪儿去了？”林歌边说边脱郝桂芝的衣裳，那肥大的褂子，肥大的短裤。郝桂芝让他脱，回答说燕子回县城去了，说燕子还是个黄花姑娘，小林你不要害她。林歌说我害她做什么，我害你。我抓住谁就是谁。

当这夜林歌懂得男女之间是怎么一回事后，发现一点儿感觉也没有，跟郝桂芝干，就像一条蚯蚓掉进了蛇洞。

早晨在湖鸟的叫声中林歌睁开眼睛，看见郝桂芝赤裸的大腿压在自己的身上。他看着这个比自己大十多岁的本地女人，他一点儿都不惊讶。郝桂芝抱着他，那深黑的腋毛直扫在林歌脸上。想一想燕子的躯体，燕子的身子就是从这堆肉里面分裂出来的，犹如隔年的藕抽出的藕簪，嫩黄嫩黄，再长成小小的圆圆的荷叶……

从这以后，这个女人总是用一双微肿的眼睛含情脉脉地盯着他。那双眼睛喷着火，怎么看都不温柔。她给林歌打蛋花喝，给林歌买烟买酒。林歌不再抽那种一抽就熄的“红橘”了，林歌可以抽到有些甜味的“常德”，可以抽到“新华”或者“游泳”“永光”；林歌还可以经常吃到猪下水，可以用猪油拌杂交米饭吃。

“小林小林！”这个女人总是这么喊。在每天晚上的臭汗淋漓之中，这个女人肆无忌惮地大喊大叫。

林歌就这么在郝桂芝的大喊大叫中度过了他的二十一岁，没有谁能知道。

在月光如水的晚上，在万籁俱静的时刻，有一天林歌触到了他的口琴，可他能再吹什么？稻草垫的床铺上，三十多岁的郝桂芝四仰八叉地坐在那儿，垂着砖头一样厚的乳房，这个地地道道的小镇居民，大手大脚地在他面前，他能吹出《莫斯科郊外的晚上》吗？可他想吹，他对着四壁透风的稻草山墙，后来吹了一曲《毛主席来到咱农庄》，这种优美的泛着青青麦苗儿颜色的旋律，使他某一瞬觉得跟郝桂芝这种女人睡觉是太亏了。上床美，下床悔。这是知青中流传的一句话。干这种事其实没什么意思，真的，一点儿意思也没有。

然而当夜晚来临的时候，哪儿也不能去，也没处玩的林歌，还是没志气地直往郝桂芝棚子里钻。这样直到她的女儿燕子重又回来。

四

燕子回来依然叫他小林哥哥，叫得还是那么脆，那么亲切。然而郝桂芝已经警告了林歌，不得对燕子动半个指头。

“其实我跟小燕子没事。”林歌说。

“我知道，你跟她有了事，那我能饶你！咱们家又不开窑子，母女都跟你睡觉！过去的事不提了。从现在起，你动燕子一指头，我郝桂芝就割你的鸡巴！”

林歌笑了笑，林歌听见郝桂芝用当地的土语说这种话时就感到好笑。林歌很想学一学，林歌也就学着那种土腔调说：“割我的鸡巴？你割，你割得试试看。”

林歌越想越好笑，林歌觉得这种土得掉渣的荆州话太过瘾了，林歌一个人笑了很久。林歌记得汉口大街小巷有许多讲这种荆州话的人，那些人全是在武汉偷着做小生意的人，林歌在中学时经常与同学们一起模仿他们的腔调。嘲笑这些乡巴佬，可现在他却同一个三十多岁的荆州乡巴佬睡在一起了。林歌觉得人生荒唐无比，刚刚步入二十二岁的林歌，发现生活原来是荒唐的。他于是对郝桂芝说：

“要燕子改口叫我叔叔，别再叫我小林哥哥了。”

后来郝桂芝跟燕子说过，可是下一次当燕子叫林歌时，竟然没有了称呼，既不叫哥哥，也不叫叔叔。可能使她感到难堪了，索性不再称呼。这种状况一直持续到 1992 年，一个人竟然失去了对另一个人的称呼，永远使她感到难堪，虽然以后林歌成为她的继父，虽然时光流逝了二十多年。

郝桂芝接回燕子说是想她，又怕她外公端了酒杯就醉而管不了她，让她在县城跟坏人学坏。可是郝桂芝等燕子重回生产队后，又发现她在她与林歌之间碍手碍脚。三十多岁的女人时刻渴念男人的温存，一个徐娘半老的女人，土里土气的下放户，在一个一表人才、白面书生般的大城市知青那里，生怕失去得到的一切。女儿似乎有了一些魅力，女儿的胸脯越来越丰满，而且都被姓林的家伙摸过亲过。不自在的女儿和不自在的林歌，那情景只有郝桂芝心里清楚。

这一年的春天，万物吐翠，郝桂芝知道这是一个危险的季节，就匆匆带着燕子去了沙市。

半个月不到郝桂芝一个人回来了，兴奋地告诉林歌，说找到沙市的一个远房舅舅，将燕子招工到纺织厂当挡车工，十分顺利。她回来在这边给她办手续。

郝桂芝从城里回来，满身香气。一个三十多岁的女人，身上总还有些许勾引男人的香气。林歌又急不可耐地同这个女人上床，等疯狂一阵儿平静之后，郝桂芝又告诉他第二个消息，说她怀上了，有两个多月了。

“你到沙市为什么不去刮掉？”

“我刮什么哪，我还想生个儿子。”

“那，那是谁的？”林歌这么傻乎乎地问。

“谁的，还有谁的？小林，你说还有谁的？！”郝桂芝粗声粗气地直翻白眼。

“那谁知道。”林歌嘟嘟囔囔地说。

“谁还来过！这些日子除你之外谁踏过我的门槛？！小林，我早就防了一手，我知道你想赖账。我不是不能刮，也不是想留着找你要营养补助。我想为你生个儿子，就这么着。你认不认不要紧。你只管不承认。我不怕，我还是要生。我养着，你回你的武汉。他生下来像你，我就满足了。生下来，对血型。血型与你相同，就是你的，我敢发誓。如与你血型不同，你一刀捅了我。”

“你想这样逼我跟你结婚？”

“我跟你结什么婚？我懒得跟你结婚。我不过是一杯酒被你灌醉了，怪我自己，把肚子灌大了。小林你放心，孩子生下来，我不会出卖你的，你放心好了。我怕什么，我又不想招工，不想入党。谁来查我这个事，我就说是谁弄出来的，我怕什么？这世道，越怕越出鬼。当年顶着不下放的，现在还不是待在城里，咱们老实些，要下，就拖儿带女下了。”

“桂芝，你做我干姐姐吧，你把他刮了。”

“做干姐姐可以，刮我是不刮的。我想儿子快想疯了，到手的儿子我凭什么刮？姑娘是别人的，儿子是自己的，咱到老了跟儿子一起生活，你到时候不要来认就是了。”

林歌见这个女人越说越高兴，彻底地沮丧了。“你还是去刮掉吧。”

“我说不连累你就绝不连累你。从现在起，我肚里的事与你无关了，你滚！”这个像一匹母马般的女人咆哮起来。

林歌高一脚低一脚地过沟回到自己的棚子，林歌在黑暗中抽了一夜的烟。林歌后来流出了几滴眼泪。林歌把它抹去，林歌想，生就生吧，老子还怕多个儿子！板妈养的！她一个女人都不怕，老子还怕什么。林歌从心底里滋生出对这个女人好汉做事好汉当的气概的钦佩来。林歌对这个女人突然有了一种好感。这个女人不管怎么说，为他怀上了一个小孩。在这个世界上，千千万万的女人与他擦肩而过，谁为他怀上了小孩？林歌突然发现自己竟有这么多的柔情。

春荒到来的时候，返销粮却没能及时分下来。几天揭不开锅的林歌一大早就背上泥锹去四处游荡，寻吃的，他想尽量避开郝桂芝，慢慢冷淡她。

林歌也暗中观察着郝桂芝，他看到郝桂芝一如既往，没有任何精神负担，在那边的水田里割紫云英沤肥时还是与姑娘婆婆们谈笑风生，哈哈打过河。这使林歌也感到很轻松，看来郝桂芝的确是条好汉，没有丝毫连累他的意思。

这一天早晨起来，林歌又准备提锹躲开郝桂芝的视线时，他听见了沟那边棚子里传来了剧烈的呕吐声。那种痛苦的呕吐声使林歌再也无法保持镇静。他思忖再三，还是抬腿往那边走去。

“我不去不行了，她是故意呕给我听的。”

林歌一推开柴扉，就遭到了这个女人的唾骂：“不要你管，你来做什么！你干吗清晨巴早到我屋里来！”她趴在床沿上，披散着头发，吐着，斥责着林歌，看也不朝林歌看，可她为什么知道是林歌进去了呢？

“你喝点儿水。”

“我不喝水，我不要你管。”

“你病了，我怎么不管。去年我病了你也管了我嘛。”

“我这是什么病，我不是病！小林，我是‘害’。”

林歌听明白了，林歌在当地的一首民歌小调里就知道“害”是指妊娠反应。

“我给你弄点儿什么来吃吧。”林歌说。

“你要是真心，你就给我弄点儿酸李子来。”这个吐得死去活来的女人在口袋里掏出了一把散票子，丢给林歌。

林歌没有接那些钱。林歌是个男人，想到她是为自己怀的孩子，买吃的怎么能要女人的钱呢。

林歌到邻近没有武汉知青的生产队去，到处找别人买酸李子。可是到处都没有，李子还没有结。林歌坐渡船一直问到公社小镇上，都没买到任何酸东西。林歌后来在公社供销社买了两斤鸡蛋糕，用草纸包着，提回来了。

鸡蛋糕也可以，林歌发现鸡蛋糕对郝桂芝的“害”也有疗效。两斤松软的鸡蛋糕，郝桂芝两下就吞得一干二净，然后依然下地去割紫云英沤肥，同姑娘婆婆们讲笑话，打哈哈。

“小林你知道吧，我是个苦命，当年我怀燕子时，也没哪个男人照看我。我生成的命，我知道自己这辈子喝不完的苦水。这是我自讨的，为你怀儿子是我自愿的。”

林歌看着这个女人布满猪油和蛋糕屑的嘴，心想，这个女人是个有福的女人。林歌的肚子还在咕咕叫着哪。

自己真有个儿子，那是个什么长相呢？二十二岁的武汉知青林歌坐在枯茅摇动的湖边，他看到水天一色，鸥鸟和鹭鸶从滩渚蹿起来，寂寂地向远方飞去。

这女人的年纪太大了点儿，不然的话，我干脆娶了她算了，我娶她，总比小严她们嫁给纯农民强，她家也在县城，父亲也拿国家工资。人哪在哪儿就说哪儿的话。

当然了，林歌只是偶尔这么想。

五

这天林歌耖了一天田回来，远远地看见他的草棚门前有几个生人。走近一看，一个个的青春痘、黄军装，都操着林歌同样的腔调。原来是又一批新下乡的武汉知青。外人可能听不出来，这三个家伙是武昌洪山一带的知青。武昌跟汉口说话有许多音不同，而且武昌的青山跟洪山不同，洪山跟关山不同。当然了，只是个别字的发音或一句话的尾音。

队长没有地方让他们住了，只好让他们同林歌一起来守湖田。

“这三个都是教授的儿子，不像你们下来几年什么都能做了，他们不会做饭，不会洗衣，你得多帮帮他们，从明天起，你就负责为他们做饭。”当天晚上队长来看这三位知青，把林歌拉到棚外这么安排。“伙计，辛苦点儿，老革命了，觉悟要高些。”队长拍着林歌的肩。

这已经差不多到了知青上山下乡热潮的尾声，贫下中农没那么热情了，不会再派专人为知青做饭，为他们修红砖宿舍。但是让老知青为新知青做饭，这是天大的笑话。我干吗要伺候他们呢？我也是堂堂的知青。虽然招工、推荐上大学的事轮不到我林歌，我也没贱到这种地步！凭老子四年下乡的资格，也不是该我伺候他们，而应该让他们来伺候老子！

林歌气不打一处来，林歌只是对队长说：“走着瞧吧，明天是明天的话。”

林歌觉得这世界真是荒唐透了，这世界总是令人好笑。

首要的问题是，四个彪形大汉怎么安排住处。事实上，当林歌回来时，他们都抢占了有利地形，打起了柳木桩，扎好了床，铺上了竹竿和松软的稻草。把林歌的东西全收到一个角落里去。而过去，这个天地全属于林歌。

四张床头挨头，一个打屁八个鼻孔闻。教授的儿子一样磨牙齿、说梦话、遗精。

林歌还发现教授的儿子同样小气、吝啬。他发现牙膏用得很快，没几天就瘪了。

林歌规定四个人轮流做饭，各打各的米。至于蔬菜，林歌占到了他们一点儿便宜。生产队答应供应这三个家伙半年蔬菜。半年以后，就得像林歌他们一样，自己种了，一人一分地，种不种由你。

然而不到十天，一个棚子就分成了四个锅台。这些懒惰的家伙一天只烧一顿饭，然后把稀粥倒入热水瓶以便下一餐吃，真不愧是教授的儿子。林歌只好一早就出门，到他的那些同学那儿去弄吃的。

他克制着不去郝桂芝那边，但自己的棚子里四条汉子的骚气令他窒息。教授的儿子还有一些其他无法容忍的毛病：一个姓丁的家伙竟然每天在油灯下写诗歌，整夜整夜地写了那些革命诗歌，早晨起来在鼻子里挖一大坨黑灰；另一个姓刘的家伙鬼日疯了学英语，把棚子里所有的器物都贴上英语单词。这三个家伙虽然因为小气分灶，可在对待林歌上却惊人地团结。后来林歌吃不到他们一根青菜，那些做成的菜，有时候清清他们的碗，全是空的，不知藏在哪儿了。棚子就这么大，他们究竟藏在哪儿了呢？偶尔一天林歌才发现，他们在棚后的田坎上挖了一个很深的洞，全部密封，防虫蚁，又阴凉，菜搁进去几天，根本不会馊。真不愧是教授的儿子。

他们不给林歌菜吃，还用林歌的枕巾擦汗，床单擦脚。棚子里欢闹一团的他们，只要等林歌回去了，就鸦雀无声了，三个家伙一起长时间沉默，制造压抑的沉闷的空气，让林歌不好受。这三个小 × 养的，当然论打架都不是林歌的对手，但在斗智方面，林歌却甘拜下风。

大约一个月以后，林歌出人意料地卷起铺盖离开了那三个家伙，跨过水沟，同郝桂芝住在一起了。“惹不起躲得起。”林歌自嘲地对自己说。

当夕阳西下的那天晚上，三个家伙从地窖里取出他们精心藏匿的一碗水煮青菜时，他们抬起头看到了沟对面那个棚子前，林歌正在同那个当地下放的女人醉酒当歌哪！林歌还在扯一只猪蹄，闪射的油光把三个教授儿子的眼睛都照花了。

晚上他又睡到了女人的怀里。女人因为怀孕，那肥厚稀松的大乳房变得有些坚挺了。女人让他摸她的微微隆起的腹部，说：“这是你的一颗种。”又说，“你打得蛮准哪。”

女人的气味不管怎样比男人好闻。林歌庆幸再也不必听那三个骚男人打屁了，还有诗，还有英语，都跟屁一样臭。男人弄出来的东西都臭。

二十二岁的武汉知青林歌还是个孩子。他斗气似的一日三餐都在棚外面咂酒，咂得叭叭响，他炫耀着他天堂般的生活，他甚至用当地的荆州腔向郝桂芝讲当地的一句俗话：锅里有煮的，袦里有杵的。这种当地人的幸福观，林歌觉得是放之四海而皆准的真理。

“同居可以，我不会跟你扯结婚证。”林歌反复地向郝桂芝说明他的观点。

同居公开了，没有几天，林歌把整个人都转到了郝桂芝所在的生产队，奇怪的是林歌并没有听到什么非议，似乎这世界不管怎样都是正常的。

郝桂芝很高兴，郝桂芝说小林你早就应该这样，咱们怎么过，关哪个的事！郝桂芝拉着林歌去公社逛商店，与林歌一起到大队看病。郝桂芝穿翻领春装、猪皮鞋，收拾好了的确不像乡下人。

在郝桂芝怀孕七个月的时候，这个女人挽着林歌的手来到了县城她父亲家里。

六

郝桂芝的父亲并不管郝桂芝同林歌的事。这个端着酒杯杀猪的屠夫，这个醉醺醺的国家干部，在清晨杀完猪褪好毛割下猪头后，就泡进了茶馆。一杯茶一杯酒一根卤肠，听《小砍刀的故事》，听《破晓记》，听《烈火金刚》，在深夜也可以听到《封神榜》《三侠五义》。

这个国家干部住在屠宰坊的西头，猪屎尿的臭味紧贴在窗子上，屠宰坊喂了三条大狼狗，这些大狼狗总是喜欢朝林歌叫而向郝桂芝摇尾。林歌不敢外出，上厕所也得拿块砖头，只好整天陪着郝桂芝在床上，除了性交就是听听她家那个短波收音机里面的“和平与进步广播电台”。反正她的父亲不在家。

不过杀完猪以后，她的父亲总能提点儿下水回来，不是臭气熏天的肠子，就是鲜红流水的心肺，当然了，有时也有一篮子骨头，煨汤给怀孕的女儿喝。

“吃青菜，儿子今后就得麻痹症。多喝点儿骨头汤，儿子就强壮。”郝桂芝这么说。

在被猪喊狗叫环绕的那间房子里，郝桂芝生下了一个女婴，郝桂芝整天“儿子儿子”挂在嘴边，结果未能如愿以偿。后来当林歌听说男人性欲强就生男孩，女人性欲强就生女孩后，暗地里想，这个女人只配生女孩。

一个丫头片子，头发却长得极像林歌，微微曲卷，肤色也好。只是脸盘大点儿，眼睛发肿，这些完全是郝桂芝的遗传。

孩子满月的时候燕子从沙市回来看望，这使林歌尴尬了一回。燕子长高了，白胖了。燕子可能在沙市已经听说了，这个女孩子不愧为郝桂芝的私生女，竟像没事儿一样，十分高兴她母亲为她生了个妹妹，也不管是谁的种，似乎这妹妹与林歌无关。

燕子喜欢这个同母异父的小妹妹，抱着她玩，给她换尿片。但是，还是像过去一样，不再对林歌有称呼了。不过，对林歌却一如往常笑眯眯的。

林歌在县城抚养他的女儿近半年中，错过了一次招工的机会。不过事后他没什么太大的后悔，招工不是武汉，而是宜昌三三〇工程。招工去了的人后来写信来说，跟当民工一回事，住工棚，背水泥，离家乡武汉越来越远了。

女儿很快就满了一岁。那时候，郝桂芝重新当了母亲脸上放光，下垂的胸部又鼓起来了，胃口也因天天喝骨头汤弄刁了，竟待在县城不再回生产队去。

林歌却要回去，林歌去参加几天生产，然后分回每个月的口粮，林歌把口粮分了，打了，筛了，用口袋装着，借生产队的板车拖回县城来，不光是粮食，还有土豆、红薯、麦秸、棉梗，林歌按照郝桂芝的吩咐全部得拖回县城。

林歌有一半以上的时间在县城，他找到了一份临时工，就是郝桂芝曾经干过的，把河坡码头的牲猪成群成群赶到牲猪仓库去。这份活儿下贱，但比在生产队出工强多了。林歌在异乡的县城里赶着猪，同一些老老少少的当地居民一起，用竹条鞭打着，吆喝着。有个别时刻想逃跑或者赖着不走的猪，就得靠林歌这种小伙子了：揪尾的揪尾，拖耳的拖耳。拖到仓库，一次就是一块五角，生产队超支，他将这些钱去还超支款，余下的还可以买烟抽，给郝桂芝父亲交生活费。

林歌的女儿叫林灵。

在林灵满一周岁时，林歌去生产队，想会一会一同下乡的战友，仔细寻寻，发现断断续续都走得差不多了。各种各样的路子，各种各样的关系和办法。没走的，就是结婚在农村真正扎根安家了的人，没有任何背景的人，死去的人。

林歌见到了二队的小严，小严生了第三个小孩，又黑又瘦，不像名堂了，完全看不出是武汉知青。小严在衣服上揩着鼻涕，谈起林歌的事，林歌以为她会数落他一顿的，可这位战友却说 :“过吧，过吧，咱们反正在农村一辈子了，你比咱们多长了个心眼，没拿结婚证，到时一招工，扯腿就走嘛。回武汉后，你再找个姑娘伢，把姓郝的一脚蹬了，那算什么！”

“是啊，”林歌说，“我死活不拿结婚证，但女儿我是要的，不管怎么说，女儿是我们下放农村的见证，是亲骨肉，至于是跟谁睡出来的，哼，那就管不得这么多了。”

也许林歌有点过于乐观，林歌始终相信他会在不久的将来能回到他的故乡武汉去。“等所有的知青都走光，最后一次机会总会轮到我吧。”

他差不多忘记了一个人，这就是曾与郝桂芝有一手的生产队长。这个矮壮的两腮咬肌凸出的乡下男人，对世界一脸的仇恨。当然，他恨林歌，这个乡下人虽然在情场上完全不是林歌的对手，可他捏着知青的生杀大权。林歌并不嫉妒他，因为林歌并不爱郝桂芝，然而他却嫉妒林歌。林歌和郝桂芝的非法同居生下一小孩的事，本来算不了什么，这类事在当地人中、在知青中屡见不鲜。可经队长在招工干部面前一渲染，年龄的悬殊、郝桂芝的两个不光明正大的女儿，都使林歌成了一个可怕的人，甚至被认为是道德品质低下的人。

林歌在 1974 年的正月初一早晨，到生产队长的门口放了三个雷炮，炸飞了生产队长腌咸菜的一口大缸。林歌对着一脸惊恐开门的生产队长说 :“给您送恭贺来了。”林歌用荆州腔这么说。

当生产队长跑去喊大队民兵连长的时候，林歌骑着自行车早就踏上了去县城的大路。

这是在忍无可忍、证据确凿的情况下，林歌对生产队长的一次礼貌行动，它幽默，是一种警告。可是生产队长并不害怕，只能更加激励起了他的恼羞成怒，一次又一次不给林歌离开乡下的机会。事实上，林歌很少在生产队干活了，他在县城干临时工，只不过粮食指标在生产队，每月必去交钱分粮。

等到他原来队里的那几个教授的儿子都招工走了，现在生产队的人都差不多忘掉他，最后一批知青大招工的时候来了。不过这一次只有县城招工的指标。

离开乡下吧，没有机会了，谁都不会放过这次机会，重要的问题是能重新吃上商品粮；况且邻近生产队还有零星几个武汉知青，他（她）们也没有拒绝去县城的机会，管它是不是武汉！

林歌招工到县装卸公司。这一次生产队长无法再卡他了。林歌后来在招工干部那儿看到了那张“贫下中农座谈意见”，其中生产队长的意见是“今后要注意道德品质的修养，遵守纪律”。这当然是相当婉转的了。这位生产队长虽然恨，却怕武汉知青再在正月初一早晨往他家窗户里扔雷炮。

郝桂芝母女也返城了。成千上万的下放户，贱卖了数年辛苦置起的农具、犁耙、胶轮车、箩筐扁担、筛子簸箕，带着耗尽的身心，一无所有的家庭，重新回到了街街巷巷，祖居的地方。

这一年大约谁都记得，是1976年。

七

林歌和郝桂芝加上女儿林灵，一家三口租了一间蓄洪屋。林歌不愿意跟郝桂芝的杀猪父亲住在一起，林歌希望自在。

蓄洪屋是一些年久失修的、预备大灾分洪后灾民们栖息的房子，由于数年没能分洪，所以房子风吹日晒，破烂不堪；现在这些一栋栋的房屋都让那些重新返城的居民们租上了。狭小的窗，透风的瓦，驳落的墙，屋前的臭水屋后的垃圾，在沿河边上，这些房子成为时间的象征。

郝桂芝没有工作，回城后反倒显得突然老了。有一天林歌起来，看见正蹲在便盆里小解的郝桂芝，蓦然发现郝桂芝的眼囊松弛，腮边有赘肉，再看她勒裤带时那腹部的肌肉像有了七八个月身孕。太可怕了，在那窗户透出的早晨的光线里，郝桂芝似乎一夜就步入了老年，然而什么事也没在她身上发生。可是这个女人的更年期却非常迟，在1987年她行将五十岁的时候，才绝了经期。

那一年的林歌才二十五岁，那一年的林歌蓄着几根又长又稀的软胡子，一脸白净地行走在大街上，身后拉着装卸公司编号的板车，搭巾系在腰上；蓝色的搭巾是装卸公司唯一的劳保。

码头上的货并不多，拉一天歇一天。

郝桂芝还是那么能吃，林灵也很能吃。郝桂芝每一顿饭都进行了精心的操作。郝桂芝吃辣酱，吃各种泡菜，吃风干的萝卜缨子，每一顿饭都要细细地吃，极有耐心。郝桂芝吃完饭之后总要将脚从鞋壳里脱出来，放在当饭桌的竹床上，顺手在竹床的竹片上拉点竹签来剔牙齿。林歌一人的工资完全不够吃。林歌是青工，一个月的工资二十多块钱，加上补助每月也不过四十多块。郝桂芝的父亲虽然经常提点儿下水来，还是满足不了郝桂芝的血盆大口。

燕子没有钱拿回来，燕子不找她母亲要就是好的了。燕子虽然一个月有四十多元工资，可她要攒钱结婚，平时还要买衣裳穿。

燕子很少回来，她只是轮到车间调班时，抽一天时间搭车从沙市回来，落落家，又跑了。

那一天当郝桂芝花了两元多钱在国营理发店烫了个头发回来，林歌就认为应该回趟武汉瞧瞧去了。郝桂芝在这个县城是最早烫头发的女人，郝桂芝把自己的头发烫成了卷心菜，有人叫着"丝毛狗"，郝桂芝常听林歌说武汉的女人怎么怎么洋气，老太婆都烫头发。郝桂芝受了林歌这个武汉佬的影响，有一次自己烧红火钳烫头发，结果把头发弄焦了。当这一天郝桂芝偷偷去烫了头发回来，林歌觉得她还看得过去，除了脸上颈上的赘肉外，皱纹还不是太多。一直以来，林歌都没直接向家里人讲郝桂芝的事。林歌招工到县城后给家里去过一封信，说不仅有了工作也有了个女儿，但没提与谁结婚。但是他知道他与郝桂芝的事家里肯定听说了，那些回到武汉去的知青战友肯定会把这些当作一件逸闻传扬，只怕是山高水远，家里人无法管得了他或者不太了解其中详情。

家庭兄弟姊妹太多，管不到他头上，他也与家庭疏远了。有一回他想起有三个年头没回武汉，也觉得好像很正常，武汉没什么可留恋的。

现在，有了工作，他倒是想应该带郝桂芝和林灵回武汉去看看了。

林歌把这个想法对郝桂芝说了，郝桂芝高兴得跳了起来，郝桂芝说：“早该如此了。不管怎么样，为你家爹妈添了个孙女嘛。”又说，“小林哪，咱们还是扯个结婚证去。”林歌笑了笑拒绝了。林歌说：“那没有用，那是个形式，咱们在一起，咱们有女儿。”“行吧行吧，”郝桂芝说，“听你的。”

林歌找单位借了一点儿钱，郝桂芝找她爹拿了一点儿钱。总还是要带点土特产回去，于是郝桂芝去找熟人，弄了十斤香油、二十斤花生，本地最有名的松花皮蛋也买了一篮子，加上黄花、木耳什么的，大包小裹。

那时候林灵已经能说会道，能跑会跳了。林灵听说要到武汉去看长江大桥，见爷爷奶奶，也高兴得手舞足蹈。

顺风顺水的轮船载着林歌一家三口向省会武汉驶去。两岸的滩渚和芦苇，村落和田野，来来去去，林歌已经走过数次了，可这一次，林歌不再是孤单一人，有了孩子，有了女人。虽然这种结局并不是他曾想到的。

林歌背着东西，牵着女儿，带着郝桂芝踏上了汉口的码头，他看到了熟悉的武汉关，走过了“文化大革命”时闻名的红旗大楼。

当他走进父母那个苍老破旧的小屋时，却被父母拒之门外。他万万没想到，几年未见的父母已经不认他这个儿子了；母亲气得浑身发颤，不等林歌介绍完郝桂芝，就将她们母女二人往外推，大包小裹地扔出了大门。

看到身边不知所措的郝桂芝和惊恐的林灵，林歌进屋去向父母求情。可他的母亲举着捅炉子的铁条说：

“那是个什么东西？婊子哪！婊子进咱家的门那就得挨揍咧。林歌你是怎样被这个乡下的婊子给迷了吵！她看得比你妈还要老咧，你好意思跟她睡觉！老子白养你一场，只当冒得你这个儿子！好意思带回武汉来丢你林家祖宗八代的脸！”

母亲气愤至极，也顾不得那么多了，越骂声音越大，竟骂出门来，惊动了左邻右舍。林歌只好仓皇地拉着郝桂芝母女跑了。

找到一家小旅社登了记，林歌对郝桂芝说："先住下来吧，我给他们慢慢做工作，他们不了解情况，脾气不好。"

郝桂芝不在乎，说："早知如此带我们来干什么！不认就不认，咱玩两天回去！在武汉就不得了了，瞧不起咱们乡下人。你不认我，我还不认你哩！"

林歌以为郝桂芝会气哭的，可郝桂芝一点儿事也没有。晚上，林歌去找在皮鞋厂做事的哥哥。哥哥已知道他回家的消息，并且早就劝说过父母，后来兄弟俩又回到家，向父母解释、求情，但无济于事。最关键的一点就是郝桂芝只比林歌母亲小六岁，但看上去跟林歌母亲年纪相仿。虽然烫了头发，还是满身土气，人一土，就显老。这个媳妇是无论如何也没法认的。家里的人包括弟妹们都说郝桂芝老气，说比妈看得还大哪，可林歌与郝桂芝待久了，并不觉得。他认为是家人的夸大。

说了半晚，父母没任何表示，看来是无望了，林歌只好回到旅社。

第二天，林歌带着郝桂芝母女去了长江大桥、归元寺，接着又花了两天时间逛了东湖、中山公园。玩得很尽兴，女儿林灵特别高兴，看到了大轮船、火车、飞机、老虎狮子。郝桂芝见女儿乐，自己也乐，玩得差不多忘了公爹公婆不认她们母女的事。

钱花得差不多了，林歌一行三人买好返程的船票。回去的时候，林歌觉得有点对不住郝桂芝，可是当他最后一次向家人告别，看到日渐衰老的父母和慢慢长大的弟妹，他还是原谅了父母。"我没有给他们带来快乐，也没有尽一份孝心。"他这么自责。

武汉三镇的灯火在轮船后面渐渐远去，林歌抱着林灵差一点儿痛哭起来。那横亘在长江上的桥影，就像一座武汉的大门，船载着他出了远门。当年下乡时林歌没有这种感觉。现在却滋生出这样一种凄绝的感觉。是的，回武汉看来是无望了，他慢慢地会成为一个乡巴佬，现在他的女儿也早就说一口乡巴佬话了，一切都是那么令人难以置信啊！

八

县城的生活一如既往。这一年林歌听说船业社害肺结核病休的老王摆馄饨摊子赚了几千块钱。老王是轮船上的厨师，馄饨的确做得好，碰上熟人，他就拿出医院的拍片结果来，上面写着病灶已经钙化，让人放心大胆地吃，一吃就吃出了名堂，干脆退了休弄个体户。

老王是这个县城的第一个个体户，让许多人羡慕地说起，于是林歌也动了心，回去跟郝桂芝商量，让她在街头摆个板车摊，卖热干面。那时郝桂芝也正在为生计发愁，听了林歌的话后有所心动。卖热干面在县城绝对是第一家，武汉的热干面对这里的人来说还是完全陌生的，这儿的人只吃汤面，不知道面吃干的也挺有味。郝桂芝在武汉吃过热干面，一吃就吃上瘾了。不过郝桂芝认为，武汉的热干面放作料也太简单了，就那么点儿芝麻酱加上点儿榨菜丁，有的摊子放小葱，有的摊连小葱都不放。若是按县城的口味作料差得远。郝桂芝是美食家，认为热干面还应该放豆瓣酱，放面酱，放蒜汁，放油辣子，加上芝麻酱、榨菜丁、葱、味精、酱油、白醋，一共十样作料。

“那好吧，那就叫‘十味热干面’吧！”林歌说。

说搞就搞，请人打了个特制的板车，上放火炉、碗柜，炉子嵌了瓷砖，看上去就是个活动厨房。

“十味热干面”开始只是早点，半年之后才被县城人接受且有了点儿小名气。这期间，郝桂芝发现这儿的人不爱吃芝麻酱，于是想办法把芝麻炒焦了磨成粉，撒在热干面上，异香扑鼻，后来成了“十味热干面”的主要特色。

每天早晨天没亮，林歌就和郝桂芝拉着板车摊，在路灯的光亮下走向街头，点煤炉、煮面、晾面、整理桌椅，弄完这一切之后林歌就去码头。十点钟时林歌又到街头来收摊，然后林歌拉着摊子，郝桂芝拎着装钱、票的箱子，一前一后地回到他们住的蓄洪屋。

“十味热干面”创出街头影响，除了独特的配方外，还有因为大家都知道这是一个下放来的武汉知青和一个比他大十多岁的老婆弄出来的；一个面皮白净的武汉伢和一个可以做他老娘的中年女人站在街头的板车摊前，兜售热干面，成了人们的谈资，成为这个县城的一景。

生意慢慢好了，而“十味热干面”也就开始在县城流传起来了，以后类似的个体摊子遍布大街小巷，还流传到县下集镇及邻县去。“十味热干面”在1982年县商业局修“商业志”时被收录了进去，成为当地新创的一种风味小吃。“商业志”详细介绍了此面的配料、制作方法，并写道：“十味热干面是武汉下乡知青林歌和他的家人在武汉热干面的基础上、根据本县饮食习惯继承发展而来的一种新式面点。”其实真正的发明者应是郝桂芝，然而人们非要把这份荣誉送给一个武汉人林歌。

有了些名，也有了几个钱，整天在露天经风淋雨也不是长久之计，于是在大街上租了个小门面。取个什么店名呢？林歌想了想，就取个同别人不一样的吧，干脆叫“林家铺子”。虽说不太像饮食店的名，但的确有点别具一格。

“林家铺子”在开张没几个月，又发明了一种猪肝汤，发明者同样是郝桂芝。

郝桂芝深感热干面干滞得难以咽下的缺陷，吃了她的面，有的找她讨茶喝。武汉人当然有办法，那就是一碗面带碗清酒或蛋酒，但这个县城历来没有甜咸混食的习惯，郝桂芝卖过蛋酒，喝的人不多。郝桂芝充分利用了她父亲杀猪的优越条件，郝桂芝做得一手好猪肝汤。当时猪肝好弄，食品公司卖不出去，相当便宜，用猪肝汤咽热干面试试，说不定大家能接受的。

只是这事很麻烦，林歌得凌晨四点钟去郝桂芝父亲那儿提新鲜猪肝，回到铺子就得马上切出来，让郝桂芝两个炉子转圈儿忙。

事实证明，郝桂芝的点子是绝的，她的猪肝汤不到半个月就传扬开去，以致后来“林家铺子”的猪肝汤取代了“十味热干面”的名气。每天早晨店内店外的七八张桌子总是满座，都是来喝猪肝汤的，为此林歌辞去了工作。还雇请了两个乡下女孩专门切猪肝。

郝桂芝的猪肝汤无人能模仿，不像她的“十味热干面”。曾有一两家做过猪肝汤，都因无人光顾而断了这份心。郝桂芝对外说她有独特的配料，其实林歌知道，郝桂芝只是善于抓火候罢了。

燕子要结婚，郝桂芝和林歌给了她五千元的嫁妆。钱对于林歌来说已经不成问题了。林歌作为万元户，曾被记者通信员广泛宣传过，县长、县委书记给他发过奖状。

燕子找了个沙市人，她直接在厂里结了婚，但是结婚不到六个月，燕子就抱着个男孩回来了。

满月回娘家住，这是当地的风俗。

燕子的丈夫也是一表人才，管林歌叫叔叔，事实上，林歌大不了他多少。只是燕子有时候将孩子递给林歌，说着“让外公抱”时，林歌感到不自然。林歌这一年三十岁，三十出头的林歌做了别人的外公，说什么也不会让人相信。

林歌看着孩子吃奶，看着燕子把奶头塞进孩子的嘴里，就想，那儿我摸过，我也吮过，只是当年没有这么丰满。当然，林歌只是看一眼，就把头扭过去看别的。林歌觉得他不应该再这么想，现在的身份不允许他这么想了。但是他有时逗着那个胖乎乎的小孩，他总是会闪现出一些幻想：这应该是我跟燕子的儿子，而不是什么外公。

林歌在黄昏的时候吸着烟，一个人徜徉在河堤的青草坡上，林歌看着天，看着云彩。我不能再跟郝桂芝这么过下去，我还年轻。我得找个年轻的女孩子，过一种真正的夫妻生活。钱，有钱算什么哪，活到这个份儿上，我多么亏！

九

暑假的时候，林歌带着林灵回了趟武汉。林歌的父母经过这几年，基本认了孙女林灵，但依然不认郝桂芝。认林灵也是因为这几年林歌经常寄钱给父母和弟妹以资助生活。

这个暑假林歌带了足够的钱，他有他自己的打算。

果然，在他与林灵一同回到小县城的时候，通知他转户口的函也从武汉寄到了。

这个函似乎对谁都没什么打击。郝桂芝拿着这个函看了看，又把一双手伸进切好的猪肝里去，“走就走呗，咱也不靠你了。离开你咱活得照样滋润”。

林歌觉得还是得与郝桂芝谈谈。林歌坐在晚上的桌子旁，看着越来越胖的郝桂芝靠着墙剔牙花子。

“没有办法，兄弟姐妹都想让我回去，父母亲也渐渐老了。再说，你又进不了我们家门，长期这么过，双方的心里都搁着块石头。”

林歌讲的是真话，可郝桂芝说：“又没拿结婚证，想走你就走嘛，小林你留了一手，你这一手留得好，留了上十年。你说穿了，是嫌我郝桂芝老了，不中用了，你想找嫩的去。莫扯犊子！你走嘛，咱们离婚证都不需拿。钱，你带多少走就带多少走，咱还能挣，林家铺子换牌子了，咱还是能挣，只是得给林灵留几个，日后给她嫁妆钱。”

“那是的，我想等她大些了，万一考不上大学的话，到时给她在武汉找份工作，那时我把她接回去。”

“那算了，莫说光面子话了。她到武汉做什么！”

“武汉还有亲爹，有爷爷奶奶哪！”

“你再找个小婆娘，让小婆娘欺负我们林灵哪！”

林歌终归是要走的，这正像许多人劝郝桂芝时说的一样。这种“婚姻”的解散，也是迟早的问题。

没什么财产，林歌揣足了做生意成本的钱，就离开了他生活过多年的小县城。

林歌像甩掉了一个包袱，一个人踏上回武汉的水路，风吹着他微微卷曲的头发，他的面相一点儿也没变，跟当年下乡时一样，白净，无皱，只是目光多少有些不同了。

做外公的荒唐日子已经远去，他把戒指悄悄地换到中指上，一切，又从头开始了。

林歌一回到武汉即投资做服装生意，在旧时同学的帮助下，他在扬子街服装市场租了个摊位，与弟弟一起干开了。他守摊，弟弟进货。几年的“林家铺子”，也算练了兵，多少懂得了一些生意的窍门。

家里没地方住，他又租了一间房子，每月一百元，过上了真正的单身汉生活。

林歌和旧时的同学，一起长大的街坊朋友们又待在了一起。那些同学们将他带进各种舞厅，让他适应武汉的新生活。曾经做过外公的林歌和那些喷喷香的女孩子抱在一起跳舞，没有泥土气，没有赘肉。而且只要再花上几十元到餐馆里喝一顿，然后就可以领到他租的房子里睡觉了。这些女孩子有些是林歌认识的，有些压根儿就不认识，黄石、宜昌、黄陂的，到处都有。不过林歌只拉一个女孩子睡过一次。

这个女孩子姓肖，在跟林歌上床之前，对他说她白天看到过他摊上的一件红毛衣，挺好的，于是林歌就把那件红毛衣连夜拿来了。这个女孩子早晨走的时候就穿上了林歌摊上的红毛衣，还说吃早点没有钱，找林歌要了四十元钱。

这是林歌干过的唯一一次，第二天下午当这个姓肖的女孩再到林歌的衣摊前来时，林歌害怕她又会挑上一件衣服，因此林歌就没搭理她了。一件衣服的钱并不多，可林歌觉得没意思，林歌认为还是不睡的好。

不久，朋友们给他介绍了一个，是个工厂的正派女孩，不是小肖那种货色。然而谈了两次林歌就觉得没意思透了。林歌直截了当地告诉她说自己在乡下有个女儿。林歌想应当告诉清楚。林歌对谈恋爱兴趣不大。当他回到武汉，才知道自己成了个性冷淡的人。

林歌坐在摊位上，看着那些花花绿绿的女孩子，林歌看着她们，只是抽烟；在舞厅里，林歌也只是瞧瞧，林歌喝一罐饮料，在舞场坐一会儿，就一个人溜了。

两个多月后，魂不守舍的林歌偷偷买了张汽车票，清早就乘上了去小县城的长途客车。那可是真正够颠簸的汽车，一直要坐十二个小时，从早坐到晚，但比乘船快多了，乘船是逆水。

林歌以为他这一辈子再也不会踏上这条路了，可万万没想到，才离开不久，又鬼使神差地回来了。

林歌在颠簸的汽车上看着乡村的景色，林歌想起这么些年的经历，一点儿困意也没有，只是一支接一支地抽烟。

天黑时汽车才到了县城。林歌提着个小包，像过去无数次散步一样，他又踏上了熟悉的街道，街道上的甘蔗皮、灰尘、两旁的店铺、单位，每一寸都那么熟悉，都在向他无声地问候。林歌的心里洋溢着激动。

他看到了那个小店。两个多月，就像离开了几十年似的，那盏昏暗的电灯照着店门，“林家铺子”的牌子竟没有拆去，还用铁丝绑在上面，还蒙着过去的灰，黯淡着过去亲切的时光。

他推门进去首先看见了女儿林灵惊奇的眼睛，紧接着，林灵扑到他身上：“妈，爸爸回来了！”

他也看到了郝桂芝，正拿着锅铲。这是想得到的每天晚上的事情。

这一夜林歌抱着郝桂芝，他发现这个女人从头到脚都充满了魅力，那肚腹上的肉，那双大手，都让林歌再一次体验到了最美好的时光。林歌像一头发情的狮子，吮吸郝桂芝的大奶，吻她的嘴，这在近两三年内两人在一起做爱时是从来没有过的，弄得郝桂芝惊喜得不行，一个劲儿骂他：“天杀的，把老子咬疼了。”

第二天早上，林歌又喝到了猪肝汤，又吃到了十味热干面。林歌打着饱嗝，躺在躺椅上，舒服极了。

关于调回武汉的林歌不到三个月又暗暗回县城来跟老女人郝桂芝睡觉的新闻马上就传出去了，可是当人们想证实这件事时，林歌又回到了武汉。

林歌只待了一个星期，他不可能再这么住下去，林歌是武汉人了。这个小县城对于他来说，不过是个驿站，林歌不再是主人，他只是个匆匆的过客。是啊，从此以后，林歌只是个匆匆的过客了。虽然以他的姓命名的“林家铺子”的招牌还挂在那儿，可挂也就挂着。那不过是林歌的一个梦了。在远离武汉的某个小县城里，那块蒙上灰土的招牌，并没有谁能注意。

以后的数年里，县城的人也没见林歌再来。而林歌在武汉，也没再结婚。

十

1992年的春天来得太早了点儿。春节刚过，林歌背着大包小包将女儿林灵和他的女婿送往长途汽车站，让他们乘回县城的汽车。

女儿林灵是和她的新婚丈夫来武汉度了蜜月的。林灵结婚还小了些，可在县城十九岁结婚是较普遍的。

名贵的衣裳，高级旅游鞋，都是林歌给他们买的。临走时林歌还给了女儿女婿各五千元，作见面礼。

女儿跟他差不多一般高了，长得很漂亮，仪态落落大方，郝桂芝年轻时可能就是这个样子吧；女婿在县城的一个银行工作，显得很老成。上了车，林歌又在副食摊上拿了些饮料点心从车窗外塞给他们，等车开动后，自己才离开。

1992年的春天大街上播放着一盒《红太阳》的歌曲，林歌一个人穿行在匆匆的人流中，听着那些老歌，一直穿进一条僻静无人的小巷。林歌开始哼起那首歌来，那首《毛主席来到咱农庄》：

麦苗儿青来菜花儿黄，
毛主席来到了咱们农庄，
千家万户齐欢笑，
好像那春雷响四方……

林歌哼着这首歌曲，觉得这首歌好听极了，世界上再也没有比这更好听的歌。林歌想起过去有个口琴的，不知丢哪儿了。林歌想还是去买个口琴吹吹，没事，一个人吹吹口琴，吹吹老歌。林歌又想，还是赶快去买盒《红太阳》，放来听听。

四十岁的老知青林歌手放在裤兜里，一个人反反复复地哼着那首有麦苗和菜花气息的歌子，他哼着哼着，泪水就湿了眼眶。

苍　颜

一

孟南第一次见到崔娅时无动于衷，崔娅矮小的身子和躲闪人的眼睛以及苍黄的皮肤，使孟南觉得她像一只窃鼠。这种印象一直持续到今天。

当时崔娅的母亲，也就是县委组织部刘部长一个劲儿让孟南吃糖，孟南剥了一颗糖放进嘴里，发现糖黏扯着牙齿，怎么也拉不开。孟南坐在一张川式藤椅上，看着崔娅织毛线。孟南总觉得他的一双手无处放，踏入这个全县最高的家庭，他想当时自己肯定是十分尴尬的。领他来的田姨跟刘部长扯一些闲话，大都是文化馆毛泽东思想文艺宣传队的事。孟南想，崔娅这个名字不错。孟南读过许多书，觉得这名字有点苏联味。孟南只是想着这个名字，并没有考虑和崔娅以后的生活。

接着就是吃饺子。刘部长给孟南盛了一满碗饺子，由崔娅端给他。孟南接过饺子时说了一声“谢谢”，便埋着头吃了起来。孟南是第一次吃饺子，在此之前，孟南一直吃大米，或者苕干以及芋头。孟南把饺子放在板牙之间的时候，发现没有一点儿嚼劲，他认为这应该是老太太吃的食物。孟南三口两下就将饺子吃完了，放下碗，他听见了自己肚中一阵饥叫。刘部长问他吃饱了没有，他说吃饱了，很饱很饱。

后来，崔娅的父亲回来了，崔娅的父亲就是县委崔书记。孟南看着这个令人敬重的县委书记，高高的个头，瘦瘦的身子，满脸和蔼。田姨向孟南介绍说："这就是崔书记。刘部长，孟南是不是该叫一声爸了？"刘部长笑了笑，和田姨一起看着他，他不好意思了片刻，总算轻轻地叫了一声爸。大家都很高兴，田姨说："以后跟着崔娅叫，就叫顺口了。"

这个婚事是田姨撮合的，田姨是个热心人，她在文化馆担任导演辅导干部，也帮着化妆。她善于教女孩们跳斗笠舞，她导演的节目常常在地区会演得奖。比如《铁姑娘学大寨》《田头小唱》等。

田姨接受了刘部长的拜托，为她的女儿崔娅找个在下面工作的对象。对象要五官端正，身材好，健康，有文化，共青团员。田姨终于看准了孟南。孟南那时候在水竹镇一个集体所有制小厂，当造纸工人，整天翻纸浆。孟南是小镇的业余文艺积极分子，主要任务是创作唱词，然后把它们用钢板刻出来，印成演唱材料。田姨经常来水竹镇辅导跳舞，见了孟南和他的一些唱词，大为赞赏："小伙子，有对象没有？""还没有。""这么聪明有灵气，肯定是高中毕业吧？""初中毕业。""入团了吗？""入了。""田老师我为你介绍个对象，是县委书记的千金。我说的是真话。这么好的小伙子，在水竹镇糟蹋了。怎样吗，先给我张照片我让人家瞧瞧，保准会满意。田老师我就是爱才。"孟南很实在，他知道自己的出身，在水竹镇上，孟南白天翻纸浆，晚上读书、写唱词。孟南听了田姨的一席话，认为这纯属荒唐。最后，孟南还是拿了一张自己的照片给她。

孟南把这个事差不多忘了。过了半个月，水竹镇文化分馆的老谷对孟南说，田姨打电话来了，要他马上搭车去县里。

孟南来到县城，田姨兴奋地告诉他，说对方和她的父母都同意了。"先请我吃糖，"田姨说，县委书记的千金叫崔娅，"好多高干子弟她都没同意。这孩子虽然长相一般化，但老实、本分。你们成个家，不知多少人要羡慕死。最主要的是，你马上可以调到县里来，你前途就远大了呀！"

见到了崔娅以及她的父母，不久，孟南便开始了在县城的生活。

二

办调动手续的时候，刘部长希望孟南到科局去，孟南说还是到文化馆的好。于是，孟南到文化馆上班了。

孟南在文化馆毛泽东思想文艺宣传队，依然是编唱词，刻钢板。孟南的钢板刻得像书上印的一样，没有谁不佩服的。

孟南和崔娅的婚礼是在十月举行的。孟南没有什么朋友，崔娅也没有什么朋友。崔娅的父母有许多朋友。孟南夫妇得到了满柜子的礼物。

孟南亲戚中来参加婚礼的只有他的伯父和一个表兄。曾是全县最大的工商业主之一的伯父孟德祥，现在水竹镇收购门市部收鸡毛。伯父和表兄来了就走了。崔娅所在单位县统计局给了他们一套平房作为新房。文化馆和统计局都送来了“毛选”。文化馆的美术干部为孟南的新婚六弯床画了三块美术玻璃，是江南山水。

孟南发现崔娅没有任何性要求。虽然崔娅结婚时已经二十五岁，身子似乎还没有发育，胸脯像十三四岁的少女。崔娅对孟南的抚摸表现出厌恶和冷淡，老是推说不是头疼就是腹痛。孟南看着她苍黄的脸和全身的病态，每当这时也就知趣地躺在一边。

这一年，孟南二十四岁，比崔娅小一岁。

孟南发现崔娅什么活儿都不会干，做饭、洗衣、烫裤子。衣服只好由孟南洗，吃饭则在崔娅父母那儿吃。

孟南没有办法习惯吃饺子，吃得多，饿得快，无滋无味。孟南只好偷偷地去工农兵餐馆买炸辣椒和米饭吃。孟南的工资有限，这种时候也不敢太多，虽然崔娅并不管他的经济。孟南自定平均一个星期一次。孟南在餐馆里狼一样吃炸辣椒，直到把头上的汗吃出来，把肚子吃圆。

崔娅有病，孟南第一次见面就看出来了，只是不知道她有那么多的病。崔娅的病可能都来源于她的厌食。她一顿只吃半个馍馍或是五六个饺子，或者干脆不吃，只喝糖水。她有肾病、长期的腹痛、失眠，月经也不正常，有时候几个月不来，有时候来了不转去。在晚上上床之后，她总是瞪着一双怯弱的、无望的眼睛，翻来覆去。半夜又总要出一身冷汗。在很长一段时间里，崔娅不用安眠药就无法入睡。她三天两头地到医院去看病，不让孟南陪她，只要她的母亲刘部长带着去。

每天晚上，孟南都要催促崔娅吃药。这些药轮换着吃，每次都有几种，中药、西药都有。这是刘部长交代给孟南的。刘部长像安排公事一样，她对孟南说："崔娅从现在起就跟你生活在一起了。崔娅虽然比你大一点儿，但她没有独立生活的能力，体质弱，你要多关心她。"刘部长说这些话的时候没有什么表情。但是从口气中听，好像崔娅的病是他孟南造成的。"这是个废人。"孟南给崔娅煎药时，就这样总结。

崔娅在统计局进行数字登记工作，异常清闲。崔娅在二十岁的时候曾被推荐去武汉上大学，那时候，她已经入党了。在学校里，她的功课一团糟，三天两头病，只好休学在家，最后拿了个肄业证书。关于她的往事，孟南是以后断断续续地知道的。孟南对这些不感兴趣，崔娅也不爱谈。崔娅说话没有丝毫的魅力，除了指使他洗衣服或倒开水给她吞药外，也很少谈别的。孟南倒是很想听听崔娅老家烟台的事，可问到这些，崔娅总是"就在海边"一句话。崔娅在前几年去过老家一趟，那海，那渔船，那潮汐，就没有给她留下新奇的印象吗？孟南没有见过海，那神奇的大海，崔娅竟然什么也说不上来吗？这使孟南感到无比地失望。

孟南在文化馆编了一段时间的唱词之后，有一天，馆长把他叫去，交给他两部照相机，让他改行学摄影。孟南看着这两部照相机，心里好一阵儿兴奋和喜悦，他知道，这属于特殊的待遇。有几位馆员都想搞摄影，但是馆长始终没同意。除此之外，馆长还交给他一个三脚架、一个长焦距镜头、两把钥匙。交给他，说："这给你用了。"

当天孟南就把照相机背回去，要给崔娅照相。哪知崔娅艰难地笑了笑，说没什么照头。崔娅不让他照。她知道自己长得难看，孟南只好作罢。孟南像个孩子，对照相机爱不释手，巴不得整天摆弄，可是崔娅的冷漠使他克制了自己，从此不再把照相机拿到家里。在以后的几年里，孟南虽然照过几百卷胶卷，却只为崔娅单独照过两张相，而且也没有使用什么特写和打光。

从此以后，孟南经常到下面去拍照。他背着相机四处走，特别是在乡下，走到哪儿，都会围着一些人瞧他摆弄这些玩意儿。

这一年的秋天，领导要他拍一些表现农业大丰收的照片，他领了任务赶往下面的杨湖公社。然而地里稻谷已经割了，粮食也卖完了。对待领导交给的任务，孟南总是不辞劳苦地完成，他不能空着手回去，而且，他还想尽量拍得好一些。他的灵气和想象力，加上他对工作的热情，构思了一个极好的点子。他把这个点子跟公社书记谈了。最后，他的热情感动了对方。由公社专门下达了通知，组织了七百名社员，三十多杆红旗，七百辆独轮车，每个车上三个麻袋，麻袋里装上谷壳、稻草。这些工作准备了两天。两天里，孟南啃干粮，打赤脚，在各个生产队进行组织。

第三天早晨五点，在嘹亮的军号声中，七百辆独轮车整齐地出现在湖中的两条土路上，天大亮的时候，东边出现了霞光。七百辆满载谷壳和稻草的车，七百个推车的社员，三十多面迎着晨光招展的“农业学大寨”旗帜，都倒映在湖水里。这的确是壮观的景象。

这张照片题名为《送公粮》，它由省报一直登到《人民画报》，并且到许多非洲国家展出。

仅仅半年的时间，孟南由一个完全不懂摄影的门外汉，到做了这么大的成绩，在这个县二十多年的文化史上，是没有过的。

他兢兢业业地工作，他认真负责和吃苦耐劳的精神，在文化馆也是独一无二的。在全县的各个水利工地、抗洪抢险的一线，孟南总是背着相机拍摄难得的场面，泥一身，水一身。平均每个月，他都有十多张照片刊登在北京、省和地区的报纸上。他白天照，晚上冲洗。他深深地爱上了这门工作。

三

崔娅怀孕了。她的妊娠反应十分厉害。

先前孟南没发觉，连崔娅自己也没有发觉。她的经期紊乱，两个月没有来，只好由她的母亲陪同去医院开药，一检查，竟是怀孕。从医院回来之后，崔娅就开始呕吐。他们的平房没有卫生间，崔娅在厨房的洗菜池里吐，一天到晚，崔娅就趴在那个水泥池上，吐得死去活来。孟南想，如果不去检查呢，她不知道，会这么吐吗？女人真是难对付。

崔娅基本拒食了，什么也不吃。“我可能要死了。”崔娅说。她的脸更加苍黄，并且出现了浮肿。

“你不能这样想，怀孩子，怎么会死去呢。”孟南抚着她说。

“我自己知道，不要你这么劝，你到一边去。”崔娅的脾气十分古怪，她似乎完全不需要孟南。对他的所有热情关心都采取冷淡的态度。“我死了就找你，是你把我弄死的。”崔娅在吐得不能动弹时，往往这么说。

这是没有道理的，孟南只是苦笑。不过有一点孟南知道，这就是崔娅没有哪一次同房不跟他发生争吵，甚至崔娅不止一次地提到过“强奸”这个字眼。崔娅毕竟是在武汉上过一年大学的，她说美国的法律在夫妻间也有强奸罪。

崔娅只好全休，回到她父母的家里调理身体。对于崔娅的怀孕，她的父母表现出极大的喜悦，他们给崔娅配制了人参、当归等种种补药，熬半稠的面糊给她吃，输液，还特别弄来了保胎药。那一段时间里，孟南无法下乡去拍照，他中断了自己的工作。每天早晨，刘部长就安排他去食品公司门市部，找一个独眼的营业员取猪骨头，给崔娅煨汤。习惯于夜间看书和工作的孟南，只好学会了十点钟就寝，天刚蒙蒙亮时就骑着自行车到人声嘈杂的食品门市部去找独眼。独眼知道了他是县委书记和县委组织部部长的女婿，对他格外热情。孟南取来的排骨、筒子骨已经成筐了，为了表示感谢，孟南给他拍摄了一张笑脸相迎的照片，把他仅有的一只眼睛拍得分外明亮。这张照片上了地区报纸，登在头版上。

第五个月的时候，孟南对崔娅说，希望她到水竹镇小住一段时间。刚开始崔娅不同意，她不想离开父母，后经崔书记劝说，崔娅才同意了。

从县城到水竹镇要乘大约两个半小时的汽车，他们夫妇坐着崔书记专门派的北京吉普，随车带了一大旅行包药品及食物，像搬一次家的沉重。

到水竹镇时，天已经黑了。但水竹镇每晚七点至九点十五分停电，街道上一片漆黑，行人稀少。孟南发现崔娅的情绪极端不好，埋怨来到了乡旮旯。

孟南的父母早就死了，孟南多年来与他的伯父孟德祥同住。在回家之前，孟南已经给在收购门市部收鸡毛的伯父挂过电话。车开到门口，他看见苍老的伯父正垂着手在台阶上迎接。

屋里点着一双红色的蜡烛，这是头脑清醒的伯父专门买来的。伯父为他们收拾了一间房，里面铺着新床单，收拾得干干净净。晚餐的桌上不仅有排骨汤，还有馍馍和饺子。肉食那时候十分紧张，凭票供应，排骨就更难买到了。不吃面食的伯父却能做出发得很好的馍馍和包得很地道的饺子，这真是难为了老人。然而崔娅躺在床上就不想起来。孟南劝她说："这是伯父的一片心，你总要吃两口。"崔娅说："我不想吃，怎么能强迫呢？"

孟南站在床前，好半天，他的伯父孟德祥才探着脚进来，说："小崔，是不是嫌我做得不好？不合你的胃口？"

崔娅依然躺在床上，毫无表情地说："我不想吃。"

孟南只好对伯父说："一路颠簸，她是太累了，就让她睡会儿吧。"

崔娅不仅不吃，还无法忍受水竹镇烛光摇曳的晚上。她眼睁睁地等着九点多钟的电灯复明，电来了，她又昏昏欲睡了。

孟南的伯父想方设法地给崔娅弄来开胃的食物，他托一位到收购站卖兽皮的猎人搞到一只野鸡，炖得稀烂给崔娅吃。难得一见的野鸡管了崔娅两天的饮食。最难熬的还是水竹镇的经常停电。在半夜，失眠的崔娅害怕黑暗。往常她失眠的时候总要开着电灯，这个怪癖在水竹镇根本无法满足。

孟南想告诉她，水竹镇曾经有过比县城更辉煌的历史，水竹镇在二十世纪三十年代就有了电灯，而县城不过是新中国成立以后才开始用电。曾有“小汉口”之称的水竹镇，当年兴办电厂的，就是她眼前这位老态龙钟的伯父孟德祥。

“我的伯父是一个不平凡的人物，他二十五岁就开办电厂。”这天晚上，在停电之后孟南这样对崔娅说。

崔娅好久没有作声。好久，崔娅懒懒地说：“那不还是归国家了吗？”

“我不是说这件事本身，我是说他的能力。我今年也二十五岁了，可我一无所有。事实上，也不是国家没收了，是日本鬼子的飞机把电厂炸了。”

“能力？我爸爸十八岁就当团长了，他一天杀二十多个地主恶霸。”

“刚才我们是在谈电灯，你不是抱怨停电吗？”

“你明明是在谈能力。”

“这是由电灯谈过来的。”

“那把四十年前的电灯搬过来点。”

“不是已经炸了吗。”

“炸了还谈什么。”

这样的争论是经常发生的，孟南发现崔娅蛮不讲理。在崔娅这样的家庭面前，孟南没有什么值得好炫耀的。

一个星期以后，崔娅就催着要回家去，她说在水竹镇像住了一百年，她再也不会到这里来了。

在临走前的一天，孟南的伯父步行了二十多里，找到了那个猎人，又弄来了两只野鸡，伯父提着两只野鸡回来的时候，孟南看到，伯父的腿一拐一瘸。

第二天离别的时候，孟南看着伯父，泪水冒边了。伯父微笑着对他说：“好好照顾小崔。怀小孩的时候，脾气都不大好的。”

伯父是天下第一个宽厚慈祥的人，因为有伯父的存在，孟南才觉得这世界给了他一些温馨，在每时每刻，在伯父没在身边的时候，都有一泓暖流，在他心中的某个角落里荡漾。

在这个世上，伯父是唯一理解他的人。

四

八个月刚满，崔娅就生了，是个早产的女婴。

在突如其来的破羊水之后，孟南和刘部长把她送入医院。那是在半夜。住进医院，崔娅就开始歇斯底里地骂人，崔娅像妖魔一样用十个手指抓着妇产科病房的墙壁，大骂孟南“流氓”“不要脸”。孟南只好赔笑脸说自己是流氓，臭不要脸。关于孟南那时的笑，崔娅从此记恨在心，她说在她最痛苦的时候，孟南竟然无事一般，轻松快活。孟南承认自己流氓之后，看着妇产科病房的墙壁上那些深深的抓痕，觉得人类的繁衍的确是一桩艰难而痛苦、同时也是无比悲壮的事。

女婴生下来，左脸全部是紫红色，医生说，这叫毛细血管瘤，可能是怀孕期间吃药太多，特别是保胎药太多造成的。刘部长问：“以后能不能退去？”医生说：“有的能退，有的不能退。如两三岁时不能退，只好到大城市医院看看。”

那三天里，孟南睡在妇产科病房的走廊上，他时不时地被唤去给孩子洗尿片。孟南显得笨手笨脚，赶来看崔娅的田姨，自告奋勇地承担了护理母女的任务。因为刘部长要有许多会议主持参加。田姨教他们怎么包扎孩子，怎么给孩子换衣裳。

崔娅没有奶水，她小得可怜的乳房生孩子后没有一点儿反应。刚开始小孩喝糖水，后来喝牛奶。刘部长弄来了许多发乳的东西，鸡、鱼及一些中药，但发不出来。

女儿的紫癍让人见了心寒，紫癍包裹了左眼，无法睁开。右边的脸却眉清目秀，这只右眼使孟南产生了一股柔情。他知道，他做父亲了。

在月子里崔娅脾气更坏，她烦那些提了东西来看她和女儿的人，那些人都是冲崔书记和刘部长来的。崔娅认为，那些人成心让她和女儿出丑。因为女儿的脸疾，崔娅食欲更糟。她尤其听不得女儿哭，女儿一哭，她就要孟南抱着在房里来回走动。得不到母乳的女儿特别爱哭，孟南只好日夜把她抱着。孟南打着瞌睡在房里转圈，有几次，差一点儿把女儿掉在地上。孟南认为这比受刑还难受。

崔娅在床上指使孟南干这干那，不是说牛奶太热就是太凉，“你想把这个孩子弄死怎么着？”

“我怎么想把她弄死呢？这难道不是我的孩子，是捡来的吗？”

她的母亲刘部长这时候便做工作：“都得耐心一点儿，爸妈不是那么好当的。”至于孩子的脸疾，刘部长和崔书记都表示，如果两三岁还不退的话，不管用多少钱，都得想法子到上海治好。

满月之后孟南便下乡了。乡下清新的空气和安静的景色，使他有一种解脱感。在给一个公社小镇的藤编厂拍照时，他认识了小肖。小肖是一个十八岁的姑娘，藤编厂厂长说她长得最漂亮，让她配合孟南拍照。事实上，小肖长得的确漂亮，她笑的时候给人许多遐想。笑对她是十分容易的事，这不像崔娅，崔娅笑很难，无论怎么笑，也不像笑。

孟南不喜欢随便取景和抓拍，他喜欢来一些灵感进行大场面构思，以显示出摄影者的匠心。他让十多个人把全厂的藤筐一层层垒在一起，像一座城堡，而一个姑娘就在这“筐堡”下双手灵巧地编织。领导让孟南弄一张新闻照片，结果孟南把新闻照搞成了艺术照。

把这张照片拍完后，小肖微笑着请求他：“你再给我拍两张别的照片好吗？”

孟南说：“好的。”孟南当即就答应了，因为他发现小肖的脸和头发都很有特点。

孟南给她拍了两张特写，说：“只好回县里洗了给你寄来。”

小肖说：“行，没有问题的。”

半个月后，小肖突然来文化馆找他。小肖说她是来县里办事，顺便拿她的照片。孟南这才想起来，胶卷还没有冲洗。

“那你给我帮帮忙，把它洗了吧。”

孟南把小肖领进暗室，在暗红的光线下，小肖帮他漂洗和烘干。

只容得下两三人转身的暗室，小肖就站在孟南的身边。孟南闻到小肖身上散发出来的一股醉人的气味。那气味像早晨田野的芳香，池塘里蒲草摇动的芳香。

照片洗出来了，小肖很满意，孟南也很满意。小肖说："你把我照得这么漂亮？"

孟南说："你本身就漂亮。"

无论是编筐的她，还是特写的她，都令人过目不忘。

小肖一再感谢他。送小肖下楼的时候，孟南心一热，突然问："你住在哪个旅社？我晚上去看你。"

小肖说："我住工农兵旅社，欢迎你去，晚上我等你。"

孟南提前下班，回去后他干了很多事，洗了满盆的尿布，又放在烘笼上烘干，再帮女儿煮牛奶，帮崔娅炖鸡汤。

吃过晚饭，孟南对崔娅说，有一卷照片要连夜洗出来明天早晨发出去，便离开了家。

来到工农兵旅社，孟南找到了小肖。小肖住在一间四人间的房里，其他三个女的小肖不认识，孟南也不认识。那三个女的看着小肖和孟南谈话，使孟南如坐针毡。小肖告诉他说，为了等他，她晚饭也没吃。孟南对她说："那我们到街上去吃馄饨和烧饼好吗？"

小肖很高兴，说："当然好，我正想吃吃县城里的馄饨。"

天已经很黑了，孟南和小肖找到一家小吃店，孟南买了两碗馄饨和四个烧饼。烧饼全给小肖吃，孟南只吃馄饨。馄饨十分辣，小肖爱吃辣，要师傅多放辣椒，一放再放。师傅笑起来了，孟南也笑起来了，小肖更笑。孟南觉得小肖的口味跟他一样。孟南也像个小孩，把辣椒一放再放。结果两个人吃得直抽冷气，额上冒汗。

走出小吃店，时间还早，孟南对小肖说："到江边去走走。"小肖欣然同意了。

翻过堤，就是长江，两个人寻了块石头坐下来，看夜色中的江景。江影绰绰，十分荒野。小肖说："这次来，我是第一次看见长江，呀！好宽。"

孟南说："我第一次看见长江的时候，是十五岁。"

小肖说："你不是县城人？"

孟南说："我是水竹镇的。"

小肖说："难怪你有水竹镇的口音，你们把'这'说成'爹'。"

孟南笑了，说："我是乡巴佬。"

小肖说："我是巴佬乡。"小肖很顽皮。

这时江水猛烈地拍打着岸石，小肖说："江中有野兽吗？"

孟南说："江中怎么会有野兽！"

小肖说："我想也是。不过江里肯定有鬼。"

孟南说："江里也不可能有鬼。"

小肖说："肯定有鬼。我们藤编厂后面的那口池塘都有鬼，这么宽的江怎么没有！"

孟南说："那就是有。"

女人应该是怕鬼的，不怕鬼的女人绝不是好女人，孟南想。孟南觉得小肖又单纯又可爱。

后来孟南想到家里的崔娅和女儿，就起身说："回去吧，鬼来了。"

小肖一把抓着他的膀子说："你别吓我，鬼来了先吃你。"

孟南很想扶着小肖，后来果然扶了。走上堤，看见了万家灯火。孟南放开她，说："时候不早了，旅社恐怕关门。"

孟南把小肖在"筐堡"下编织的照片寄出去，这张照片发了五个地方。孟南将报纸都给小肖寄去了一份。孟南本来准备写一封短信的，想了想，却没写，信封里全部是报纸。

五

领导对孟南说，文化馆不再承担摄影报道的任务，宣传部成立了宣传科，你就做编辑吧。孟南就做了编辑。孟南编一份铅印的内部文艺刊物，里面全登一些县内作者创作的演唱作品，有新故事、民歌、鼓词、独幕剧。孟南整天看那些来稿，并帮助他们改正错别字和不符合韵脚的地方。然后再划版、送印刷厂、校对，书成后再卷成筒寄到各文化站、文化分馆以及业余作者手中去。

从此以后，孟南再下乡时就不拍照了，而是走访业余作者，跟他们一起在油灯下讨论构思，并鼓励他们多写作品。

业余作者们经常来看他，给他带一些乡下的粽子、粑粑以及土豆。业余作者们打着赤脚，一副落拓相，家境也不宽裕，这使孟南很过意不去。孟南留业余作者吃饭，又不好意思将他们带到岳父母家中去，只好在文化馆食堂端饭给他们吃。食堂里没有油水，青菜像猪食，给这些难得到县城里一趟的业余作者吃这，孟南脸红。孟南每次下去，业余作者总是盛情款待，全家人忙，而到县城他这里来了却冷冷清清。

孟南决定跟崔娅谈谈，自己开火做饭。孟南对崔娅说："老吃你父母的不好意思了，我们也有两只手。"崔娅认为他的道理十分充分，就答应了。

饭由谁做呢，当然要孟南做。孟南想，这下可以吃大米了，还有生姜和酱菜。孟南第一次做好了一锅香喷喷的大米，端给崔娅吃，崔娅不吃。崔娅要吃面条。孟南没买面条，孟南劝她吃大米。孟南说："你虽有北方血统，可你生长在南方，怎么能不吃大米呢？入乡随俗，你得学着吃大米。你的体质如此差，就是没吃大米的缘故。"

左劝右劝，崔娅吃了小半碗大米饭。崔娅放下碗就喊气胀，胃疼。崔娅只要一喊疼就会疼得昏天黑地。崔娅在床上打滚，说还不喊我妈来！孟南说："喊你妈来也无济于事，你妈又不是药。"

孟南去给崔娅买药，买来了一瓶"胃舒平"，崔娅吃了药，还是疼。

崔娅疼了一夜，第二天对孟南说："我回家去吃，我们分开吃吧。"

孟南说："也好。"

崔娅把孩子抱走了，孟南去文化馆上班。孟南改了两篇来稿，田姨就来到他办公室，问他："你跟崔娅吵架了？"

孟南说："没有呀。"

田姨说："刚才刘部长打电话来了，要我问问你，是崔娅还是刘部长或崔书记哪个得罪了你？你要分开吃，让崔娅在家一个人哭。"

孟南说："谁也没有得罪我，至于崔娅哭，她喜欢哭。她喜欢，我也没有办法。"

孟南本想跟田姨解释这是为了业余作者，也为了自己想吃点儿大米。孟南想了想还是没解释。孟南不喜欢解释。

中午和晚上，孟南既没有自己去煮饭，也没有到刘部长家吃，孟南吃食堂的水煮萝卜。吃过饭之后就抽一支烟，把水煮萝卜的味儿压下去。晚上他去接崔娅母女，崔娅不理他，正在给孩子喂牛奶。孟南进去后闻到她家里的那股饺子味就直想吐，这种味根本不及食堂的水煮萝卜。孟南只好抽烟。

耐心等待崔娅喂完了牛奶，他便起身去抱孩子。崔娅不给，说："你一个人回去。"

"这是哪里的话？"

刘部长从厨房里出来说："崔娅，跟小孟一起回去。"

"我就不。他不是同意分开吃了吗！"

孟南说："分开吃也不是分家呀。"

崔娅说："这有什么两样。"

孟南站在那里。刘部长对他说："孩子有夜哭的毛病，就让她们在这里我来照管。"

孟南一个人骑车回去，看到屋里的一些摆设，就想砸点儿什么。孟南最后没砸，抽了几支烟，就一个人落落拓拓地躺下了。

第二天孟南买了车票，说是要下去走访业余作者。孟南买的是小肖所在的那个公社小镇的车票。孟南走到售票窗口，把钱递进去时，才临时报的这个地名。孟南在此之前一直不知道自己将去向何方。

颠簸的汽车和满脖子灰尘，在黄昏时分到了终点。孟南背着一个黄挎包在旅社登了记，就躺在了床上。一间四壁空空的单人房，只有一张桌子，一个洗脸架和头顶二十五瓦的灯泡。后窗外是一座小山，松涛阵阵，整个旅社里空无一人，愈加觉得孤寒寂寞。"我到这里来干什么呢？"孟南下了床，鼓足勇气往藤编厂走去。

在小肖同寝室女伴的指点下，孟南在厂后面的那口池塘边找到了小肖。小肖正在洗头，把长长的头发浸泡在脸盆里，听到有人喊她，她绞着头发偏过脸来，认了半天，惊喜地说：“是你！”

孟南说：“是我，来看看你的。”小肖的脸又红又润，小肖说：“看我，我有什么看头！说漂亮话，肯定又是来拍照采访的。”

孟南告诉她，他已经不搞摄影了，他现在做编辑。

孟南问她：“我寄给你的报纸收到了吗？”

小肖说：“在我寝室里你没看到？”

孟南说：“没有看到。”

小肖说：“是你寄的？我还以为是别人寄的呢！”

孟南说：“那信封上不是我写的地址和收信人吗？”

小肖说：“我怎么知道，又没落你的名字。”

的确，没落名字。小肖这是话中有话。

两人回到寝室，果然看到小肖把他照的几张照片以及报纸上剪下来的照片放在玻璃板下。

“再也不可能给你照了。”孟南叹了一口气说。

“这又有什么要紧的呢，还值得叹气。”小肖说。

孟南不好意思了，说：“我爱叹气，这世上让人叹气的事太多了。”

小肖问孟南吃过饭没有，孟南说没吃。小肖说：“那该我请你了，还是上次的规格，四个烧饼一碗馄饨，行吗？”

讲起这些面食，孟南就反感翻胃，但从小肖口里说出，孟南觉得这些东西是天下最美的食物。

公社小镇不习惯夜间营业，转了一圈，小肖抱歉地说：“活该我节约了。”

“我也不饿。”孟南说。这话一出口，孟南就听见了肚中的响声。

走完了一条街，就是座小桥了。小肖问他：“你没到公社去吗？”

孟南说：“我不是公事，我是来散散心的。”

小肖问：“遇上了什么不顺心的事？”

孟南说："没什么说头，说了，你现在也不懂。我们还是说点儿别的吧。"

小肖说："说什么，还是说鬼？"

孟南看着小肖在黑暗中闪动的眼睛说："人就是鬼，鬼就是人。"于是，孟南讲了一个古代不怕鬼的故事，故事说一个鬼把头取下吓某人，某人说，有头的人我都不怕，还怕你无头的鬼吗！小肖笑了起来，边笑边叫，拉着孟南的手臂就不动了。在短暂的安静中孟南知道小肖渴望什么。孟南抱住了她，他听见她柔软的胸脯里心在跳。

孟南在她的嘴唇上亲了一下。小肖抬起头来问："你有女朋友吗？"

孟南的脑子里一下被北风灌满。他松了手，与小肖并排地往回走。他对着前面的黑暗这样说："事实上，我并没有过女朋友，可我已经结婚了。"

他只能这么说，他斟酌了各种说法，最后就这么说了。"一切都是命中注定的。"他又说了这么一句。

后来他看小肖加快了步伐。"再见。"他听见小肖在前面回过头来说。

"再见。"孟南向她扬了扬手。

在无人的旅社里孟南一夜没有睡着，他想回忆今夜发生的事，但是一丝甜蜜就会伴来一丝苦涩。

第二天一大早，孟南就乘车回县城了。在车上他才结实地感悟到，幸福已经与他无缘了。

几天以后，他接到小肖的一封挂号信，信上说她哭了，她不敢相信那些话是真的。"我看出来了，你不过是一种搪塞，只怨我不配得到你。南哥，我从真心喜欢你，经常梦见你。正像你说的，一切都是命中注定的，让我做你的妹妹好吗？"

孟南一个人在办公室把这封信读了上十遍。孟南一个劲儿地抽烟，最后，孟南在点烟的时候把这封信点燃了。孟南看着信一点点地燃烧成灰烬，他什么也不愿意去想了。

六

孩子长到两岁的时候，脸上的紫瘢没有退去。孟南和崔娅决定带着孩子到上海去治病。

他们坐着船顺流直下。轮船的汽笛在江面低沉地响起。孟南抱着孩子趴在栏杆上，看着涌起的浪花和江鸥。他想象起当年的伯父孟德祥坐着木船去上海时的情景。那时候，水竹镇年轻的巨商孟德祥腰缠万贯，踌躇满志，将他在水竹镇三百万元以上的资金拿出一半转移到上海去，先后在南京路和淮海路开设了“大兴全百货商店”和“远东饭店”。那一年他回到水竹镇来的时候，看到孟家在故乡的三大商号蹲在黑暗中，就萌生了开办发电厂的念头。1935 年的春节，水竹镇沐浴在一片灯火辉煌之中，高悬的走马霓虹灯下面，是繁华的不夜市。老辈子的人还记得那时的情景，他们第一次看见了自己的小镇在夜晚是如此地热闹和美丽。因为有了电，水竹镇曾发展到八万人，而当时的县城还不足一万人。从上海买回的两台发电机组，把千桅林立的河码头照得如同白昼，十万吨的年吞吐量，使这个小镇名闻遐迩。

来到上海之后，孟南本想去寻伯父饭店和商店的旧址，但是孩子的就诊容不得他们有半点闲心思。

他们跑了几家大医院，住了一两个月，花了上万元的钱，依然没能将女儿的紫瘢去掉。只不过使孩子经受了一次又一次痛苦。

在小旅社昏暗的电灯下，崔娅只知道抱着孩子泪眼婆娑，嘈杂的都市和嘈杂的旅社，使崔娅无法安稳，挤车去医院、吃饭，心力交瘁。似乎来上海治病的不是女儿，而成了她自己。最后崔娅也病在旅社，孟南只好一个人抱着孩子东奔西跑。

崔娅的母亲接到电报专程来上海接他们回家时，看到崔娅比往日更瘦更黄，而孟南也变黑变瘦了。

回家以后许多人都劝他们再生一个，崔娅的父母也有这个意思。并且县计划生育办公室也答应给他们弄个生育指标。崔娅害怕再生，她对生育有一种深深的恐惧，事实上，生了女儿之后，她更加稀少地与孟南同房了，有时候两个月也没有一次，似乎他们已经忘记了这种事。孟南领教过她在被子里的发怒，孟南不想再强求。

像完成任务一样，等崔娅答应了她母亲的要求，准备再生一个时，她的肚子竟一点儿反应也没有。

半年之后，她去医院检查时，医生告诉她，她不可能再生育了。因为吃了太多的药物，致使她的卵巢萎缩，功能丧失殆尽，没有什么存活的卵子排出来。

这已经到了二十世纪八十年代的初期，孟南又接受了新的任务，去搜集民间故事并把它们编辑成册。民间的名流、本县古代名人以及现代革命志士的故事，都是他收集的对象。

那些名人的后裔、行将入墓的老人、革命斗争的亲历者和目睹人，都是他采访的对象。

现在，在他下乡的随行物品中，多了一部小“三洋”录音机。这比照相机又时髦一些。那些被采访者十分乐意地对着转动的录音机喋喋不休地说话。

每次从乡下回来，他都带回几盘录好的磁带，然后一盘盘地边放边记录，再进行必要的整理加工。这些作品都无一例外地署上他的名字，不过在名字的前面加上“搜集整理”四个字。当然，也署上了讲述者的姓名。

这是一件艰苦而漫长的工作，整整花了孟南两年多的时间。

这本书的合作者还有一位，就是老馆员秋隼。秋隼是笔名，据说这个笔名在二十世纪四十年代用过，从孟南进文化馆起，就没看见也没听说过秋隼发表什么作品，只是在孟南编内部刊物的时候，秋隼的名字出现在三则谜语下面。

秋隼是这本故事集的主编，孟南是副主编。秋隼在家坐镇指挥，审孟南的稿子，因此，实质性的工作基本由孟南来完成。

秋隼是一个快活的老头，也曾是个右派，毕业于新中国成立前的武汉大学中文系，因恋着故乡的结发妻子，回到了县城。偶尔秋隼和孟南一起下乡，在旅社里，秋隼一杯烧酒一盘干鱼，就能跟孟南唠叨半夜。秋隼说他读大学时在报纸上发表一篇文章就能买一袋大米、一刀肉。秋隼也说到他在学校时的罗曼蒂克，他爱上了同班的一位富家千金，那些痛苦的情书后来竟都当作散文发表了。“我之所以如此快活，是因为我有过浪漫的青春。”秋隼往往用这种警句结束他的谈话。孟南问他的那些作品还在不在，他告诉孟南说：“在，都在，在档案里装着哪，被组织抄去的，永远不退还了。”秋隼说他还想看看这些作品，重温那段旧梦。秋隼十分欣赏孟南的才华，他希望他多读古书，特别是唐诗宋词元人小令以及八大家的散文。“我这是对你讲，你应该写点儿小说、散文和诗歌，虽然文化馆领导从来不提倡写这些，依我之见，这些有出息些，至于民歌、唱词、民间故事，算不得高雅的文学作品。你还年轻，不像我们，老朽一个，领任务，混饭吃。你可不能浪费掉大好时光和才华哟。”

孟南觉得秋隼老头的话语重心长。我是不是该干点儿正经的事呢？孟南想。他被秋隼说动了心。他知道最丑的女人能写最美的诗，阳痿患者能写硬派小说，个人感情生活不畅的人，可以创作出绝世的爱情作品。“那么，我就能写了。”他满怀信心地总结。

当夜深人静时，孟南咬着笔，开始写情诗。

他自然想到小肖。他还保存有小肖编筐的那张照片。崔娅并不知道孟南与小肖的这一段感情经历，因此孟南为了唤起灵感，把这张照片连同许多张他得意的摄影，比如《送公粮》等，很艺术地装进镜框，挂在抬头可见的墙上。

写好了几首诗，拿去给秋隼老头看。秋隼看后说可以可以，并且答应为他保密，绝不告诉领导说他在写诗。

秋隼看过诗后要孟南多背诵一些诗，于是秋隼开始背诵起《春江花月夜》《将进酒》《天上的街市》《祖国，我回来了》。秋隼老头的记忆力非凡，不过后来他发现，秋隼老头也只能背诵这几首诗。

孟南把诗稿寄出去了，并且也采纳了秋隼的建议，为自己弄了个笔名“江歌”。后来写有“江歌同志收”的退稿源源不断地寄回文化馆。这事终于被领导知道了。领导把他找去，委婉地劝他别再写了，先得把本职工作做好，特别是把民间故事集的初稿弄出来，好交上级领导审阅。

孟南用脚蹭着地，十分认真地聆听领导的批评。他是个有自尊心的人，他已经过了三十岁。悄悄地拆着那些铅印退稿信，已叫他无地自容了。他很快收起了那些写给虚空的情诗，投入民间故事集的定稿工作中去。

秋隼要他不要气馁，不怕失败和闲话，勇敢地走下去。秋隼是个乐观主义的老头，可是他二十世纪四十年代发表的那些作品，现在又怎样了呢？他还是得到晚年编民间故事集，他依然没有名扬四海。只不过，他在劝说我的时候，重温了一下自己的旧梦而已。

孟南放弃了想当诗人的打算。“我已经不年轻了。”这个想法一跳出来的时候，他就悲哀不已。

七

没有想到，岳父崔书记说下就下，他的政治生涯从此结束了。

那几天，孟南看到崔娅一家人心惶惶，像丢失了什么。崔娅的眼睛黯淡无光，眼圈青乌。孟南听见他们在说，那是一帮地头蛇把崔书记挤下台的。崔书记是北方人，南下干部，强龙斗不过地头蛇。

不知怎么，孟南有一丝快感，同时也陷入了茫然。

女儿交给了她的退休的外公。每天晚上，夕阳西下，崔书记就带着能说会道但面相可怜的外孙女，到江边去看风景，教她用卵石砸江面。

然而退休不到半年，崔书记就大病不起，最后死在武汉的医院里。等孟南和崔娅赶到时，崔书记早在一天前就咽气了。孟南看到崔娅哭得死去活来，孟南很想哭，但他发现没有哭的冲动，于是就没有哭，拉着崔娅，反复劝她。

崔书记的遗体拖回县城冷冷清清，在例行公事的追悼会过后，经过大街拖往火葬场，一路上商店和单位放鞭炮的人也不多。后来，孟南听说这是崔书记在台上时很难提拔干部，不想给那些年轻人以好处，现在这些人上台了，他们对崔书记没有任何感情。

面对着骨灰盒和遗像，崔娅有三天三夜没睡，孟南只好陪着她。这个突然的打击使刘部长和崔娅痛不欲生，并且感叹官场的炎凉。

“爸爸，爸爸。”面对着遗像前袅袅的香烟，崔娅整天就这么喃喃，她的神经受到了极大的刺激，不吃不喝，看起来，她比她的母亲更苍老。孟南的主要任务是使岳父灵前的香火不断，除了做这样的事，他也无事可干。如果因为太困要打哈欠的话，他也到一边去，免得让刘部长和崔娅看到。孟南十分愧疚，因为崔书记的死，他没有流一滴泪。但是有一点他是十分清楚的，在她们这个家庭，他是唯一的一个男人了，他要比往日更负起责任来。这种责任感是油然而生的，不是总结出来的。他明白了自己在这个家庭将要担当的角色，然而就在前几天，他还认为在她们这个家里，他不过是一个局外人罢了。

两个月以后，刘部长又被免去了组织部部长的职务，而重新任命为县委统战部部长。依然是部长，可打交道的是那些在海外和港台地区发迹而曾被视为恶贯满盈的人，除了注重政策性以外，没有任何实权，没有谁再求她了。

这实际上是一个下台的信号。“老崔尸骨未寒，他们就对我下手了。”刘部长在家里大发脾气，摔东西，骂崔娅、孟南和他们的女儿。骂得家里噤若寒蝉之后，孟南就在心里嘀咕：“这些北方佬，与其说她们耿直，不如说是神经病。”但是他十分理解岳母，虽然他没有当过官，也不怀有当官的奢望。

一切都得靠自己了，在这个世界上，靠谁也靠不住，孟南更加卖力地工作，让领导挑不出任何毛病。

在这之前，孟南已经入了党，年年被评为先进工作者。这一年又评为先进工作者，并且是省文化系统的。过去的一切荣誉，他知道，一半出于他的工作，一半是领导看了他的身份。而这一年，是靠他全部的工作换来的。他编的民间故事集得到了很高的评价，他搜集的故事被选入中央、省、地的各种故事选本，而且，这本书没有一个错别字。

开春之后，领导要他去学考古。他又改行成了文化馆的考古干部。

在这之前，文化馆没有考古干部，因为这个县没有什么古可考，这个县是在一片沼泽洼地上淤积起来的，没有石器时代的遗址，也没有春秋墓葬，没有青铜，也没有陶。但是上级要他们配备一名考古干部，不得不配，于是，孟南就这样漫无目的地开始考起古来。

现在领导交给他的是两排空空的书架，领导说，弄到文物，就摆在这上面。

他想到了祖传的那一对青花瓷瓶，在伯父手上保存着，几经浩劫，也没有交公。那肯定是文物，至少有几百年的历史了。

他回了水竹镇一趟。伯父早就退休了，一个人住在家中，常年在外跑采购的表兄看来也无暇顾及这位老人。伯父的眼力已大不如前，脚步也不太稳。回去的时候，他看到伯父在门口生炉子，拿着一把破蒲扇在炉前摇动。孟南抢上去要帮伯父把炉子提进屋，伯父拦住他，死活不肯。“你进屋歇着去，天天都是我自己提的，还提得起。”伯父如此固执，仅仅这一点还看得见伯父年轻时的影子。

孟南把他目前所干的工作告诉了伯父，并且把他的要求提了出来。他说完之后看着伯父满头的银发，等着伯父的回答。伯父微笑着，用苍老而亲切的声音说：“拿去吧，拿去吧。你表哥要过几次，我也没给。我原想，我死了之后，给你和你表哥一人一只，现在，你把它们都拿去。”

不用说很多，就能得到伯父全身心的理解。伯父也知道了崔娅家里的事情，他完全信任这位侄儿的一言一行。孟南扶着坐在藤椅中的伯父的双肩，他在这位老人宽厚的肩膀上得到了最纯的亲情和行动的力量与理由。

这一对青瓷花瓶供在神案两边，被爱整洁的伯父擦得一尘不染。在照例停电的晚上，在烛光里，浑圆的瓷瓶从内部透出一个个令人沉醉的旋点，闪烁着玉一般的温和光泽。这一对成化年间的花瓶，它典雅而又稳重，似乎严守着灵魂中的贞操。

这以后，孟南又下乡了，寻找一些断碑、古墓、牌坊、散失在民间的家谱、抄本、字画，以及本县古代名人曾用过的器物等。他像当年摄影一样，穿行在一些水利建设工地上。在一个寒冷的冬天，他在一个工地上意外地发现了一座沉陷的牌坊。他站在齐大腿深的淤泥里，指挥着挖掘和起吊，整整半个月，他从那个巨大的泥坑里吊出了四只神态各异的石狮、两个石鼓、一口马槽，以及刻有楹联的断柱。这些沾着泥浆的笨重石头，由两辆拖拉机连夜拖回县城，堆在文化馆的院子里。

八

时间已经进入 1985 年，这时孟南办公室里的两排书架上，已经摆满了一些乱七八糟的文物，这些文物中，竟还有一块五十万年前的龟化石。这一年，也是孟南三十六岁的本命年。孟南系着红裤带。红裤带是崔娅让他系的。崔娅依然在他的面前颐指气使，但是十几年的夫妻，和家庭的一些变故，使她或多或少地对孟南产生了依赖心理。她依然厌食、失眠、月经紊乱，现在还增加了脱发、肾结石等毛病。她还是拒绝吃大米。

这一年，孟南得到了一次到省里大学代培的机会。时间是一年，发专科文凭。领导告诉他这个决定之后，他突然发现世界是如此的明亮。由于自己的家庭出身和复杂的社会关系，他连高中也没有读上，虽然他在初中时各科成绩都保持在全班前三名。

他回去把这个消息告诉了崔娅。崔娅没有反对他。这已经是需要文凭的时代。崔娅当时抱着女儿孟晶，说了有史以来的第一句笑话："你到武汉去后会把我们母子甩掉的。"孟南说："我干吗要甩你呢？要甩早甩了。"崔娅说："过去你不敢甩，你不怕我爸爸让你吃不了兜着走？""我不会甩了你们的。"他当时表态十分庄严而激动，就像是一种宣誓。

身材魁梧的孟南穿着整齐的中山装来到了省城。一路在长途汽车上他有一种解脱感。可是当天睡在大学生公寓里，他突然异常怀念起那个病恹恹的老婆和可怜的女儿来。女儿已经上小学四年级了，成绩很好，体质很差，而且已经学会了自卑，从不照镜子。

第二天上街买了一些生活必需品时，他站在百货商场的玩具柜前，给女儿买了一辆遥控玩具车，买了一套衣服。又给崔娅买了一条纱巾。

国庆节，上学还不到半个月，学校放假两天，那些离开了老婆或是丈夫羁绊的男女同学正筹备着录音机、羽毛球拍到东湖游玩，而孟南却坐着长途汽车回家了。第二天一早，又乘长途汽车赶回学校。

他的愚笨的举动令同学们百思不得其解，他们猜测孟南在家里肯定有一个异常漂亮而又对他百依百顺的妻子以及一个长得跟她母亲一样漂亮的女儿。

这只有孟南自己清楚。同学们要看他老婆的照片，他说没有。的确没有，崔娅和女儿的照片都没有，她们从不照相，而孟南也从来没有跟她们合过影，虽然孟南曾经是一个不错的摄影工作者。

在学校期间，孟南平均每个月回家一次。

学校里舞会成灾，每天晚上在楼顶的露天平台上，有自告奋勇的人为这些中年学生们扫舞盲。

孟南只是看过两次，从来没有试验过。有热情的女伴邀请他，他说他不会。一表人才的孟南，又在文化馆待过多年，竟不会跳舞，如此地不开化，令人不敢相信。孟南看男人搂着女人陶醉在音乐中，他总是想到妻女，没有给他带来任何幸福和欢乐的妻女。

孟南的头发掉得非常厉害，其实功课一点儿也不重。

孟南爱上了扑克。有几个长相丑陋、笨头笨脑的同学加入了这个队伍。每天晚上，他们就聚集在一起，关在寝室里画乌龟。

筠是一个三十岁的女人，她来自天津，她的披发和紧凑的牛仔裤，曾使许多男同学做梦，甘愿为她付饭费和代为复印课堂笔记。筠在舞场上一直是抢手货，她的探戈跳得尤其好。孟南乐意为她做过一件事，这便是用牙齿和眼力为她鉴定过一只戒指。这只来历不明的戒指，据说是一个她丈夫之外的男人送的，但她怀疑戒指的金属属性。孟南在考古的几年中学会了识别真金，孟南果然就鉴定出了这只戒指的含金量只有百分之七十，另有百分之二十的铜和百分之十的铝。

筠猛醒了，对孟南感叹地说："所有的男人都是骗子。"

"我可不是。"孟南说。

"那你就不是男人。"筠幽幽地看着他。最后筠表示，决定消灭他这个班上的最后一个舞盲。孟南说："我不想跳舞。"

筠就说："我看过一本美国小说，书名叫《硬汉不跳舞》。"

孟南说："我也不是硬汉。"

圣诞节的晚上，学校举行通宵舞会，孟南对这个外国的节日相当陌生，所有的同学都到外面去了，孟南想睡觉，这时他看见筠走了进来。“我带你去一个地方，不是舞厅。”筠对他说。

“你怎么会不去舞厅呢？”孟南不相信。

筠说：“你不知道今天食堂里供应了狗肉吗？我是从舞场上逃出来的，我发现今天的男人都有一股狗肉味，我讨厌狗，而且他们把你箍得死死的，不像跳舞，倒像是摔跤，一身狗肉劲。”

“也许是狂犬病发了。”孟南说。

“你跟我走。”

“那我可能也有狂犬病毒呢？”

后来，孟南还是跟筠走了。

在外文系宿舍区的一百零八级台阶前，筠说：“咱们比赛，谁先跑上去，谁就得到上帝耶稣的赐福。”

孟南答应了，结果肯定是孟南先跑完台阶，而筠气喘吁吁地上来后，期待着孟南的扶携，孟南搀了她，她就倒在了孟南的怀里。

孟南发现自己一动也没动，而筠却因为激动晕眩不已，他听见筠说：“我已经离婚了，我的男人缺乏你这种气质。”

“硬汉不跳舞，是吗？”孟南这样说。

他知道，机会在慢慢地错过，此刻，是不需要他说话的时候，他只要行动。可是他想起了崔娅此时正在家，还有可怜的女儿。他的手触到筠的胸脯就移开了。这时候学校鞭炮齐鸣，已经是午夜零点。

孟南牵着筠的手，来到学校咖啡馆，请筠喝了一杯咖啡。

孟南写了一封信，要崔娅带着女儿来武汉玩一趟。后来崔娅和女儿便来了。

人们看到孟南和他矮小苍老的妻子以及有脸疾的女儿走在一起，面色沉静地爬学校的后山。

崔娅回去的时候带了一大包衣物，其中有孟南为刘部长买的呢大衣。

筠通过多种渠道打听到孟南夫妻间的往事，就对他说：“也亏了你。”

孟南只是笑笑，孟南不再说什么。

一年的大学生活很快就结束了，孟南收拾着行李。筠告别的时候，大方地伸出手对孟南说："以后欢迎你去天津玩，我将陪着你。"

当长途汽车载着孟南进入本县地界的时候，他看着窗外的湖泊和田野，眼里竟浮出了泪水。

他终于知道自己是一个成不了大气候的人。

九

头上开始秃顶的孟南又回到了文化馆上班。

这一年，录像大潮上涨到这个小县城。文化馆地处闹市，领导决定将第一层楼全部改建为录像放映室、台球厅、服装门市部和文化副食商店。

"这个任务只好由你来带头了，你年轻些，办事又稳重踏实，领导相信你能搞好。"老馆长对他说。

孟南破例地请求领导："我刚学习回来，还是搞业务的好，对这些经营，我一窍不通。"

老馆长说："你是孟德祥的侄子，孟德祥上了县志的，你伯父是我县最了不起的民族企业家，你父亲也经过商，怎么会没有一点儿遗传！再说文化馆你是知道的，全县最穷的单位，不弄点儿钱怎么开展业务活动，怎么解决大家的福利？你是重任在肩哪！"

孟南交出了文物保管室的钥匙。

就在他跑执照、做招牌、筹备开业的那个月，他突然得知伯父病重的消息。这天晚上，孟南在天香酒楼独饮，他想到即将去世的伯父，一种孤独感骤然向他袭来，他感到了灵魂深处的悲哀和苍老。茫茫尘世，将还有谁暗中注视他并且理解他呢？孟姓家族中唯一的一位强人也是最后一位强人将消逝了，他心智聪慧，敢想敢干，有过辉煌的过去。天色已晚，风声满楼，孟南仰头看着天花板上的吊灯，金黄色的光晕使他感慨万分。他一杯又一杯地往口里倒酒，呆坐在那里。直到所有的食客都离去。

第二天一早，他就踏上了去水竹镇的头班车。

在伯父发病后的三天里，他已不能下床，靠买的一袋饼干充饥，直到表兄表嫂到来。

伯父躺在水竹镇医院的大病房里，孟南走到他的病床前，他已认不出孟南了。他的眼睛看着别处，知足、遗憾？……种种感情都有。

孟南在他的病床前守了两天。两天之后，他就闭上了眼睛。

停丧，火化，存放骨灰盒。

在骨灰存放室里，孟南看到伯父的骨灰和其他的死者千篇一律地存放在一起，只不过尺余的空间。孟南想到，在这儿，所有人的命运最终都是相同的，都不过如此。荣辱也罢，伟大平凡也罢。

时间的车轮飞转。

1990 年的阳光照耀在孟南完全秃顶的头上，他不停地忙着同工商和税务的人打交道，有时关起门来，审查从各个渠道弄来的录像片，冲洗掉中间的暴露镜头，以便让录像室播放。他也有时候到一楼的桌球厅去转转，以防小青年赌博、闹事。

他现在已经被提升为副馆长了，负责馆里以文养文的工作。

女人如水

单妮在此之前一直宣称，她不会找剧团里的男人。她认为剧团的人轻浮，没有文化，走到街上一个比一个神气，也一个比一个草包。

单妮演主角，刚开始总是演丫鬟，专在小姐和公子中间造蛋，活蹦乱跳，让小姐羞涩，让公子木讷，以此推动戏剧的高潮。后来，剧团的团长宇发现单妮演小姐更美，宇便让单妮演小姐。事实上，宇的决定是对的，单妮其实不爱活蹦乱跳，也不会使小聪明让人难堪，单妮喜欢一个人躺在床上看书，笑不露齿。单妮演心有所思的旧时小姐是再适合不过了。

单妮演了半年主角，就唱红了半边天。许多年轻人跟着他们的剧团转点，带上牙刷和毛巾。为的是想看单妮在舞台上走步。

单妮每天都要接到几封来信，信上吐露着男人的心事，有的是直言相秉想与她结为秦晋之好的，有的是想与她交个朋友，有的要与她结拜为兄妹或者姐弟。单妮收到信，开始时骂，骂时脸红，后来不骂了也不脸红了，就将这些信交给她的唱青衣的好友洪玲。洪玲拆开后用小生或者黑头花脸的怪腔调念信上的话，念完了，哈哈大笑，然后将它们撕了，扔到阴沟里。

宇作为领导，十分关怀单妮，宇有恩于单妮。当年单妮是最后一批下放知青，宇到那儿去挑选演员，有人推荐单妮，宇看了看单妮的身材和长相，要单妮唱一段京剧，单妮就唱了《打不尽豺狼决不下战场》，宇就把单妮招走了。

宇三十多岁，长着满脸的疙瘩，过去是拉手风琴的，后来 1234 都按不准了，只好当领导。单妮已经二十一岁，是多事的年龄，有一天，宇对她说：

“我给你介绍个朋友吧。”便把林介绍给了她。“至少五年不能结婚。”宇叮嘱她说，“你是剧团的台柱子。”

林不在本市工作，林的单位是五七油田。林经常到宇这儿来，看他的姐姐和外甥，宇是林的姐夫。单妮为了避免新的麻烦，就答应了跟林一起看电影。在电影院的椅子上，林跟她保持着一段距离。林只给单妮买一袋瓜子，他自己不嗑，说不喜欢嗑。而单妮看到成双成对的都是一起嗑。单妮也不管这些，一个人边嗑边看。后来发现，不是林不喜欢嗑，而是林小气。虽然林长得又高大又潇洒。

看完电影之后，林说：“我请你吃臭豆腐。”单妮便跟林一起吃臭豆腐。林自己买了一瓶啤酒，后来林喝醉了。林说：“宇不给我酒喝，宇把钱都玩了女人，宇欺负我姐姐。”关于宇玩女人的事，单妮听说过。宇在剧团很规矩，宇玩的女人，都是一些小镇上的已婚妇女。

单妮扶着东倒西歪的林到宇的家里去。林并没有以酒装疯，依然醉得十分正派。单妮把林送回宇的家里，宇很感谢她，送她下楼时，拍了拍她的肩说：“谢谢你。”宇拍她的肩时，在她圆润的肩上停了至少五秒，单妮明显地感觉出来了。单妮那时候十分敏感。

林第二次回来的时候，单妮同他约会。林不陪单妮去商场，只带她去一些荒凉的公园或者江边。林很琐碎，谈一些鸡毛蒜皮的事情。林说：“我很苦，从小是我姐姐把我拉扯大的。我爹死了，我娘也死了，我在铁路上捡煤渣。”林又说，“我从小就懂得节约，我没吃没穿的，比我大的叫花子揍我，我不敢哭。五七油田一个月一块肥皂、一双手套，一年发两双皮鞋，我穿不完，就每年卖一双，我把钱攒着结婚？”

单妮觉得很好笑，便问林：“你跟谁结婚？”

林说：“当然是跟你了。”

单妮说：“是哪个跟你表态了？”

林说：“宇。”

单妮就说：“宇表态，你跟宇结婚去。”

林说：“宇是男的，再说宇跟我姐姐已经结婚了。”

林完全蠢头蠢脑，可是不知为什么，单妮喜欢上了他。单妮认为林憨厚，在剧团里，没有憨厚的人。

单妮回到剧团很晚了，到厨房里去打水。厨房没有电灯，单妮进去发现有个人站在里面。单妮吓得大叫："谁？"

原来是波。波是乐队的，拉板胡，可波的笛子吹得更好。波吹笛子，在月光下吹悲伤的乐曲，让人遐思，宇团长不喜欢他。波却是女人瞧得起的人，波蓄平头，总是自己剃头。有一次把左边全剃没了，波就用墨汁涂，以充头发。波每天早晨起来必喝一大茶缸冷水，说是冲洗肠胃。波还外出时带一把菜刀，波说怕被人强奸。宇十分讨厌波，最让宇讨厌透顶的，据说是因为有一天早晨波戏弄宇。波在很早的早晨找到宇，说我向您做检讨来了，我昨天晚上犯了作风错误。宇说："你老实交代了还是一个好同志嘛。"波就说："我昨天晚上做梦把裤子弄湿了。"宇就骂他狗杂种，从此以后，宇对他深恶痛绝。可波讨女人喜欢，从不乱来。洪玲就对波很好，给波洗过衣服，缝过被子。

单妮见是波，便问："你躲在这里干什么？"

波说："等你。"

单妮心有些热了，说："等我？是等洪玲吧？"

波说："我怕你回不来了，怕你被强盗吃了。"

单妮说："我跟宇的舅兄林走了走。"

波说："我知道。我怕水冷了，就给你添了两把柴。"

后来波就走了。单妮站在那里，好半天，一动也未动。

洪玲听说单妮跟林，坚决反对，说："你受骗了，你应该找个比林强十倍的人。"

单妮说："你住嘴！"单妮不能容忍别人教训她。单妮已经长大成人了。不过后来单妮很后悔，不该对洪玲发脾气。

单妮的父亲是一位货轮的船长，长年在外，母亲总是上夜班，守商业局的仓库，于是单妮就一个人在家里。没有演出的时候，单妮就回家住。

单妮后来把林带到了家里，林规规矩矩地坐到十点钟，说："我不回我姐那儿去了，宇打鼾，我不想到他们家住。”

单妮看林的话很实在，就让林住她父亲在家时住的房，单妮要林关门睡觉，自己回了房也睡下了。半夜林来敲她的门，说要她过去睡，单妮不开，单妮严厉地说：“这像什么话！”可林一如既往地敲，说单妮如果过去，他保证不动她。

单妮被敲得无法入眠了，只好穿上衣服，来到林的房里，单妮和衣躺在林的房里，林果然没动她。过了一会儿，林就亲她，林把她亲得晕头晕脑了，就脱她的衣服，她一下坐起来，甩了林一个耳光，说：“男子汉大丈夫，怎么说话不算话！”

林的脸上出现了五个鲜艳夺目的手指印，林爬起来穿衣服，说：“我走了，我不知道你会这样对待我。”

林穿上油田的蓝工作服，蹬上王进喜的大头皮鞋，头也不回地走了。

单妮看着门外的黑暗，一个人哭了起来。

第二天林又到剧团来了，林坐在单妮的面前，低着头说：“对不起，我不知道我昨天干了什么蠢事，我一夜也没睡着。”

单妮看着林的一双红眼睛，心软了，还是陪林一起去看电影。

从电影院出来，林说：“我送你回家吧。”

林把单妮送到家，单妮打开门锁，两人进屋去，单妮不知为什么没有去拉灯，说：“你喝茶吗？”

林没答话，抱住她。林十分冷静地关了门，这一夜，单妮没有反抗。

第二天林就依依不舍地回油田了。林走时，对单妮说：“我要一辈子爱你，海枯石烂不变心。”

没过几天，就传来噩耗，林在竖井架时被砸死了，林被追认为革命烈士。单妮整整三天没有吃饭。料理了丧事回来的宇和林的姐姐劝她，母亲也劝她。不知道怎么回事，单妮想到那一夜，就反胃呕吐。单妮把林送的相片压在箱子底下，企图忘掉他。

可是一个月以后，单妮发现自己怀孕了。单妮把这件事告诉了死去的林的姐姐和林的姐夫宇，宇和他妻子商议后，决定让单妮把孩子打掉。宇对单妮说："你们不该这样，你们做了蠢事。说出来，你不好，我更不好。因为我是你们的介绍人，又是他的姐夫，还是剧团的负责人。"

单妮想哭，后来单妮没哭。后来宇带着她，到医院做了手术。

宇十分照顾她，剧团转点时，宇不让她搬道具。在乡下演出，生活极苦，宇有时一个人下馆子，就喊单妮去，宇说："你身体太虚弱，吃吧，吃吧。"宇就一个劲儿往单妮碗里搛肉。

宇每次单独跟她在一起，都沉痛地追悔："是我害了你，我总觉得对不起你。"

单妮说："团长，你就别说了，越说，我心里越乱。"

宇就赔笑脸说："好，我不再说了，单妮，也应该把他忘了，你还年轻，路还长，苦尽甘来，你以后会幸福的。"

剧团转了一个时期的点，依然回到了市里，坐地演出或排演新剧目。

每天晚上演出后都是十点多钟，卸完妆，单妮就要回去，宇不让她回，说小心路上有流氓。单妮要回，因为那时同宿舍的洪玲正跟波打得火热，单妮把房腾出来，让洪玲与波在一起。宇见单妮非要回去不可，就说："我用车送送你吧。"

单妮说："没有必要。"

宇执意要送，宇说："我对你负有责任。"单妮只好坐在宇的自行车后头。

送到家，宇总是说："祝你好梦。"宇跟单妮握手，单妮只好把手伸出来。

关于宇送单妮回家，是公开化的，大家都知道，宇差点做了单妮的姐夫，单妮差点做了宇的舅母。

有一次波要送单妮。那几天波没到洪玲和单妮房间里去，波对单妮说："我想跟你谈谈。"单妮就同意波送她了，单妮想，在路上好好劝波。

两人推着自行车在马路上走，树影筛着路灯。波说："洪玲是个世俗的女人。"

单妮听见这话心一震，单妮说："你不能这样当着我的面损她。"

波说："事实如此。"波又接着说，"如果你不给她买衣裳，她就不理你。"

单妮说："不会吧？"

波说："你不信就算了。"过了很久，波又补了一句："我心里十分痛苦，所以才找你讲。"

单妮想到自己，说："我希望你们两人幸福。你要好好待她。"

波说："不可能了。除非是你。不过你不喜欢剧团的人，你眼界太高。"

"是吗？"单妮说，"我是一个苦命的女人。"单妮跟波说出这种带感情的话来，她知道自己失言了，就不再说什么。"你回去吧，天还早，我一个人走。"

波不干，波说："跟你走这么一次，我也满足了。我所有忧伤的笛子，都是为你吹的。这句话可能太肉麻。"

"不，"单妮说，"你很有才。"

波说："没有谁喜欢我，我也不喜欢谁，我最反感宇。这世界上，没有一个顺眼的，只有你，所以，我不对你幽默。"

单妮说："洪玲很喜欢你，我是知道的，洪玲是我的好朋友，她有缺点，可她比我强多了，谁跟上她，谁就会幸福一辈子。"

波说："你别哄我往火坑里跳。"

到了家门口，单妮目送着波推车回去的身影，她摇摇头，看到波是那么孤独。

波送单妮的这一次，被宇知道了，宇质问单妮说："你怎么让他送，他是个地痞、二流子。"

单妮那时候正在化妆，她把头上的凤冠摘下来，对宇说："这事不要你管！"

宇反问道："我不管你谁管你？"

单妮完全不认人了，说："团长，你太过分了，波不是坏人。"

宇说："单妮，我年纪比你大，看得清，他跟洪玲玩了几天，就把人家甩了，想勾引你。"

宇的话真没有水平，单妮这才发现宇俗不可耐，单妮说："你不配做团长。"单妮从牙齿间发出的声音是冷的，她不敢相信她能说出这种天不怕地不怕的话来。

在一个江南小镇演出的时候，一个十六七岁的女孩来拜单妮做干姐。女孩在剧团进进出出，为单妮买早点、洗衣服，她说："看单妮姐的戏，真是太棒了。"女孩子的两片薄嘴一个劲儿称赞单妮，单妮只好在食堂端饭给女孩吃。晚上，女孩就跟单妮睡一张床，要单妮教她念韵白。

三天以后，女孩才吐露她的心事，她说她的表哥托她来的，她的表哥在部队，是个营级干部，长得帅极了，看过单妮的演出，想认识认识单妮。于是她讲她表哥小时候的故事，讲表哥的家庭，讲表哥马上还要提升。"单妮姐，你哪一天成为我的表嫂就好了。我反正待业在家，以后就到你们家去，给你们当保姆，带小孩。"

"你这张贫嘴，说什么呀！"单妮便去挠女孩的痒痒。

女孩跟单妮一起吃住，宇又盯上了，要赶女孩子走。女孩一点儿也不怕，说："我跟单妮姐在一起，关你什么事？"

宇问单妮说："这女孩是你什么妹妹？"

女孩不等单妮回答，抢着说："她是我表嫂，你还不知道吧？"

宇气白了脸，对单妮说："你得把握自己，你不能什么事都不让我知道。"

单妮想，我凭什么非要让你知道呢，这人真是！假如我的确有那件事，那是我的自由。林早就死了，莫非还要我守活寡不成？

单妮十分烦宇，觉得宇是一条枷锁，想捆住自己，在这个剧团憋气，还是得尽快离开宇的好。

女孩见单妮生闷气，便眨一双活泛的眼睛说："单妮姐，到我表哥那儿散散心，我们三人一起开摩托到郊外去玩。人家部队上，可好了，不像你周围的这些人。"

女孩把单妮说动心了，单妮想到幽静的军营大院，穿整齐军装的军人，彬彬有礼。这剧团全是些跑江湖的人，层次太低。单妮想，去就去吧，我受够了。

单妮把此事只告诉了洪玲一个人。单妮对洪玲说："这次我出去玩几天，如果我看上了那位营长，我就嫁给他算了，然后随军，离开剧团。”

洪玲说：“轻率不得，你请个假，你这么一走，剧团就不能演出了。”

单妮说：“还管这些！让宇再招演员去，我巴不得这剧团早些垮掉。”

洪玲说：“我也是。”

单妮本来准备还想告诉波一声的，但她怕连累了波，因为波跟宇是冤家对头。当她走的时候，她发现波是个可以信赖的人。但见了波，她什么也没说。

单妮装上了几件衣服，拿了两百块钱，就跟女孩一起走了。

乘了一天的船，来到一个县城码头，已是晚上。女孩对单妮说：“表哥的部队就在这里。”女孩说，晚上还是不去见他的好，咱们登个旅社吧，明天早晨我去找他。他们部队上，可严了，不准随便进出。

两人找了家旅社，吃了晚饭，然后躺在旅社的床上。身处陌生的环境，单妮心是虚的。单妮问：“你表哥究竟怎样？”

女孩说：“比我讲的还要强，你见了就知道了。军干、党员，你还不放心？”

“他果真没有女朋友吗？”

“怎么会有。他眼界高呢，多少人给他介绍，他都不同意。单妮姐，你长得这么漂亮，跟我表哥配对，真是郎才女貌，天上一双，地下一对。我真是太喜欢你了。”

第二天，女孩说到军营去，让单妮在旅社等着。

中午，女孩回来了，说：“真不巧，我表哥出差了，顶多两天回来。可我又没他房间的钥匙，咱们只好再在旅社待两天。”

女孩是待业青年，没钱，单妮只好供她的饭和住宿。

晚上单妮和女孩出去散步，走到城中心的一圈高墙下，女孩说：“我表哥就在这里面。”来到大门口，看见果然有站岗的军人。

女孩对单妮说：“明天你就跟我表哥见面了，我祝你们一见钟情。”

回到旅社，女孩的话更多了，拉着单妮说这说那。说得最多的是单妮随军后做什么工作。“那不让你挑吗？在司令部搞个文书、打字员也可以，在卫生院做护士也可以。不过，我猜想，说不定表哥他们军区文工团会把你弄去。”

单妮说：“我不想当演员了，我扫地都可以，当演员没有什么意思。”

一直到转钟两三点，女孩才停止了说话，单妮也迷迷糊糊地睡着了。

一觉醒来，天已大亮，起床一看，自己的包不见了，兜里的钱也不见了，女孩也不没影了。单妮预感到女孩的身份，但是她希望这是女孩在跟自己开玩笑，说不定是到她表哥那儿去了。

坐立不安地等了两个小时，单妮只好赶快去昨晚见到的那个军营。单妮找到在门口站岗的士兵，一问，不是军营，是劳改农场。单妮哭了起来，把自己的处境和这件事的来龙去脉向士兵讲诉了一番。士兵非常同情，把她带到农场领导那儿。

此刻单妮已经身无分文了，农场里给了她一点儿路费。临走的时候，农场领导看她神情发呆，决定派一个战士送她回去，以防她一个人在路途上想不开，寻了短见。

就在单妮回家途中，农场领导已通过电话把她的情况告诉了剧团。

“回来了，我们依然欢迎。”宇对单妮说。文化局领导也作了指示，希望这件事不了了之，以免加重单妮的心理负担，她毕竟是一个没有社会经验的女孩。

过去她瞧不起剧团的人，可现在剧团的人都躲着她走。

洪玲跟波彻底闹翻了，洪玲那天晚上抱着单妮一起哭。“没事，一个营长又怎么了？一个波又怎么了？咱们从头再来。”

洪玲哭了又笑，不当一回事。单妮说：“咱们心比天高，命如纸薄。”

第二天，单妮在水管前碰见了洗衣服的波。波说：“你接水吧。”

单妮看着波拼了老命地搓衣领，衣领依然很黑，波搓衣不得法，单妮说：“我给你搓两把。”

波没有客套，把脸盆给了单妮。单妮只管搓，没有说话。

波先说话了，波说：“是我把洪玲甩了，可我没欺骗她。”

“你是好人。”单妮说。

波停顿了一会儿，说："单妮，你要好好地活下去，活给那些人看看。你走你自己的路，人们总有一天会理解的。"

单妮的一颗眼泪落到盆里，单妮说："谢谢你。"

单妮帮波清衣服，波就点一支烟蹲着。波说："洪玲又找了一个，她没跟你讲吧？她不会跟你讲。"

"她是我的朋友，怎么不会跟我讲呢？"

"这你就不用问了。"波说。波又说："找的是一个商业局的采购员，有钱。你没看她穿的上海风衣吗？"

单妮说："我看见了。"

波说："她只喜欢钱，她是一个世俗的女人。"

单妮说："波，你不能说女人的坏话，女人都是可怜的。你们男人，完全不懂得女人。男人跟女人，是两种完全不同的物质，虽然都是人。"

波说："好，我就不说了。我听你的，你有思想，你有自己的性格，虽然你是那么单纯。"

"我也不是那么单纯了。"单妮说。

果然，洪玲又找了一个男朋友，那几天，那个商业局的采购员每晚都来剧团。那几天，剧团的院子里，流淌着波忧伤的笛声。

采购员穿着发亮的皮鞋，每次来，都给洪玲和单妮带来一些小吃，如绿豆糕、傻子瓜子、话梅。

"在你们的闺房里，我真不知该坐哪儿的好。"采购员这样说。他肯定不是第一次来了，这种话，显然是说给单妮听的。单妮便说："只是别污脏了你的衣服。"

"哪里话。"采购员说完就坐到洪玲旁边。

每当这时，单妮就要走了，可采购员拦住她，说："单妮，走干什么，好像留下我俩搞地下党似的。"

洪玲说："你们采购员除了一张嘴，就没什么了。"

采购员说："有行话嘛，采购员的嘴，邮递员的腿。"

有时候，洪玲就四处去为采购员找开水，或者到澡堂去洗澡，采购员便跟单妮神扯。采购员看单妮的时候十分酸毒，恨不得把单妮吞吃了，单妮只好低头看书。

“一个剧团如此安静，你们就不跳迪斯科吗？广州不叫迪斯科，叫的士高。广州到处是通宵的士高舞厅。走进去，门口有个牌子：‘最低消费五十元’，听那些歌星唱歌，一句也听不懂，全部是粤语。单妮，你会跳的士高吗？”

单妮说：“我不会跳。”

“简直不敢想象。这证明我们市是何等闭塞落后！单妮，你不知道，我从广州回来，第一次下火车，看到我们市的人，那些穿着好土啊，单妮！”

采购员从见到单妮的第一天起，就直呼其名，这使单妮十分不舒服。采购员要教单妮讲广东话，“先跟我学数数字——丫也扇系吾，漏特巴狗屎。丫、也、扇、系”。

单妮没跟着念，她笑了，说：“看来你们的采购员生活是很有乐趣的。”

“那当然，”采购员说，“今天上午在广州，下午就到了上海。飞机来飞机去。单妮，你不想出去走走吗？”

单妮没说话。

“你要开开眼界，多见识一些千奇百怪的人，你就再也不会上当受骗了。”

单妮放下手中的书，说：“我上了谁的当，受了谁的骗？”

采购员的一张嘴僵了，他看到单妮的眼里是冰冷的。“我只是听说这件事，这世界上，到处都是骗子，我们在外面，几乎天天都要跟他们打交道。”

单妮知道了，洪玲在这位采购员的面前，肯定说过一些不当的话，甚至把什么都告诉了他。

“在我的背后，他们是怎样议论我的。”单妮的心一阵儿发灰。

渐渐地，单妮就发现她的事变成了各种各样的传闻。当她在各种灯光照彻的舞台上，在众目睽睽之下，唱着、舞着，谁知道那些观众是在观看她什么呢？

如果能用更高的艺术造诣转移人们的兴趣，使人们进入剧情而忘掉她这个人，该有多好。

可是，她是一个演员。除非她不再上台，不再抛头露面。

单妮在省里的会演获得了一等奖，这是在她时刻想离开剧团时得到的荣誉。她在新编的历史剧《王昭君》中饰演了王昭君的角色，那哀怨的羌笛中风沙弥漫，出塞的女人，哪儿又是她的归宿？

波的笛声使她进入了古今相同的女人的心灵，她的演出细腻深沉，她的唱腔如泣如诉。

波约她去逛长江大桥。

在大桥上，波说："是我请你呢，还是你请我？"

单妮说："当然是我请你。"

单妮拿出三百元奖金的十分之一，请波吃馆子。

波喝白酒。波脸上喝红了，说："单妮，你要考虑你的终身大事了，实实在在地考虑，不来任何浪漫和幻想。"

单妮说："我从来就没有浪漫和幻想过。这不是浪漫的时代。"

波说："如果你想得太多，你会什么也得不到。"

波喝了三两白酒，对单妮说："我们走吧。"

单妮跟波并排走着，波把双手插在裤兜里，波是如此有气质，单妮感到一种幸福的暖流在心底。单妮希望就这样与波并肩走一百年。可波什么行动也没有，波沉默。波比单妮大八岁，波的确像个男人，单妮真想说："波，你做我的大哥哥吧。"单妮绝不会说出口，单妮也感到沉默是如此地使人生具有了风度。

回去后，单妮认识了作曲家柳。柳为市里的歌曲大奖赛谱写了几首新歌，其中一首选中了单妮演唱。柳的曲子很有现代风格，也很深厚，旋律别具一格。柳是波的朋友。

柳经常到剧团来找波，两人捉青蛙喝酒。柳跟波坐在地上，波的房间里没有桌子。单妮看着柳跟波面对面盘腿而坐，一人端一只杯子，把杯子搁在膝上，很有风味。柳思想偏激，却才华横溢。波喜欢找一些本地的传统民歌，期望把它们改成笛子独奏，柳便给他提供，柳能唱这儿流传了几百年的一些民歌。单妮发现，柳所掌握的这些民间小调中，竟有很不错的曲子。单妮听着他们两人嘶嘶哑哑地唱，那苍凉的情调使单妮感慨尤深。

波对单妮说："柳可以吗？"

单妮说："你交的朋友怎么不可以的。"

波说："如果我交宇，你相信吗？"

波跟柳喝了酒，就异常兴奋。单妮说："你不会跟宇交朋友。"

波说："宇是音乐学院附中毕业的，我为什么就不能跟他交？"

单妮闻到了波的一股酒气，单妮说："物以类聚，人以群分。"

波说："我很孤独，可柳比我更孤独，我恳求你能安慰安慰他。对于他，你的一两句话也许就够了。"

单妮说："他有什么孤独的？"

波说："他相恋了十年的女朋友，竟在结婚前夜跟一个有妇之夫跑了。这世上，充满了邪恶，善良的人，总要一个轮到一个倒霉。"

单妮说："你喝多了。"

波说："也许我的确喝多了，但是我知道明天酒醒后我该怎么生活。"

单妮说："每个人都有自己行动的理由，柳管不住他的女朋友，这表明柳是个无能的人。"

"不！"波说，"柳是我最钦佩的人，如果有一个能跟他心心相印的人，定会爱他一辈子，绝不会半路开溜。"

单妮说："这跟钓鱼一样，说不定跑了的才是大鱼。"

波叹了一口气说："也许我们太传统了。最有思想的人，是最传统的人。"

单妮还一时品味不清这句话，可单妮感觉到波和柳是她的异性知己。

波的忧伤的笛声又在剧团院子里流淌起来。波躲着单妮，总是想方设法地让单妮和柳在一起。单妮也十分忧伤。波在他房里讲的那句话，使单妮琢磨不透。波自卑吗？波的那句话故意把自己与单妮隔开了。波难道不能感觉单妮的心？不，波是个很内秀的人，波另有所思，波是故意把单妮推开的。单妮发现波的心很深，波的确是一个十分孤独的人。波在剧团里鹤立鸡群。

波为什么极力促成她跟柳的事呢？波为什么把自己弄得如此痛苦？

单妮经常到柳的家里去，波要她去，她就去，虽然她从没有去的冲动，也不留恋柳的家。单妮这样做，是希望波能把她拽回来，如果波有一点儿嫉妒心的话。

波没有，波说："柳需要安慰。"

可波谁来安慰呢？宇经常批评波，在大小会上，宇使用揶揄的口气，说波是玩世不恭，说他狂妄至极。波不怕，波公开顶撞。当然，波总是用幽默来反击的，波从来不发怒。波唯一能安慰自己的是笛子。波想改造传统的中国笛子，准备在七个孔之外再增加一些孔，以拓宽笛子的音域，增强笛子的表现能力。

有一天，柳吻了单妮。柳表达了他的爱慕之心，柳说："我见到你的第一天起，就真正爱上了你。我真正爱一个人，这是第一次。"

单妮说："我知道这一天迟早会发生的。"

柳说："你怎么知道？"

单妮说："这几乎全是波的功劳。"

柳说："我相信。波是一个对朋友没有二心的人。像波这种人，在这个世界上越来越少了。"

单妮那时候是个很有克制力的冷静女人了，她之所以接受了柳的吻，是因为她相信波完全不可能与她有更进一步的关系了，而波是真心实意地希望单妮与柳有这么一天。

"我已经答应了柳的要求。"回去后单妮对波说，"你应该放心了。"

波说："你们会幸福的。因为你们实在，实在就是幸福。"

单妮说："答应他，一半是为你。"

波说："不，不只是一半，在我的心中，一半是你，一半是柳，你们结合了，我的心就复圆了，我也该走了。"

单妮说："你上哪儿去？"

波说："回去，回我的故乡去。"

波的老家在西边，在大山里。波是音乐学院毕业后分配来的。

“你为什么要走？”单妮的泪水冒了出来，语气哽咽。

“我的任务完成了，我该走了。宇看不惯我，当然，这不是主要的，我不是为这才走的，我感到，只有回山里去，才能完成我的发明。”

“笛子吗？”单妮问。

“当然是笛子。”波又说，“在这儿，我活得十分愉快，值得留恋，因为有你和柳，我也活得十分真实。”

单妮终于忍不住了，一把抱住波，伏在波的胸前，说：“你不能走，如果你真爱我的话，你就别走，让柳做我们两人的朋友吧，这会更好些，我不能没有你。”

波拍拍单妮的肩，说：“我想过很多，我不能欺骗你。我知道，你跟我是不会幸福的。我是一个浪子，我性格古怪，待人从不宽容，缺乏交际能力；聪明，却不豁达，喜欢陶醉在自己制造的痛苦里。我欣赏人生的痛苦，这一点，不仅会要我的命，也会要其他跟我一起生活的人的命，你知道吗，我句句是实话。把你交给柳，这也是我自己制造的痛苦，最大的痛苦。我欣赏这种痛苦，看着你们幸福，我今后半辈子的生活就足够可以打发了。并且，它会带给我无穷无尽的事业的灵感。”

“你这是自私！”

“如果这也算自私的话，单妮，就批准我自私这一回吧。”

波走了。波用蒲席把被子一卷，就去搭车。波把他所有的积蓄五百元钱，给单妮和柳买了一部组装的日本四声道录音机。里面有一盒磁带，是波自己录的笛子曲，全是喜气洋洋的曲子，而且全是波自己创作或改编的。

在拿结婚证的前夜，单妮觉得有必要把她跟林的往事和被人骗走外出的事都和盘告诉柳。这些过去不敢启齿的话，现在单妮却想很细致地对柳说出来。

“我必须说清楚。这是一辈子的事，一辈子在一起生活，但最主要的是，因为我们和波的友谊。”单妮便开始讲述她跟林的经过，林的死和以后去医院动手术。

讲了一半，柳便不让她讲了，抱着她，用嘴堵住她的嘴，单妮挣开他，说："你必须听我讲完，为了咱们真实地生活，我不想有半点隐私。"

可柳不让她讲，柳只是吻她，说："不管你以前怎样，也不管我以前怎样，那是以前的事，我不在乎，也但愿你不在乎。如果你没有过去，就不是现在的单妮；如果我没有过去，也不是现在的柳。我爱的是现在的你，不是过去的你。"

柳的话很诚恳，也很有水平。单妮就不再说什么了。"我但愿，如果你真原谅了我的过去的话，我们的生活不会让波失望。"

柳说："真正的，最重要的，是不会让我们自己失望。"

"那就去拿结婚证。"

"拉勾吧。"柳调皮地伸出小指头。

单妮跟他轻轻地拉了拉勾。

单妮结婚，十分简单，前来祝贺的人不多，单妮和柳也不想招摇过市。最积极的是洪玲和她的采购员丈夫，他们送来十几个造型别致、活泼可爱的洋娃娃，祝福的话是"早生贵子""儿孙满堂"。

最有纪念意义的是，在结婚的那天，单妮唱柳谱写的歌，夺得了大奖赛第一名。

因此，单妮结婚后，不仅在剧团演出，也经常登上通俗歌曲舞台，专门唱丈夫柳谱写的歌。通俗歌曲成了歌坛的主流，柳便拼命地抽烟、喝酒，用以激发灵感进行歌曲创作。

柳为卖自己的作品，经常到省里去，跟音协和音像出版社、电视台的人混在一起，请他们吃喝。当然，柳也希望单妮的歌能在全国打响，柳每次去，都带着单妮录的新歌。

"我不能为自己和妻子争来荣誉，我就不是一个好丈夫。"每次柳都这样对单妮说。

可是单妮不太喜欢名利，单妮只希望柳在自己身边，每天晚上，两个人在一起吃饭，一起看电视。

柳好不容易得到了一个机会，跟省音协的几个人到大山区去采风，而那时候，单妮怀孕差不多有九个月了。柳把单妮送到她母亲的身边，说："我不可不去，对于我来说，事业跟老婆和孩子同等重要。"柳还告诉她，他想去见见波，波没有给他们来过信，只是在元旦时寄过一张贺卡，波的现状他们完全不知。"我很想见见波。"柳的这个想法是单妮答应他去的最主要原因。

"你代我问他好吧。"怀孕大肚的单妮说。

柳走了，柳走后不到十天，单妮就生了。单妮生了个男孩，十分漂亮，像柳，也像单妮。

在产房照看她的是她母亲。母亲埋怨柳，说柳不像个丈夫，怎么丢下老婆不管呢。单妮好在生产十分顺利，她在最疼痛的时候想念柳，希望柳在她身边。当母亲埋怨柳时，单妮就不好大喊大叫了，咬着牙齿，让全身汗如水流。

在单妮出院后没几天，柳就回来了。柳风尘仆仆，见到单妮和自己的儿子，高兴得跳起来，说："单妮，你为我生了个儿子，你真会生！"

柳回来了，带回了有关波的消息，还带回了大包小包波给的东西，有香蕈、木耳、茶叶。柳说："波混得很好。波快结婚了，跟一个农村姑娘。"

单妮说："他怎么跟农村姑娘，他疯了吗？"

柳说："我也没想到。可后来一想，这事发生在波身上，不足为奇。"

单妮想了想，波的确是个怪人，但波怎么怪到这个份儿上？

不去想波了，单妮为自己的儿子忙。

有一天下班回来柳拿着一封信，对单妮说："咱们马上去省里，这次我们采风创作的一批新歌，省电视台要录像，你是演员之一。"

单妮说："孩子怎么办？我不去。"

柳说："给孩子断奶，为了事业嘛。这是个机会，你根本就不应该给孩子喂奶，让他吃牛奶。你喂了奶，乳房下垂了，事业就全完了。"

单妮说："有奶为什么不给他吃？吃了人奶今后少生病。我们从现在起应该首先为孩子着想。我不去，我不忍心给孩子断奶。"

柳说："人生也许只有一两次机遇。错过了，就悔不回来了。"

单妮说："我不后悔。我反正不去。到电视台亮个相，又有什么了不得呢？几分钟，过去了谁还记得你？"

可柳一定要单妮去，柳说："你不能不思进取，真正对儿子负责的，是父母的事业成功，而不是一点儿奶。"

两个人争论了一个晚上，单妮说不过他，不得已同意了。

孩子丢在了单妮母亲那儿。临走的时候，单妮最后一次把儿子喂得足足的，亲了又亲，对母亲交代了又交代。

到了省城，单妮跟着柳出入于那些音乐界知名人士的家。单妮看到柳四处请客、提东西，十分下作。那些人的不冷不热与柳的奴颜婢膝形成了鲜明的对照。单妮私下对柳说："这些钱花得冤枉，究竟是为了什么呢？"

单妮不理解。柳说："为了咱们。钱，去了有来的。"

柳在自己掏钱的宴席上一个劲儿地跟别人赌酒，喝得死去活来，跟别人介绍自己的歌曲，介绍单妮。那些家伙不找柳喝，专找单妮喝，说女人能喝酒，女人的身体跟男人不一样，喝多少都不醉。那些人色眯眯地跟她碰酒，真倒她的胃口。而单妮的奶水胀得胸脯发疼，老是胸口上渍湿一大片，那些人的目光像钉子一样盯着她鼓胀的胸脯看。单妮有时候没法，只好一个人到厕所去将奶挤掉。

晚上睡在招待所里，单妮忽然发疯一样地想儿子。单妮对柳说："我明天回去，我搭早班车回去，不看到儿子，我神经都支撑不住了。"单妮在房间坐卧不安，走来走去，竟然哭了起来。

柳劝她，柳说："我也想儿子，但咱们必须得把像录完了再走，你得狠点儿心。"

单妮还是想儿子，想得无可奈何，用冷水冲头，用手捶胸，都无济于事。

"我不喜欢你交的这些朋友，他们没把你当朋友，他们全是一副强奸犯的面孔。"

"你怎么说这种话？！要想事业有成，你就休想越过他们。他们是一群魔鬼，咱们也必须同他们打交道。再说，他们不是你想象得那么坏的人。"柳反驳地说。

“波就不会同你一样。”单妮说。

接着她看到柳变了脸，柳受到了刺伤，柳说：“我承认波是一个独特的人，但是波狭隘，不知道外面的世界有多大。”

单妮不敢相信这话出自柳之口，单妮说：“你竟说波狭隘？这是你说的吗？”

柳说：“我没说屈他。波虽然是我最知心的朋友，但波不敢在外面闯世界，也没有这个能力。”

“你敢当着他的面讲？”

“我只是跟你说说。”

“你太自负了，你被鬼迷了心窍。我敢断定，你搞不出什么大名堂来的。真正有才华的人，不是像你这样干的！”单妮气愤至极，她把什么都说了。柳听到这些，牙齿咬得嘣嘣响。单妮希望柳发怒，可柳没有发怒。柳阴沉着声音说：“你看透了我，是吗？”

单妮盖上被子，睡了。她闭上眼睛，没有睡着，她听见柳划火柴，一支接一支地抽烟。

从省里回来，柳的情绪一直不好，对单妮没有了笑相，每天晚上，总是很晚才回家，带着一身酒气。柳不管儿子，一心为了他出名。

在儿子会说话、会走路、长牙齿的几个阶段中，柳的的确确出了一点儿小名，他的歌曲获得了几个奖。只有在他获奖之后的一个短暂时间里，有可能在家高兴，并且采取主动与单妮温存。除此之外，单妮独守空房。

孩子两岁的时候，单妮有一个近三个月的演出季节，单妮提出把孩子放在家里，免得孩子跟剧团转点奔波，身体吃不住。柳不答应，柳说：“还是你带去吧，我连自己都喂不活，还喂儿子。”

“那我带去了，你想儿子，就找我们剧团去。”

三个月里，柳没有找单妮的剧团。有时候，单妮问儿子：“你想不想爸爸？”儿子说想，单妮又问哪儿想，儿子说心里想。单妮给儿子一巴掌，说：

“你想他干什么，他又不想你。”

演出结束了，单妮和儿子回到家。打开家门，看到家里乱七八糟，在枕头上看到了有女人的头发。

柳回来，看到单妮和儿子，装出一副一日不见如隔三秋的样子，单妮什么也没说，闷在心里。

有一天，柳半夜回来，单妮给他去开门。柳进来后，打开窗子朝楼下瞄着什么。柳很快就到厨房弄水洗去了，单妮朝楼下看了看，看到一个推自行车的姑娘，正缓缓地离去。

“刚才送你回来的姑娘是谁？”单妮问。

柳的眼睛躲闪了一下，单妮以为他会扯谎否认的，可柳不否认，柳说：“一个学生。”

“她唱你的新歌吗？”

“你不再愿意唱，总有个人要唱吧。”

“除了唱歌，你们还干些什么？”

“也许什么都干了，也许什么也没干。这是我的自由，你没有权力问这些。”

“我现在还是你的妻子。”

“那以后就不是了，是吗？”

“很有可能。”

“不是之后，你还这样像管犯人一样管我？”

“我怎么会管你，如果你不是我的丈夫，我凭什么管你，你当流氓与我有什么关系。”

“你说什么，流氓？那你是什么，你说说看，把你的历史告诉我看。”

“你这个无耻的家伙！”

“你比我更无耻。”

柳躺在沙发上，拉熄了电灯。

单妮与柳的离婚手续办得很顺利。这是柳第二离婚，两次，都是女人甩了他；而前一次跟这一次，却是完全不同的。柳这次什么痛苦也没有。柳把房子让了出来，什么也没要，说："离开你，我黑色的记忆就全抹去了，你使我们都得到了解脱。"

单妮呢，单妮也不想住这个房子了，单妮和儿子搬回了母亲那儿；单妮一气之下把那些家具全部贱价卖了。她把那些钱决定花掉，决定为自己和儿子买些衣服。单妮没有一件好衣服。

单妮来到街上，不知怎么就走到了洪玲开的那家"省港精品服装屋"。洪玲早停薪留职了，跟她的采购员丈夫开了这家领导全市新潮流的服装商店，赚饱了钞票。

洪玲已经知道了单妮的婚姻风波，见了单妮，热情让座。

"我想买点儿衣裳，有适合我穿的吗？"单妮问。

"哪件不适合你穿？！你穿什么衣裳都漂亮，不像我，已经发胖啦，我现在正在学减肥气功。"洪玲说。洪玲又说："你早该穿点儿好衣服了，你跟着柳是亏了。你离了好，我也在想着离呢，我那位，在外面还不是寻花问柳！可这家伙把我哄得很好，什么都满足我，要戒指买戒指，要项链买项链，几千元一件的裘皮大衣也给我买。我现在想穿了，吃点儿喝点儿玩点儿，晚上到卡拉 OK 跳跳舞，唱唱歌。单妮，你也得学学，怎么样，晚上跟我一起去，不要你掏钱。"

单妮笑笑，没有表态。

晚上，单妮听见了门口小汽车的停车声。单妮朝外面一看，洪玲早从车里钻出来了。洪玲进门来就拉单妮往外走。"有人请客，不干你的事。"

单妮跟洪玲一起来到本市最豪华的"扬子江"卡拉 OK 歌舞厅。掏钱的是洪玲丈夫的一个朋友，穿着皱巴巴的牛仔裤，没有任何风度，买饮料，买点心，倒是十分殷勤。

"这家伙有钱，多榨榨他，不榨白不榨。"洪玲说。

这家伙不怎么会跳舞，只跟洪玲跳，不邀请单妮跳。洪玲要他请单妮，他似乎有点害怕，单妮也就说："我也跳不好，我看你们跳吧。"

可坐在后面的一个男人见单妮坐着，就毫无拘束地上来邀请单妮跳。这个男人三十多岁，在跳舞的时候没有跟单妮说话，他的舞跳得很好，没什么花样，乐感极强，单妮跟他配合得很好。

一曲完了，他只说了声“谢谢”，又悄然地坐到后面去。

又跳了一曲。洪玲下来的时候外衣脱了，要单妮脱，单妮不脱，生儿子后，她的腰围发胖了，所以跳舞时穿着厚厚的衣服。

洪玲去唱了一支歌，感觉十分好。回到单妮身边时，也要单妮唱支歌。“科班出身的，压压他们的邪气，你没看见那些唱歌的五音不全？”

不管单妮同不同意，洪玲就替她点了一首，然后再推搡着她到话筒那儿去。

拿着话筒，单妮临时改变了主意，她对舞厅说：“我换一支歌吧。”单妮唱的是《红河谷》：

……走过来坐在我的身旁，
不要离别得这样匆忙，
想一想你走后我的痛苦，
还有那留给我的悲伤。

单妮想起了远在山区的波，孤独的波，跟一个农村姑娘结婚的波。

下面一支曲子又开始了，后面坐着的男人又邀请了她。他开始说话了，他说：“你叫单妮，是吧，我看过你在几个剧中的演出，没想到，你也是一个唱得十分感人的流行歌手。”

这个男人与单妮后来又在原地方碰见过一回。

过了几天，单妮在剧团突然接到一个电话，是这个男人打来的。“单……女士，你好，我没有别的想法，我想今天请你吃一顿饭。”

“我没有时间。”单妮对这个多少有些唐突的男人说。虽然她对他存有好感。

“我知道你会找这些理由的，但是，我是真心实意的，我不是坏人，我只是一个能偶尔与你相识的人，一个你的观众、戏迷。我本想登门邀请的，可是，为避免你当场拒绝的难堪，我就打电话。再说一遍，我不是坏人，如果防备我，你带把刀好了。”

单妮晚上去了，没有带刀。

吃过饭，没去卡拉 OK，两人说了声“再见”就分别了。

这个男人叫勋，是一所专业学校的老师，他的妻子在美国留学，两年没有给他写过一封信。“她不会回来了。结婚后我住在他们家里，她的父亲是一位退休干部，有很大的房子，现在我搬回学校的单身宿舍，又过上了苦乐参半的单身生活。”勋这样说。

“而且，是一个没有舞伴的单身汉。”单妮说。这已经是大约第五次见面了。

“你会成为我的舞伴。已经是了。”勋说。

单妮告诉他，她不喜欢跳舞，她的职业已经叫她厌烦透了跳舞。

“我也不怎么喜欢，在那位没去美国之前，我还是个舞盲。现在为了寻求一点儿刺激，度过漫长的夜晚，也为了调剂一下生活，所以才有时候独往独来地混迹于舞厅。”勋很坦率，勋喜欢使用一些贬义词潇洒地贬低自己。

单妮的儿子已经三岁多了，到勋那儿去玩时，单妮带着儿子。勋让她带的，勋很喜欢单妮的儿子，单妮的儿子也很亲热勋，在勋的背上扯勋的耳朵。勋没有孩子，勋告诉单妮，他的妻子为了出国，不想要孩子。“如果当时怀上了，现在，孩子就是美国公民了。”

单妮问他的妻子为什么不给他写信，他说：“那谁知道呢，全装在她的心里。”

男人也有男人的苦处，单妮总是这样想。

单妮儿子四岁的生日是在勋的单身宿舍过的，勋买了一只烤鸡、一个大蛋糕和四支生日蜡烛，勋对单妮的儿子说：“小伙子，长大了为妈妈争气。”

勋的单身宿舍像狗窝，单妮抽了时间为勋洗被子、床单。当单妮为勋重新缝好被子，已是晚上十一点钟了，勋跟单妮踏着空旷的街道，到“深巷酒家”去吃油炸春卷。后来单妮胃病犯了，只好回到勋的小屋里去，勋去敲其他老师的门弄红糖来为单妮冲水。这一夜，单妮没有回家。

她喜欢上了勋的小屋。她后来还爱上了那个酒家的油炸春卷，也不胃疼了。

许多晚上，单妮就坐在勋的被窝里，看着伏案工作的勋的侧影。

有好几次，两人经过那家门面装饰华贵、曾让他们相识的舞厅，勋邀请她进去，她不进了，对勋说："我哪儿也不去，我只喜欢你的小屋。"

勋跟单妮表示，他准备将离婚申请书寄到美国去。

"我跟她早就名存实亡了。只要她在申请书上签个字，一切就完了，我就跟你结婚。"

单妮知道她现在的处境叫"第三者"。单妮对勋说："我希望你们不要离婚，如果在事实真相没弄清楚以前。"

"那我到美国去万里迢迢寻妇吗？"勋依然幽默。

单妮在心里却希望勋离婚，至于勋离婚后，单妮同不同他组成家庭，单妮不愿意去想。关于家庭、家庭的欢乐，单妮将不再为此动心。她知道，很容易得来的，将很容易失去。

在春暖花开的时候，勋突然给单妮打来电话，说他要到美国去探亲，时间一个月。"很快就回来了，这是她老爷子替我办的。去美国玩一趟，也不亏，你说呢？"

"你去吧。"

"你等着我，一个月很快就过去了。"

"你最好是别回来了。"

"不，我肯定回来！如果没有你，也许我就不回来了。"

勋瞒着她办了这些手续，看来勋是矛盾的，勋有些话并没有全说给单妮听。

走就走吧，单妮如释重负。

一个月以后，勋果然准时回来了。勋见到单妮，关上门，就把单妮抱上床。单妮没让他动手，单妮坐起来，说："别难为我了，我今天没兴趣。"

勋说："怎么啦，单妮，又有什么不愉快吗？"

"没有。"单妮说。

勋不明白，从来都温柔依顺的单妮，一下变了个人。

"我已经弄清楚了，她决不会回国来。她要我留在美国，我不干。单妮，因为我心中只有你。"

"我算什么，一个离过婚，有个小孩的半老女人。"

"你怎么这样说？才离开一个月。"勋看着她说。

"我在美国很好，可我还是决定回来，不是为你，又是为谁呢？"

第二天早晨，单妮离开勋的小屋时，对勋说："我可能再也不来你这儿了，你也不必打电话给我。"

"你疯了！"勋说。

奇怪的是，以后勋果然没有打电话来。单妮有好几次希望能听见他的电话，还有好几次，想重去叩访他的小屋，后来，都压住了自己的渴望。"我不是小姑娘了，我应当学会理智。"

不久，就听说勋搬走了，重新回到他丈人的家里。

大约在勋搬走后的一个月，单妮来到了这间小屋。单妮看到小屋的窗户开着，里面黑咕隆咚。在门口，阴湿的地气似乎在加紧制造苔藓。单妮用手扶着门，异常伤感。

就在这一天，勋打电话给她，勋也许是在等着一个长途电话，也许是打别的电话时遇上对方占线，才偶尔想到了她那个过时的电话号码。"单妮，是你，你还好吗？儿子还好吗？""都很好。""我想你。我想来看看你。""不了，我们在排新剧目。"双方的语气都已经平常，不带任何激情。还去找他吗？这是不可能的了。只不过，这个电话勾起了她一些往事。仅仅是往事。于是，单妮一个人来到小屋，不过，这差不多像凭吊一样了。

剧团遇到了全国戏剧的低谷期，演戏已经没有了观众，单妮被安排卖汽水。这也好，免得到乡下去奔波演出了。

有一天，单妮接到一封寄自莫斯科的信，单妮以为是弄错了，拆开一看，信里掉出一张照片，是波的。波穿着西服，站在莫斯科的红场上，背后，就是克里姆林宫。单妮的手突然发抖，接着全身发抖。单妮读这封信。信上说，波是和中国的民间艺术演出团一起，到东德演出后，路过苏联。“我之所以得到这次出国演出机会，是因为他们看中了我改造的这种中国笛子。”

单妮突然感到彻骨的寒意，她回到房里拿着这封信钻进被子，依然感到冷，浑身筛糠似的把床都震动了。

波在几天以后，出现在单妮面前。波几年没见，依然是老样子，但比过去精神多了，也漂亮多了。

波背着几个大包裹，见到单妮，拿出一些东西来，有吃的、穿的、玩的，全是外国货。“没有什么东西可买，在东德和苏联，你休想买到好东西，不过是个纪念。”

“你到柳那儿去了吗？”单妮问。

“我不是冲柳来的，我不愿见他了，除非他向我赔礼道歉。”

晚上，波请客，在一家很干净也很安静的小餐馆里。

波点了一些辣菜，波说：“在国外演出，不念记什么，就想吃国内的辣椒。我不管你了，我想辣椒想死了。”

单妮微笑着看波狼吞虎咽。波吃了一阵儿，放下筷子喘口气，说：“好了，咱们开始谈正经事。”

单妮说：“谈什么？”

波说：“我想跟你结婚。”

“你说什么！”单妮盯着波，但是，波给了她一种从头至脚的陌生感觉。

“跟你结婚。”波又一次说。

单妮看着桌子，看着桌上的菜，呆默在那儿。波看着她。

好一会儿，单妮终于哭起来。单妮伏在桌上哭，波慌了，走过去抚她，她站起来，走出餐馆，哭得很厉害。波赶上去，搀着她，她只顾往前走，走到没人的地方，竟然哭晕在波的怀里。

后来，单妮醒了，醒来还是哭。“波，一切都晚了，如果是前几年……”

“现在是最好的机会，单妮。”

“你不能说这种话，现在，我不许你说这种话。”

“我伤了你的心，请你原谅，可我现在不能不说了，因为，一切都水到渠成了。”

“那你的老婆呢？”单妮竟傻乎乎地问了一句。

“老婆，结婚一年后离婚了。不过单妮，我告诉你，我依然是童男身，你不相信吗？结婚一年，我没有跟她同过一次房，我告诉她，我有病，就是逼着她跟我离婚。我抱定了一点，我的童男身是属于你的，单妮，原谅我这么坏，这么多年还这样想你，我无比的矛盾，可我刻骨铭心地爱你。”

后来单妮不哭了，单妮对波说：“这实在是不可能了。无论是谁，是哪个男人，对我痛苦的经历只是好奇，而不可能像过去那样爱了，总有一天，他们会嫌弃我的。”

“我不会，我怎么会呢，你这话不能跟我说。”

“都一样。”

波说：“你的心不要太灰了，你应该理解我，什么也别说，也应该理解我。我为什么直奔你来？我不是一时的冲动，我也不年轻了，差不多人到中年了。”

波吻着她，抚摸着她，替她擦去泪水。波不再让她说话，波十分横蛮地说：“你没有任何选择了。”波还幽默地说，“理解的要执行，不理解的也要执行。”最后把单妮逗得笑了起来。

晚上，波来到了单妮的床上。单妮发现，波的确是个童男。

“你还是过去的单妮。”波在与她亲热时一遍又一遍地附在她耳边说。她只是微笑，什么也不说，紧紧地抱着他。

整整一夜，波跟她规划着以后的生活。波告诉她，他将要马上调到省音乐学院去，回母校教书。“我跟对方讲了，我有老婆和儿子，要调咱们一起办手续。你听到了吗？单妮！离开这个城市，这里没有什么好留念的，永远离开，重新过一种新的生活。他竟然拉开灯，逼着单妮点头。他看到，单妮终于点了点头。

第二天早晨，波离开的时候，单妮突然变卦了。“我将记着这一夜，不过，波，我不走了，我哪儿也不去，我不会跟你生活在一起。”

“两地分居吗？”

“不，我不跟你结婚。你走吧，波，我将永远记得你，这也许更好些，更实在些。”

波哭了，这个汉子噙着泪说：“单妮，你变得固执了。不过，我总有一天会说服你的。”

“我不固执，这一辈子，我什么也不会变，我只是靠着感觉生活。一个经历过很多的女人的感觉。”

波走了，波说：“我等着你，永远。”

单妮目送着波的身影，靠在门框上，疲惫地笑了。

晚　年

我住在县政府大院。我每天从大门进出，散步、买菜（我喜欢买菜）、上街或者做其他方面的事。我喜欢行走，这是我多年的习惯，所以，与我同时代的人都差不多死掉了，而我还活着；我过去进出大门的时候是坐车，现在步行。我是过去的副县长，管农、林、水战线。我一直住在县政府大院，是一个过时的人、始终不死的人，就算我每天在如今县长、副县长们的眼里晃来晃去，也引不起他们的多少讨厌了。我提着菜篮，或是背着门球棒，戴着遮阳帽，穿着旅游鞋，像一个旅行家或是运动员，其实，我是一个老态龙钟的人，走路打晃，患有许多老年性疾病。走到街上，只有一两个人能认出我来，说，这不是席县长吗？然后说，您气色还好。他们对我还不屈不挠地活着很是惊讶，给我介绍说哪种药可以一试，电视上天天在播。没有人知道我是谁了，在县政府。虽然房子还是过去的房子，杉树还是过去的杉树。

这就来了问题。我每天从大门进进出出，如入无人之境，但慢慢地就不顺当了。经常有人堵住大门，这些人简直肆无忌惮，将你的大门堵得死死的，一层一层，坐小板凳，坐条椅的，甚至牵牛来，牛粪糊住了大门。这些人中有没了饭吃的企业职工，有老头儿，有老太太，有愤怒的农民（多是反映负担过重的），有抬尸喊冤的（医疗事故、派出所非法拘禁逼供致死人命的、交通事故处理不公的）、有抗议法院乱判的，受假种子坑害的等。这几年，这样的事情多了，多了也就见怪不怪。你堵吧，静坐吧，聪明的机关人就在一个水杉林中的隐蔽处开了一扇侧门，这侧门进出机关上班、办事的，进出领导们坐的车子。这当然是一个小小的秘密啦。可对我们这些老家伙就不方便了，菜市场和大街都靠大门，而从侧门出来，至少绕了千把米的弯路，还坑坑洼洼不好走，且一到晚上还锁上了。喊冤的、静坐的都不是一日半天的，有时整夜整日地堵，若晚上堵，我们那栋老干楼有人突发了心脏病怎么得了？车不能进，人不得出，不眼睁睁地看着见阎王吗？

寒冷的冬天的晚上当然是最令我们担心的事啦，我们平常见面了都祈祷这个冬天少发生点儿堵门的事。可是这一天晚上又堵了。这次是抬尸喊冤的，死者是个小伙子，据说是被交警打死的；他在堤上骑着红鸡公（摩托），三个交警让他停车（不知何事让停，反正是检查执照啊，检查交各种费用的票据啊，罚款啊），他估计是怕罚款，如今只要让交警拦住，总有罚款的理由，而且百分之百罚款。这样三个交警驾车追这人，这人就开进沟里去了，估计也受了些伤。三个交警提起这人就打，于是一命呜呼，而且这三个中有一个副大队长。堵的人太多了，因为许多人大喊大叫要缉拿凶手，又是晚上，没有人出面来处理此事，办公室也好，信访办也好都没有。仿佛政府大院空无一人似的，只让他们号叫。因为他们的大喊大叫，吸引县城的一些看戏不怕台高的闲人——平时就是如此，只要大门口有事，总有一些看客会来凑热闹，并且激动起来，好像时刻欢迎有一次变天似的。的确如此，我说现在的人已经变得分外恶毒了，总希望出事，出大事，天下大乱，不可收拾，看冷。说我们这些老家伙完全不理解也是不切实际的，我们理解，我们可以想见，但是我们无能为力，我们只能是旁观者了。而这一天寒冷的北风直打在人的身上，透体冰凉。我和老伴儿出外散步回来，好像心脏有了些不适，而药又未带在身上。我们得迅速回家吃药，可是大门给堵上了。而且我感觉到这一天有一股血腥味。这血腥味来自那个现场，还是来自自己，我不知道。我的血正在紧缩，正在瞎窜。天一寒冷，一旦遭遇到这种情况，我就会隐隐地闻到一些血腥味，我就要吃药了。很有可能，我将要就此一歪，永远死去。我们想挤进去，里三层外三层，像摸奖，你能挤进大门？我的老伴儿就说打电话给家里，让他们送药来。我老伴儿就在一个商店门口打电话，没人接，女儿女婿估计都不在家了。就是在，他们能把药送出大门？我老伴儿就说到就近哪个小诊所去弄点儿药。

我心动过速，并且出现严重的早搏，按报上说的掐一些穴位，不行，憋气再吐，不行，按颈子上的大动脉，一按一放，也不行。我们只好叫了一个边三轮，拖到就近一个诊所。谢天谢地，诊所有我需要的药，救命的心得安救命的心律平。

吃了药，脉搏从一百四五十下降到了八九十下，心不慌，命保住了。但是小诊所奇冷，北风一个劲儿呼呼地往里面刮，又没有吸氧设备。我们说着可能要下雪了，说着交警打死人了的事。医生说打死人的那个刘副大队长，哪个不说他坏透了，自己开了一家加油站，两家修配厂，赚了多少黑心钱！我说那不是癞子打伞，无法（发）无天吗？医生说，差不多。

奇冷，我们只好起身回家再去大门口撞撞运气，所以不想听医生的那些牢骚话了。以为那些人都会散去的，要下雪啦，这么冷，谁在外头扛得住？一小时可以，十小时就不可以了。然而，我们到了大门口，事情还越来越严重了，人越聚越多。我们又坐了一个边三轮去侧门，等颠簸了半天到那儿，铁门紧闭，又没有门卫（白天有），这怎么办，莫非里面的人都不出来，外面的人都不进去？我们还是踅回大门想办法，想找一个大院里的熟人，年轻些的，让他们把我们两个风烛残年的老家伙带进去。可是，没有看到一个大院的人。为什么没有一个大院的人呢？家属也没有，更没有机关的人。平常机关里人满为患，每个办公室都是密匝匝的，今天到哪儿去了呢？县长副县长到哪儿去了呢？连一个办事员也不出来解释解释，劝说劝说吗？他们不懂得化解矛盾吗？他们不知道事情是可以转化的吗？他们没有学过毛主席的《矛盾论》？他们就这么拖？保持沉默？害怕，躲起来了？

不过当时我只想进去，我扛不住了，我希望有人出面，希望公安局来，警车呜呜，抓人，用高压水枪驱散他们。我当时就是这么想的，我没想得太多，不在其位不谋其政。再则我刚才差一点儿一命呜呼了，我还能管什么，我一只脚都进火葬场了我去管这些事？我说了，在这个大院里新一代的干部们没有谁认识我，谁见了也不会向我脱帽致敬了。然而，情形如此混乱，我被阻隔在外，人就没有一点儿血性了吗？人是舒服了一点儿，脾气也就来了。我做过除奸队队长，我杀过不少的人。此时我突然发力拉着老伴儿不管三七二十一就往里挤。我说让开让开，看哪个不让开的，老子揍死他！我真的还能挤呢，生命回来啦，我挤，用拳头开路，骂人，我过去当县长就是这样，没有不服我的。我说让开让开！被我扒开了的，吃了我拳头的，见是一个暴怒的老头子，又不好下手回敬，只是骂：老不死的！我就是老不死的，我就要挤，要冲要撞，撞个鱼死网破！我挤进去了，看到了死者，看到了围在死者身边的那些乡下人。我对他们是同情的，肯定同情，我过去管农、林、水，长期在乡下蹲点，我与农民保持着深厚的感情，我的朋友全是农民朋友。现在虽然我恨他们，因为他们的堵门，差一点儿让我见了阎王。我对他们吼着说——完全是我过去的风格：你们闹什么，你们想解决问题直接去找县长呀。因为我没看见一个熟人，所以我就在那儿瞎放炮，我的老伴儿拉我扯我也拉不住。我对他们说，你们还不散开，让公安局来抓你们好些？太没有名堂了！你们这样是犯法的，懂不懂？！

我终于被他们放行，让我回到了院子里的家啦！

第二天天气奇冷，天上飘起了不大不小的雪花，我们这一帮子老家伙还是聚集到老干部活动中心去了。一是习惯成自然；二是活动中心有很凶的白炭火，从早烧到晚，暖烘烘的，打牌、下棋、聊天，大家经常是乐不思蜀。这一天是这年的第一场雪，我们那一帮子老家伙高兴得像孩子似的，真的是返老还童了。但是从外面进来的人说，大门口今天看来要出事了，他们都是从侧门进来的。活动中心虽旧，里面装修得却还不错，甚至还很有几台健身器材。这得感谢谁呢，感谢从外省回老家休息的两位将军，鲁将军和黄将军。鲁将军是二炮的中将，黄将军是东海舰队的少将。他们虎死余威在，是真正的余威，县里不敢不把他们照顾好。这天大家正谈大门口的事，谈各自带来的消息，也就是关于昨晚闹得满城风雨的交警打死人的事，版本不同，就是在究竟是摔死还是打死这个问题上也说法不同，但话没谈多大一会儿，有人就冲进了县政府，估计有两千人之多。这么多人，想想吧，把政府大院会弄成什么样了，草地没了，树断了，电话线拔了，并且在办公大楼的走廊里生起了一堆堆火来烤，住在平房的一些小公务员的家，特别是未上锁的厨房米撒了，煤气坛子抬走了，有几只狗也被抱走了，并砸坏了许多玻璃。最危险的是有人打开煤气，将其点着，于是躲避（恐怕爆炸）的人纷纷四散，踩伤多人。

这是我们县自新中国成立以来最重大的群体事件，令人不敢相信。至少在我们当政的那时是不敢想象的。那些人愤怒，那些人嘻嘻哈哈。估计有死者村里的人，也有很大一部分县城的人，有许多浑水摸鱼者，一部分对我们政府怀有仇恨的家伙正好可以趁机发泄一通了。于是公安局总算出动了，警察不少，捉了二十多个捣乱分子，将死者强行送火葬场火化。

我们那帮老家伙龟缩在活动中心的二楼，将大门紧闭了。我想回去，老伴儿打来了电话，但不敢开门，因为大院里全是人。鲁将军不愧是将军，和黄将军一起带着我们转移并用桌子抵住大门，还分发了一些武器，拖把呀、门球棒啊、扫帚呀，从健身器材上卸下的铁棍呀。“简直是反了！”黄将军沙哑着嗓子痛骂外面的人，而鲁将军乐呵呵地却说搞农民暴动了。“这就跟我们当年打县城一模一样，”他说，“但是性质不一样。”原县妇联主任巫大姐说。哪知道鲁将军满不在乎地说：“我看差不多了。”

鲁将军随口说出的话让我们不好想。现在是怎么啦？吓得前列腺炎发作的老宣传部长胡大柚疼得哇哇大叫说：“妈哟，妈哟，他们早出面，早没这个事了，为何他们都不出面呢？”我当年的下属，老水利局局长韩绪林说：“估计昨晚吃生猛海鲜去了。”巫大姐就抱怨说现在大院里的干部是屎到屁门子了才急，这么大的事没人出面，这些头头现在一天到晚在忙什么呀，只晓得上电视抢镜头，整天在电视上晃来晃去，只怕有一天他们上厕所也要拍成新闻让全县人民都知道。大家就问胡大柚过去是怎么宣传的现在是怎么宣传的，老胡前列腺疼得嘴歪，没心思跟我们说笑话发怨气，说，过去现在差不多。哪天做宣传的好好宣传，当官的好好当官，中国就有希望了。然后鲁将军说，有一部分当官的觉悟还不够，他们以为他们的官是任命的，他只能眼睛朝上，唯马首是瞻，那个恶交警副大队长，是闵县长的人，他只能对闵县长负责，老百姓他能管那么多？当然抓住就打啦，他又不是老百姓选的。鲁将军经常说笑话，整天乐呵呵的，但他最后的话却十分严肃：“他们会遭到报应的，不是不报，时候未到。时候一到，一切都报。”

这样的问题太沉重了。这是第一次。这样大家就散了。我走出活动中心，看到昔日干净整洁的政府大院，浩劫一般。雪还在下，但四处泥泞，垃圾满地，间或还能看到一些未被雪掩盖的血迹。流血啦？流血事件？！我的心里咯噔一下，我感到事情的严重性。我心寒齿冷。可是我看见有人在办公室喊：“打扫卫生啦，打扫卫生啦。”于是，一些年轻人、中年人就陆陆续续，轻轻松松，说说笑笑地出来了，不是像收拾残局的样子，像一般周末大扫除的样子。雪还在下，那些人缩手缩脚，连头都缩在脖子里，要死不活地挥动了扫帚。事情没有发生吗？这事与他们无关吗？岂有此理！数千人冲击了政府机关，动用了上百警察，抓了二十多人，而这些机关的人就像看了一场球赛或者摸奖一样的轻松，他们不知道此事的严重性吗？他们应当怎样考虑这个政府和人民的关系？这件事情对我们来说意味着什么？我是不是太敏感了呢？

不止我一个人敏感，无论是身体和思想。老宣传部部长胡大柚受了惊吓，住进了医院，给前列腺消炎。我们大家去看他，因为他住的是干部病房，单间，所以大家有话都敢说。巫大姐的大儿子在公安局，是一个什么科长，得来的消息是放了七八个人，但主犯没有放。那肯定不会放，点火烧煤气坛子，搞出个爆炸案得了！但那个副大队长与另两名打死人的交警没有任何事。估计已经说不清楚了，三人一定攻守同盟就没法了，死无对证，死者已经火化了。

黄将军听说后一拍桌子道：“岂有此理，为什么不让验尸？人家只要求验尸，可他们就强迫火化了，没有问题，为什么不敢验尸？打死与摔死，一验就清楚了嘛。”

韩绪林说：“交警打死人了，就算是打死的，公安局的法医如何验尸？是向着死者呢，还是向着同事、老哥老姐们？”

“问题是，他们要躲避老百姓，为什么要躲避老百姓？当年老百姓是多么欢迎我们哪，没有老百姓我们打游击寸步难行。”鲁将军气愤地说。

于是我们就说到我们那时候是怎样接待来信来访的，我们的办公室是敞开的，泥脚的农民也可进办公室，还给他们递烟递水。我们这些老家伙只剩下回忆啦，议论什么事都要联系到自己的当年。老家伙嘛！当然是自己做得好啦，事实上，我们当年当然比现在做得好，就是不搞阶级斗争，也不可能出现几千人冲击机关，农民跟我们有这么大的冤仇啊？躺在病床上的胡大柚说，现在的书记县长办公室还是可以进的，只要你不拦车喊冤，只要你夹着皮包，手握大哥大。巫大姐说，老席你不要说咱们那时候了，往前推，推到封建社会，有人击鼓鸣冤，管他是叫花子还是二流子，县太爷再忙也要赶快升堂。你说这帮子人不就是想混个“电视明星”又是为什么？巫大姐坚持她的“如今干部电视明星说”。大家在老胡的病房里叽叽喳喳，直到老胡又忍不住疼痛叫唤起来，大家才告辞走掉。

真正要写检举材料是在数天以后。我至今还记得那些天我是怎样的一种思想情绪，我真是吃不香，睡不好，老想着这事情。它当然与我没有多大的关系，可是我耿耿于怀，时刻不安，干什么事都没有滋味。我在私下想着怎么向省委写一份材料，在我有生之年主持一次正义。我要说说话，瘀在心里难受，不吐不快，写在纸上了总比啥都不说好些。我这么想，应该呼吁省委高度重视此事，此事不过冰山一角，但就是此事也要严肃公正处理，要抓的是打死农民的凶手，是他们先打死了，喊冤不理，才有了以后的冲击事件。而冲击事件虽然抓了闹事者，但县里的老百姓却对冲击事件拍手称快，岂非咄咄怪事，这一届政府为什么不能得到老百姓的拥护？我想署上自己的名字，一个老共产党员的名字。我只是这么想，有冲动，持久的冲动，但真付诸实际，还没有拿定把握。写化名？用真名了那信落到他们的手里，不报复我报复我的孩子们怎么办？我无所谓，孩子们在他们手下做事，女儿女婿。

我把这个想法跟老伙伴们一讲，哪知胡大柚他说，他早写过，一点事儿都不管用。“没有用。”他肯定地说。

“看给谁写，”鲁将军说，“你们写了把它交给我，老子直接寄到北京 ××× 去。”后来一致认为，联名写信，写好后发动大家签名。

这当然也是在一次秘密的外人不知的碰头会上，在鲁将军家里。这已经到了什么时候呢，到了第二场大雪降临在这个偏远的山区县城的时候。寒冷和心血管病正在折磨我最厉害的时候。那时候，我天天早搏，几乎有死过去的感觉。早搏的感觉就是如此，意识还在，某一刻脉搏却停跳了，非常短暂，但感觉恐怖真实。

说那个晚上吧。那是一个大雪纷飞的晚上，快要过年的晚上。人已经陆陆续续地放了，听说死者家属也暗暗补助了一些。而 × 交警副大队长依然神气地走在大街上，指挥交通，扣人家执照，罚款，听说闵县长一心一意要保他。而我们大院的门口又接二连三地出现堵门现象，年关日近，开不出工资来的，缴不起提留款的人隔三岔五地就要来坐一阵子，又不喊口号，又不打标语，静静地坐着，不让人车出入，就是这样。警察又能把他们奈何？抓了这个也不能抓那个，法不责众嘛。大家忧心忡忡，心急如焚——我是指我们这些老家伙。这么多问题没有人来解决，还在电视上说这是难免的势必要触及一部分人的利益，为何不触犯那些他们的利益呢？不触犯吃财政的人的利益呢？不触犯贪官污吏的利益呢？

大家都不会相信他们的话了，闵县长的话。闵县长说要触犯一部分人的利益，要保持来之不易的安定团结的大好局面时，我们有各种消息渠道的人都觉得好笑。有人说，前几天他们又上荆水岭，吃了两对熊掌。有人说，老闵上次生病，据说收了二十万元，个个乡的头都来看了送了红包，个个局的也一样。档案局的一个女同志好心好意提了雀巢咖啡去，只因生了虫，出院后就将人家的科长扒了。那咖啡生了虫是商场卖水货，女科长不是冤枉！这样又说到他们的房子，被称为“腐败楼”的那些房子，有人告过状，严重超面积的问题，全是楼上楼下。而几个主要领导的装修地板，全是由荆水岭林场专门伐的国家三级保护树种青檀木加工的，而这种木在我们这儿省里规定十年内不得采伐。房子问题据说他们检讨过，也只是检讨过，走了过场，半年之后，都悄悄地搬进去了，个中技巧大约是将超标面积先假意分给别人，再“租借”过来。那不是司马昭之心吗？而我们县唯一一家上市公司，他们究竟接受了多少赠送的股票，还利用职权买了多少他人无法买到的内部股？说股票上市的那一天，他们用麻袋到市里交易所装钱。而在修建荆水水电站工程中，闵收受了多少钱物？传是传得神，可无风不起浪。中国有句老话，好事不出门，恶事传千里。纸是包不住火的，在这里，当然大家没有说话的地方，什么县报、县电视台、县广播站，都是被他们把持的，天天为他们歌功颂德，他们永远正确，永远清正廉洁，勤政爱民，拒腐蚀永不沾，他们永远都在加强思想锻炼党性锻炼，讲正气，讲政治，讲学习，树立了正确的人生观、价值观，做人民公仆，牢记全心全意为人民服务的宗旨，认真学习马克思主义、毛泽东思想、邓小平理论，学习党的方针政策，大公无私，不计名利，开拓进取，讲真话，办实事，埋头苦干，脚踏实地，绝不说大话、空话、假话，不欺上瞒下，不跑官争官，不沽名钓誉，在工作中大胆创新，廉洁自律，两袖清风，自觉抵制拜金主义，秉公办事，不徇私情，不谋私利，不为金钱酒色所迷惑，不计恩怨，坚持原则等——报上电视上都是这么歌颂我县的干部、主要头头的。但这不要紧，我们可以到市里到省里去说，一个人总不能一手遮天，总有说理的地方，市里省里不行还有中央。

关于写检举材料——我们定为“汇报材料”的事初定下来了，发动多少老家伙签名也有了一个谱。大家认为应从此次两千人冲击县政府、交警打死人而公安局大肆抓人的事件入手，这次事件所暴露的我们县的许多问题。因为胡大柚已经出院，又曾是我们县的“笔杆子”，要他执笔，他总算同意了，但后来又说天气太冷，没有找到感觉，写得疙疙瘩瘩。这样鲁、黄二位将军就把我找去，让我先拉初稿。这一天是在黄将军那儿喝茶，两位将军说，对地方上的事本来他们是不应该插手管的，但心情跟大家一样，实在看不下去了。

我只好接受，恭敬不如从命，我不能推给别人，在活着的老家伙中，我是职务最高的了。我说过，我寝食难安，每天要吞食三颗安定才能睡一会儿，我想写，想一吐胸中块垒。他们也知道我，我是教书匠出身，过去从来不要秘书起草讲话稿。我想主持一次正义，然后去见老祖宗马克思。

就在我思潮翻涌写这份“以一群 × 县老共产党员的名义所写的汇报材料”的时候，听说省里来了两个记者，一个是省报，一个是新华社的，来调查这次冲击县政府大院事件的。这让我们喜出望外，记者们也是很有作用的，特别一听说上面来了记者，一般就相当于钦差大臣，绝对是为百姓说话，给当权者找碴儿的，所以如今下面的那些“虾子”（小官吏）很是怕记者，特别是新华社与中央电视台的记者。

我们想办法去接触他们，但因为我们腿脚不便，又加上消息的确已不灵通了，连记者的人毛都没见着。我们找了三天，三天之后，听说记者们早走了。他们不让记者与老百姓见面，不让相关部门回答记者的提问，每天派人陪着记者，然后用车将他们一直送到省城，不让他们有中途下车杀回马枪的机会。这是他们惯用的手段了，这不稀奇。可我们遗憾，大家都说遗憾。于是我尽快把材料拉出来了，吃着大量的药片，防心脏病高血压复发。

这事我没让家人知道，但后来老伴儿在抽屉里发现了我的“宝贝”，她极力阻止我，要将我写的这些烧掉。她说这是祸，这是祸，这是祸。她又气又急，只是不停地说是祸。她说你都是死过几次的人了，你还管这个？现在就是这个风气，要你现在当县长，不一样？说不定比他们还坏。她说你要得清静不清静，多活几天不好吗？她说，他们要你写的，他们怎么不写？你不要在上面签字。我的老伴儿考虑的是我的身体，她对我是照顾得非常细致的，可以说不是她我早死了。她自己还有许多病，可每天给我量血压，督促我吃药，给我熬汤（里面加了各种各样的补品，四季不同）。她过去大小也是县供销社的副主任，退休后就一心一意照顾我，还带外孙女，我感激她。她如果不是照顾我，她完全可以再升一升，她的工作能力是很不错的。为这事我给她解释，我认为我们的政权我们老家伙有责任，老一代革命家打下的江山不能败在这帮败家子手里。我的老伴儿平常也同意我指责如今的某些干部是败家子的观点。每次电视上见到闵县长，就说败家子又出来了。我说如果不解决他们的问题，以后大门还得一而再、再而三地堵着，我犯了病怎么办？我认为如果上面有人来调查调查，处理一两个人之后，也许老百姓的情绪就会缓和，我写这个是为了咱们进出的大门畅通无阻。我笑着说现在全国不正在搞“畅通工程”吗，× 交警副大队长就在抓畅通工程，我们老家伙想把他畅通一下，他不畅通，百姓不服。我的老伴儿说，你不要得罪他们，他们这帮爷们儿不是你们那时候了，你们那时也打派仗，那都是暗暗地打的，现在当官的打派仗就不是嘴巴打了，没看见报纸上经常登的，这个县长暗杀那个县长，这个局长爆炸那个局长，这个工会主席投毒那个总经理，你不要命了！你得罪他们，他们害你一下你受得了？现在他们接触的那些大老板有几个不是黑道的？你是怎么当副县长的，你是小学生？

可是我不能软弱，我假装把稿子撕了，其实撕的是草稿。我将它亲自交给鲁将军，看他的儿子在自己的电脑上把它打出来，然后把原稿还给我，我出来就把它销毁了。

材料是怎么寄出去的，寄给了谁，我不知道，反正是寄出去了。寄出去心就轻松了。轻松了一阵子，心又悬着。事情真要闹大会怎么样呢？有一次我问鲁将军，大家也问过，鲁将军摇摇头说，估计没什么希望，上面管不了这事，现在的事太多了。从全省看，咱们县是山区穷县，偏远得很，比那些经济发达的地方出现的腐败那完全是小儿科，出了人命的又何止一个县，多啦多啦，上面顾不过来，主要在于事情太小了，不值一查。

快要过春节的时候老干局突然要召集我们老家伙开春节座谈会。刚开始听了气氛有点紧张，后来又听说闵县长也要参加这个座谈会，主要是想听听我们老干部对我们县新一年工作提建议，出谋划策。我们都去了，去了不少，四五十个，大家都忐忑地去的，大家在想这事很少有过，中午可能喝一顿吧，这事是不是与那份检举材料有关？但是并没有查处他们，没有对任何人动手，他们要打击报复？他们采取怀柔政策？

到了小会议室我们才算真见了广，小会议室完全今非昔比啦，全新的桌椅、地板、柜式空调、吊灯、墙裙，好像进了国宾馆一样的，他们真会过日子，过去我们的会议室是什么样子？我们坐在温暖如春的会议室，鲁、黄两位将军也被请来啦。他们两位穿着没有帽徽领章的将军服，很给我们安慰。好像他们在场我们就不怕了，不怕鬼了。老干局的一个办公室主任主持会议。来了两位副书记副县长之类的角色，主持人说闵县长因参加另一个会议，所以可能迟到一会儿，请大家原谅。然后大家当着几位领导的面畅谈现在领导对老干工作的关心，对他们生活的关照。然后领导给大家说拜早年，祝大家健康长寿，阖家幸福。大家说着不咸不淡的话，有的在试探他们开会的真正用意。但我们的发言被他们的手机的叫声数次打断。他们都有手机，也都开着，然后大声地接听电话，使我们这些发言的人十分地尴尬和落寞，因为在我看来，根本没有谁听。在哪一个发言时我们看见闵县长来了，跟他来的有一台摄像机和手举聚光灯的人。闵县长头发油光水滑，手握十分小巧的手机，打着一条黄色的领带，穿皮西服，一副大款打扮，你在大街上见了根本不会想到这是一个县里的县长，以为是个大老板。就是这样，我们的大老板一样的闵县长就坐下来了，坐下来有人给他上茶，他的杯子里是非常高级的茶叶。摄像机就对着他，也对着我们扫了一下。他刚坐下来，手机就响了，然后他就对手机讲话。我们没有听清是什么。过了一会儿，又接了一个电话。然后我们见他起身，与老干局长耳语了几句，拿着装手机的皮包，对着我们用双手示意抱歉，然后就走出去了，县电视台的两个家伙也跟着走了。老干局长就忙站起来对大家说，闵县长有个紧急会议，年关近了，会多，实在对不起，他要我们对各位老前辈的发言认真记录，认真听取意见，然后再给他汇报，他本来是想多听听大家的意见的云云。

我们的发言不停地被手机声打断，讲了五六个人，时间就到了十一点半，然后一个副书记讲话，说这是第一次，以后还要多进行这种座谈会，你们老前辈，工作经验丰富，应该多给我们出主意、想办法。你们都是我县工业方面、农业方面、教育方面等各方面的专家，我们县以后怎么搞，怎样加大改革开放的力度，怎样调整产业结构，应付加入 WTO 后的新形势，都得认真听在座的老同志的。今天大家提的意见与建议我们向闵县长汇报并好好研究，再一次感谢大家。老干局办公室主任说，现在在三讲阶段，响应中央的号召，会议一切从简，饭就不吃了，但给每位老前辈准备了一点儿礼品，就宣布散会。由一个女同志给每一位走出去的发一个手提袋，袋里装了一条毛巾被。大家提着毛巾被走出去，都十分诧异，都问他们为什么对我们这些被遗忘的老家伙突然这么好了，这是为什么？

大家的心情都非常沉重，因为鲁将军说寄出的材料至今没有消息，我也懒得问了。然而春节一过，首先是我的女婿被免去了县纪委常委的职务，调到我们县最边远最贫穷的一个乡任副乡长。这个乡离县城有一两百里地。这是不可想象的，他没有犯任何错误。我说你是不是得罪了纪委书记或者监督了闵县长他们？他说我何曾敢监督他们？连我们的纪委书记都是他们任命的，检查他们的纪律不是检查我们自己的纪律吗？我们的命运完全在他们手里，我们敢违他们的意志办事？我知道我的女婿他们是相当不错的，待遇不错，工作不错，十几个人，说是检查党内的纪律的，也就是写一些优秀基层党组织的材料，查处了一些乡镇支书的违纪资金就悉数没收，没收了也不上交县委，纪委就自己用了，少则几千元，多则几万元，纪委买车买汽油，吃喝报销，出差报销，纪委的日子过得相当滋润。你说他们花那些查处的资金，是在维纪呢，还是在违纪？可事实就是如此。女婿如今去了偏远的乡镇，这简直就是发配。女儿身体不好，失眠健忘，外孙女还小，身体也弱，三天两头住院，不是感冒就是腹泻。女儿急得不行，说她怀疑是纪委书记在搞她丈夫，怕他抢班夺权，因为女婿工作能力极强，整出的材料漂亮得人人叫好，也是一支笔。而后来女婿带来的消息是：有人看到我在那次冲击县政府的事件中，起了恶劣的作用，他们说我对那些闹事者进行了煽动，在对县政府施行打砸抢的前一天晚上，说我在他们中间挑拨说要他们去找闵县长，去冲击县长家。那么，我成了这次冲击事件的罪魁祸首？我是幕后指挥者？

我的妈呀！我说这绝不可能，我说当时是怎么一回事，我是怎么死里逃生然后向他们发脾气的，我也讲了几句实话。我明明没看见有两委机关的人，是谁躲在阴暗的角落里听见了，告了密？不，不是这样，我不怕。

我的女儿气得脸色都白了，她不信我的话，她信我女婿带回的话，她老半天指着我的鼻子说：你老糊涂了！她第一次跟我称“你”而不称“您”，她恨我了，我毁了我女婿的前程。可是，不，我说没这回事，你们不要把问题想得这么简单，肯定是有人从中挑拨离间，他搞了你的鬼推给不相干的闵县长，我在县里摔摔打打干了三十多年，我比你们有经验，你们不要被表面现象迷惑了，闵县长没有这么坏。我的老伴儿说，你就是不清白了，你就是发糊涂了，你就是发神经了。她说了一连串的“就是”，我说老张，咱们当时在一起，我说了什么你不清楚？我的老伴儿也气急了，气急之后一口痰堵，倒在地上。

我们把我的老伴儿送到医院，她中风啦。她的血压根本不太高，这下，赶在我这老高血压病鬼子前面中风了。我哭哇哭哇，我说老张，你不能这么走哇。我老伴儿被我哭醒了，半边身子瘫痪了，回答我说：看以后哪个做饭你吃。我就说只要你活着，我做饭你吃。

我老伴儿要死不活地躺在医院，那帮老伙伴都来看望她。鲁将军一脸愧疚，他进了病房就声称他寄给老首长的那份材料不会出事，他说他在电话中反复交代了老首长，若将此信转给省里有关领导，千万不要把这些签名的老干部的名字说出去了，因为他们已经没有了保护自己的能力，他们是一群社会的弱势者了，别人想对他们怎么便怎么的。如今在台上的一帮子年轻的干部又会玩权，把村主任玩成乡长权，把乡长玩成县长权，把县长玩成省长权，他们把小权玩大，他们除了玩权还能做些什么呢？搞得社会空气都被他们毒化了，你看街上守公共厕所的老头子，都一脸的权力，比咱们当年当军长司令的味儿还玩得足。他这一说大家都笑起来。我老伴儿也笑起来。我说老张你是不是好了？她说好了好了，这么多司令军长来看我，那还不好。

老伴儿出院了，我每天搀扶她在街上练习走路。我还得给她和自己做饭。我女儿因为对我有刻骨仇恨（！)，带着我外孙女住到他们自己的房子里去了，也不管我们死活了。我七十多岁了，还得重新开始学做饭，而那一段时间也许是因为紧张也许是因为休息不好，老是早搏，我吃大量的药片，我老伴儿吃大量的药片，我们的餐桌上一大桌子药瓶，以药当饭。我累得不行，可走着走着我老伴儿感觉不行了，提不上气了，就会大叫：快喊医生！我老伴儿形成了一个恶劣的习惯，从此天天如此，一天要叫十几遍：快喊医生！我说你吃的药也不少了，喊什么喊。医生就是你自己，你觉得能活就活，觉得不能活了，就死了。但尽管如此，我还是很细心地照顾她，每天用轮椅推她去医院康复科扎针灸。这样我也差不多不死不活了。恰好我过去蹲点的一个村的老支书来看我，想让我给他买点儿好种子的，我就向他提出帮我找个小保姆。这老支书的儿子现在做了新支书，就说，不要钱，我给你送个小保姆来。就这样，给我送了个小保姆，帮我们两个老人洗衣做饭。小保姆十六七岁，生得乖巧，很讨我们喜欢。她还能讲故事，讲现在乡下稀奇古怪的故事，把我老伴儿逗得发笑，于是欢乐才又一次回到了我们家。

可是，我劝我的女儿外孙女回来，她们仍不回来。她的条件是：你除非去向闵县长道歉。我说放你娘的屁！让我一个老头子向姓闵的道歉？我就这么没有身份了？这么没有人格了？

我们希望我们以“一群老共产党员”的名义写的检举材料会有大快人心的回音，是大快人心，而不是小快人心或者不快人心，更或者让人伤心。在这么偏远的地方，千山万水，难道恶人就不应该得到惩罚，腐败不应该得到揭露，正义不应该得到伸张？

我找县计委要了个车去看我的女婿。计委的主任劳平是我过去的下属，是我提上来的，平常对我们家多有照顾。那个紧靠邻县的深山乡镇我是很熟悉的，我在那儿蹲过点，驻过队，那儿山清水秀却缺水；那儿虎狼成群却缺吃的。那儿有限的水质有问题，我就是在那儿弄出了胃病，割去了大半个胃。

县城的这时节已经穿一件夹衣就行了，艳阳高照，可是进了山还大雪纷飞，路上因为冻了凌轮胎打滑，几次都十分危险地滑到悬崖边缘。我到了女婿那儿，我见到了女婿正在乡简陋的卫生院里捂着肚子大声叫痛。我说你想办法回去算了，你的脸蜡黄蜡黄的，一定是水土不服，可我女婿说不回去，他认为是锻炼的好机会。他哪儿吃过这样的苦呀，在县纪委那可是浑身一点儿泥都不沾，头发丝毫不乱的，在这里却领着山民搞引水工程，满手的血泡。我说那也好，兴许是组织考验你。我这样安慰他其实心里不是滋味。我想要不了几天，他的胃也只怕被组织考验掉三分之二去。

晚上这个乡请我吃饭，说老县长来了，叫了几个乡人大的老家伙来陪我，一个副乡长也来了。煮了一个山鸡火锅。我本来不喝酒的，为了女婿，我硬是敬了他们几杯，让他们多照顾我女婿。可是酒喝完了，我的脸却肿起来，半边脸全肿了，肿成了肉包子。我在招待所潮湿的床上疼得死去活来，我知道遇上了假酒，这乡旮旯里连酒都没有好的，生活一切都皱皱巴巴，与县城隔了一个时代，而县城又与省城隔了好几个时代呢。

第二天我肿着脸回到了县里。一路上我听到的全是女婿捂着肚子的喊叫，整个贫瘠的深山里都充斥着、回荡着他的喊叫，沟沟壑壑，全是他叫痛的声音。回去我决定给姓闵的县长写一封信。这要冒很大的风险，这一解释可能会更麻烦。我早有准备。因为有许多事是不能解释的，你一解释假的就像真的，无的就成了有的。我只好解释，我没有办法，我一想到女婿我的尊严和老面子都无法阻止我提起笔来。用这支检举他的笔再写一封向他求情的信。

我在信上简单讲了我是谁，然后讲谣言说的我那天晚上的事，究竟是怎么回事，我把我自己写成一个可怜的、垂死的、多病的糟老头子而绝不是什么老副县长，我说我是坚决反对他们堵政府的大门堵塞县城的交通的，我说是现在的所谓法制观念把他们弄硬了，我只是出于我自己的身体情况，于是向他们发脾气，如此而已。我在给姓闵的信中丝毫没提什么打死人的事。然后我提到了我的女婿，提到了他的处境，我说虽然他的事是组织的事，我本不该插嘴说什么，这一点组织观念还是有的，但考虑到许多人认为他的下派与我那天晚上给那伙堵门的人说了几句话有关，所以提出来，如果不对，权当没说，如果果真有一点儿关系，请县长酌情考虑我这个退休多年的政府公务员的意见，我将感激不尽。因为我的年老多病，老伴儿的中风，女儿的魂不守舍与我决裂，外孙女的体弱多病。

大约过了十天，老干局的一个副局长就把我叫了去，就谈到我给闵县长的信闵收到了，非常重视云云。说他太忙，没有时间找我细谈，要他们转告我，有几点需向我解释的：一、闵县长从未听到过我在那个晚上与闹事者说了什么话（多么圆滑而熟练的表态！），要我不要多心；二、我女婿的事属正常的干部调动（一句话就可以滴水不漏地打发了！），每年下派干部有许多，请不要将此事与其他事联系起来，要相信组织的考虑。最后，副局长说闵县长语重心长地给他们老干局作了指示，说老同志是我们党最宝贵的财富，一定要将我们这些老家伙照顾好，在生活、身体上要时时关心我们，多听听我们的意见。副局长说，闵县长的指示是非常深刻和及时的，给我们的工作指明了方向。副局长说，我们也就乘这一次指示的东风，找县财政要了一笔钱，组织老干部到峨眉山春游。

他以为我会高兴得跳起来的，可是我没有高兴。姓闵的让老干局转告的话，证明他是一个很有心计的官了，他虽然年纪不大，可在如今的官场混得很纯熟了，经验十分充足。他的不卑不亢，让你抓不住任何把柄。他对你有个回音却不想跟你面对面谈话也证明他很能把握好对各种人等的亲疏远近。一个过时的人物你还能要求他什么呢？啊，我知道了，我说，我很感谢。

就在我们准备去峨眉山的时候，终于听到对交警致死人命的调查悄悄开始了。至少上面来了人。这很好，大家很高兴，鲁、黄二位将军说，咱们上山！于是我们轻轻松松地登上去成都的火车。虽然我们看了乐山大佛和猴子，看了日出和万年寺，看了报国寺与白龙洞，在成都吃火锅，在杜甫草堂吟哦，但大家的心都在县里，因为我们的巫大姐有一个手机，是她儿子给她配的，于是我们便可以获得上面调查此事的进展情况。但是消息时续时断，也不令人振奋。倒是传来重新抓了几个闹事者（因为是取保候审）。大家感觉事情不是那么简单，你想真正把一个在台上的人打败是很难的，因为他们都营造了一个很坚固的关系网，现在的干部很懂得这一套。所以在一面胡搞的时候一面注意怎样保护自己。这也是新的时代新的生存本能嘛。

可我想到的是我的老伴儿、女儿、外孙女和女婿。我到一个地方给他们打一个电话。我听见小保姆告诉我，说我的老伴儿直骂我，并叫着要她快喊医生。我的女儿回去过一次，很好，让我放心并快流出泪来。我在家她是不回去的，因为她恨我。

我们回去就听说三个交警抓起来了，那个副大队长当然也抓起来啦。但是闵却纹丝不动。这也是，一封信就能把一个人拉下来，除非你掌握了确切的证据，比如受贿多少，贪污多少，这才是撒手锏。然而我们不是他的至交，不是他身边的工作人员或家属，也不是行贿者。而往往这些人因为自己的利益，是不会检举的。因此，可以说，“闵百万”（他的绰号）说不定是风传而已，上面对无根无据的东西是不会腾出人手来处理的，住房问题，一点点地板（那值几个钱）的问题，不足以将一个县级干部投入监狱，批评一下嘛，而且，这哪算事啊！

我们终于等到了对那三个恶交警的开庭。这在我们那个偏远的县城真是一件大事。我们感觉到这样的结果是与我们的努力有关的。离开庭还有两三天县城就四处响起了鞭炮声，人们在想办法弄旁听证。法院门口总是三五成群地围着一些人在打听消息。对我们这帮老家伙究竟去不去旁听我们发生了分歧，有人认为大家整队去，全部去，堂堂正正，表示我们这些老党员在关注此事，以便让法院公正地宣判施加点儿压力。另一些人认为如果都去旁听就把事情挑明了，公开表示出我们这帮退出历史舞台的老家伙在跟当前在台上的一帮人作对，不仅不支持他们的工作，反而给他们搓反索。而大家认为，这帮人虽然年轻，但报复心是极强的，如果太公开地惹恼了他们，没有好果子吃，大家认为我就是一个例子，一个信号。他们认为我女婿的事的确是一个信号。这样鲁、黄二位将军觉得要保存自己是对的，他们浑身是胆，啥都不怕，弄了两张旁听证，代表我们去了。

但是我们再没有听到鞭炮声。因为没有当庭宣判。听说整个法庭很沉寂，辩论也不火热。总的给人的感觉是一次表演。没有证据证明那人是被交警打死的，三个交警一口咬定把那人从沟里抬出来时那人就断气了。他们唯一的错误是没有将此人尽快送往医院抢救。但是他们狡辩说：一个没有呼吸和脉搏的人，送到医院又怎样呢？

我们失败了。至少我们没有胜利。

最后这件事情是怎样啦？最后这事情是不了了之，三个交警依然是交警，宣判他们无罪，副大队长党内警告处分，并降了一级工资。

这样处理能服吗？可是不服不行。很多事情就这样悄悄地过去了，新的事情掩盖了旧的事情，时光匆匆，人们把许多事忘得很快。不忘又怎样，不忘又不可能按你的意愿行事。

接着我们老干部活动中心出现了一种虚假的欢乐，来了两个剧团的老师，要我们成立秧歌队，他们说，让我们跳起来！我们大家都窝着一肚子的火，我们怎么跳起来？然而，他们给我们买来了北方人穿的那种衣服，北方人扎的那种头巾，北方大妈插的那种大花，给我们脸上擦胭脂，擦得像猴子屁股，让我们带头在全县开展扭秧歌的活动，丰富老年人的文化生活，锻炼身体。他们加强了对我们的控制，他们用这种古怪的让人哭笑不得的办法来加强控制，想麻痹我们的斗志，使我们把气消掉，与他们不再有挥之不去的对立情绪。他们对我们的态度真的改变了，不仅让我们旅游，还让我们跳起来，把我们组织起来。而后，又来了一个老师，并给我们买来了许多腰鼓。但我们渐渐看到了这个女老师是一个有轻微精神病的人，她在有人无人时，都吹着哨子，哨子声是腰鼓的节拍。于是，老干活动中心、县政府大院的杉树林中，每天都响着腰鼓的声音。

我不知道这些离休的老家伙为何慢慢就适应了这欢乐的气氛，像巫大姐一下就把自己打扮成了风骚的老娘儿们。不过更多的是出于健身的考虑。但是他们不知道这是台上的一帮人在收买我们和麻痹我们吗？

鲁、黄两位将军在这个季节被各个学校接去作革命传统教育的报告。有一天他们回来了，笑呵呵地拿着一张我们县的报纸，指着上面刊登的照片说，巫大姐成了马戏团演员啦，胡大柚和韩绪林以及我们的形象都模模糊糊地印在报纸上，还有一些文字说，我县离退休老干部正在县委的亲切关怀下安度晚年，他们自发地成立了腰鼓队和秧歌队，表示他们一定要带头为我县精神文明建设做出贡献。

大家都觉得好笑，登我们的这个消息是有用意的，他们登这个，却不登审判那三个交警的消息。鲁将军说，不要相信报纸上的狗屁。我们一致认为现在的报纸越办越假了。好像所有的消息发布权都掌握在闵县长手上一样。

我认为打腰鼓还是可以锻炼身体的，加上大家图个新鲜，认为打门球和玩牌都没有刺激了，不能吸引人。这样，我只好领了个腰鼓回家。我有时将我老伴儿推到活动中心门口的门球场，在一大片杉树林里，空气好，腰鼓一敲，叮叮咚咚地也很热闹，可是老伴儿看了两次，就再也不去了，她说那个神经病老师简直在发疯，你们大小过去都是有头脸的人，跟一个神经病搅在一起，看你们敲鼓，就觉得你们一个个神经也错乱了，一群神经病，群魔乱舞，要是闵县长看见了，不暗暗地笑你们才怪哩。他们会想，这伙跟我们叫板的老不死的，终于让我用腰鼓给制服了。我的老伴儿一针见血，然后她说鲁将军，当着他的面在轮椅上大喊大叫：鲁将军，你就像个小丑。气喘吁吁的鲁将军停下腰鼓给我老伴儿说，我就像回到了延安时期的延水河边！我老伴儿说，你们能打过黄河去？鲁将军说，老姐姐，你说什么？我老伴儿说，你们打不过黄河啦，如今的黄河就是大门，又被人封锁啦，不信你们去看，你们这么一天到晚敲锣打鼓的，会什么都听不到。

我的老伴儿自中风后，手脚坏了，耳朵却出奇地好，常常会听出周围（甚至很远）的地方发生了什么事。果然，大家停了腰鼓老远就看见大门又被什么人群给封了。我们再没兴趣打腰鼓了，从腰里解下腰鼓。但那个神经病老师却阻止我们不要离开，她在我们后头跳脚骂我们，说我们是一群糟木头，又不谦虚，又不遵守纪律。“还没有下课！”她喊着说。

大家已经没有心思了，不能把许许多多的事前后联想，不能捏鼻子哄眼睛，自己宽自己的心，眼前的事情使我们心情极糟，根本没有打腰鼓扭秧歌的气氛。扭秧歌打腰鼓是因为人民的精神解放了，比如解放军进城，比如当年日本鬼子投降，可我们这些吃咸饭操淡心的老家伙，心情却是沉重的。“那三个恶交警的案子应该重审，不能让杀人凶手逍遥法外！”这是我们一致的共识。

我们又写了第二份材料。

这一次是直接寄给了省纪委。我们知道这是一连串的事，要动摇我们认为这帮子贪官昏官的根基，不然，我们县的事就捅不穿，而当权者没有任何岌岌可危感，他高坐在自己的位置上，安然无恙。而老百姓（下岗工人及农民）把愤恨泼泄到谁的头上呢？最终泼泄到我们党的头上，让我们这个党为少数几个腐败分子受过，替他们背黑锅，这是正常的吗，说什么我们这些人也不会答应的！

我们好像都豁出去了。大家认为第一份材料确确实实传到了县里主要领导手上，至少传到了他们耳中，不然不会有那么多旅游、腰鼓与秧歌队的怪事，当然了，也不会有我的女婿被“调动”的事，而听说巫大姐的小儿子多年来地税局都没有查他们公司的账，他们公司是纳税先进，而前些时给地税局进驻了，查出偷漏税款二十多万元，如果不是巫大姐找市里的人，可能要起诉，最后补了这笔款子才了结，但所补的款子莫名其妙。我不认为巫大姐的小儿子的事与我们的检举材料有多大关系，但我女婿的事是切切实实的报复行为。他们做得很明白，没有什么顾忌，不怕你，就是要给你点儿颜色瞧瞧。我说，那就瞧吧，大不了不提，干吗非得要当那个官呢。如今有几个当官的不被老百姓骂的，这官，不当也罢。

重新审理三个恶交警的案子一定是在省里什么人的过问之下才有今天的。经过打听，果然是省纪委书记作了批示。

这一下，才真正大快人心了，因为三个家伙均开除出了交警队伍，判刑了吗？没有。因为三个家伙始终不承认打死人了，只承认抢救不力，有渎职行为，没有很过硬的证据。

我在大街上后来观察过几次，看一些交警是否有了收敛，没有。我看到了交警依然吊儿郎当，想罚谁就罚谁，依然老子天下第一,三个恶交警的事没有任何杀一儆百的作用。

我们在老干部活动中心只高兴了一阵子，腰鼓队的腰鼓就要收走了，而活动中心专为我们服务的一个女孩也调走了，活动中心突然就没有人管了，连扫地的人也没有了。活动中心的厕所也不知何事堵了，老家伙们尿多，没地方上厕所，有的人也就想来不来，躲在家里图安逸去了。我们反映了多次，没一点儿用。

我们这个偏远的小城的生活依然日复一日地热闹，同时也枯燥乏味。胡大柚因为他儿子提升成城郊工商所的副所长，几乎不再与我们来往了，听说他去找过姓闵的。还找过不少人。他儿子的副所长职位是自己通过竞争上岗的。而韩绪林突然爱好上了捡石头，每天提着钉耙到山里去寻石头，然后把石头背回来，甚至他的这个爱好影响了鲁将军。而黄将军已经重病在床了，动了一次手术，中气全失，说话有气无力，正在向他的媳妇口述自己的回忆录。而我呢，我在为女婿的事和女儿不回家的事焦头烂额。我女婿因胃病回来住院的那些天里，我没有告诉他为此事我给姓闵的写过信并基本上让闵羞辱了一番（拒不见我也不亲笔回信）。为了补偿我对女婿的歉意，我天天煨了猪肚红枣汤提去给他吃。女儿与我讲话，却不领我的情。我在给女婿猪肚汤喝的时候我问他有没有在近段时间调回来的可能，他说哪有可能哪！他说他们正在劈山开岭搞引水工程，他任指挥长，这工程看样子三年之内弄不完，又没有钱，又没有人，天天与炸药打交道，点炮的、排除哑炮的已经死了四五个了，估计这个工程搞完，不死百把个人下不来。他说这话的时候说得我心惊肉跳。我说点炮时你离远点儿。他说离远点儿以后更调不上来了。

可我已经是一个过时的人物，我怎么帮他呢。这明显地带有报复性质的调动，难道我们真的拿姓闵的这些人没有办法了吗？我是没有办法了。我想唯一作为补偿的，是希望女儿和外孙女回家来，她们的生活可以得到保证，外孙女可以得到更好的看护，而大家的精神会愉快一些，特别是半身不遂的老伴，常常说自己像孤寡老人一样无聊了，没有外孙女的笑声，这家里真是缺少了一些什么。我让女婿劝劝女儿。女婿在这次住院以拒绝吃药要挟我女儿，让她搬回去。可我女儿说不就不，脾气倔得很像我的过去，却一点儿也不像她随和一辈子的妈。有时，我老伴儿太想外孙女了，就自己瘸着一只腿去小学门口接她。把外孙女接回来，电话就打过来了，我女儿要外孙女赶快回家去，否则就要揍她。

可以想见，最后发脾气的是谁了，是我老伴儿。她骂我，骂得我在家无处藏身，有时心烦了恨不得自杀去，想，这哪儿有我的安静与快乐之处?

我说了，老干部活动中心已经没有人前往了。我这个门球队队长已经成了光杆司令。在县城里，过去的老伙伴难得碰见一面，只是我的老部下韩绪林常打电话来让我去喝茶，还有计委劳平主任来看看我们，与我扯扯闲。韩绪林让我去喝茶肯定是他又捡了几块石头。这个家伙快成石痴了，喝了他的茶，就必须说他的石头好，他说这石头像毛主席，你就要说像神了；他说这石头像邓小平，你就要说完全是邓小平。他不停地给你谈他捡石头的故事，谈要给石头取的名字。他说他爱上石头是有一天突然悟出来的，就像佛祖在菩提树下一下顿悟了。他说，“我有一天突然觉得地球不过是块巨石，太阳不过是一块巨石。一部《红楼梦》，也不过记了一块宝玉之石，书的原名叫《石头记》嘛，这宝玉之石当初也以为是一块顽石，自觉无用，日夜悲号，无人搭理，殊不知，此一块石头是女娲补天遗漏下来的一块好石！孙悟空是什么？顽石也！人也是石头，人为什么要长胆结石肾结石牙石？骨头还会变为化石。我说，算了吧，老韩，是你当年在深山建水电站建得多了，与石头生了感情，难以割舍，老想着退休前的事儿，就这么爱上捡石头的，也是一种回忆，跟黄将军、鲁将军写回忆录是一码事儿。然后我们就喝酒。我这胃根本不能喝酒，血压又高，但端起酒杯把什么都忘了，常喝得老泪纵横。我们最怕触及的是县里的一些事情。老韩说他那时在我的领导下兴建的几个电排站现在机器全生锈关闭了，几个渍水区老渍水，县里这帮人也不想管了，大雨一来，几千亩几万亩地受淹。又说过去水电站发的电农民多高兴啊，现在有电也不用了，电两三块钱一度，那时咱们翻山越岭架电线，电杆倒的时候一次摔断了几个人的脊梁骨，如今，山里又重新用上松明子，全倒退了。他们搞什么？搞经济技术开发区，开发了什么？开发了一街的婊子暗娼，开发区里什么工厂都没有，就一些无法无天的发廊与桑拿。老韩给我说，他这次捡石头去了一下温泉，温泉里全是从农村招来的一些女孩子，陪客人裸泳。陪哪些人呢？未必陪你我？陪工人农民？全是陪从市里县里去的头头脑脑们。一到周末，市里县里的人都开车去了温泉，老席你晓得吗？我当然不晓得，我闭门不出，哪知道啊，不过不知道也能想见。

越说我们越伤心，我们喝酒，叹气。老韩说他一捡石头把什么都忘了，忘了还好些，亲近山水，人也有了仙气。我说我是没你那仙气了，人气都快没有了，哪来的仙气。我一肚子的气还难消呢。

我去找鲁将军。我把韩绪林无意间讲出来的话告诉了鲁将军，关于温泉的事。鲁将军那天因为他的老伴儿正在午睡，所以没拍桌子。但他的脸已经涨得通红了。他说，这些家伙们完全可以枪毙。信我来写，他说，我不要你们写了，但得把此事调查清楚，落实，不要放空炮。他最后说，我不信把他们的角扳不弯。我说行哪，我们就看您的啦。你们还签不签名？他问。我说别人签我就签。

我只能这么说，我只能表示我内心的愤慨，我已经没有力量了。我的身体大不如前，老伴儿再不能尽心尽意为我弄吃的喝的，监督我的饮食起居，她现在唯一的念头是学着走路并求生。她不停地在县政府大院里走来走去，说是锻炼脚力，但我看不出她有好转的迹象，每天半个小时的针灸只会把她扎得百孔千疮，而没能恢复她半边知觉。虽然我们家有乡下的小保姆为我们唱流行歌曲解闷，但哪有外孙女的笑声那样让人舒心呢？

我的女婿被飞来的石头砸成了气胸，这还是在我的老伴儿第二次中风之前。我的女婿用他们乡的汽车送到县城来，已经肺部不知道积了多少水，口里呼噜呼噜地喘不过来气了。好久他喊他的老婆，也就是我的女儿，话刚出口，就射出一股血水来，然后说，命啊！

他在住院的第三天，我的老伴儿也因为再次中风住进了医院。这一次中风又与我的女婿有关。她认为女婿是个很懂孝道也很优秀的女婿，家庭和睦，过去单位又好，身价也看着上涨，但即便这样，却还很对家庭负责，从没有什么外心，但这下好啦，不仅流放了，还砸成个气胸，一急，脑血管又一次破裂，全瘫啦。

老话说的祸不单行就是指我了。在女婿被砸成气胸和老伴儿完全瘫痪之后，我的女儿忽然有一天在单位破口大骂，原因是把她从国税局人事科副科长的位置调到工会当副主席去了。我的女儿说，你们这样整我，好哇，整了我丈夫还不够，又来整我，我丈夫还在医院躺着，国税局局长是条狗！狗！狗！我的女儿在国税局气吼吼地不停骂狗，他们就用绳子把我的女儿捆住了，关进了精神病院。据说后来又用铁丝把她绑在病床床头。我女儿看见了精神病院几个字，就哈哈大笑，就说你们才有神经病咧，狗，狗，狗！

我的女儿疯了，他们说的，他们给我的口信，说让我去看看我的女儿。

我的女儿在病房里已经熟睡了，估计是给她吃了药的，但一双手还绑在床头，眼角还挂着泪水。我就对医生说，请你们给她把手松开好吗？可医生不让松，一个院长模样的人说，上面有指示，不让松，因为她有侵犯意图。我说她侵犯什么，她侵犯了谁？她一个弱女子，手无四两力。院长模样的人说，她想杀人。我说她想杀谁？院长模样的人说，她想杀我们国税局局长。我听了终于禁不住笑了，我哈哈地差一点儿把眼泪都笑出来了，我说，哈哈，你只管说她要杀闵县长。我这么口没遮拦地也不管以后吃不吃亏了。我这么一笑，把我的女儿吵醒了，我的女儿像不认识我一样，看了我两眼就又清汪鬼叫起来，叫得人毛骨悚然，并且挣扎起来，想挣脱那铁丝的绑缠。我说小红小红，你不这样行不行，你有冤屈你就说。可怜我的女儿只是叫，也不说话。我又对那院长模样的人说，你们还不把她的手解开，手拉断了你们可要负责！我朝那些医院的人大吼，但没有一个人去解铁丝，倒是进来了一个戴口罩的护士模样的人，手拿着装了药的针筒，瞅准了我女儿的臂部，隔着裤子就扎下去，便神速地一两秒就把药推完了。我女儿又喊了两声，就没声没息地睡着了。

我不相信我的女儿疯了，我相信这是一场阴谋。我不想回家，我径直就走到了国税局，敲开了国税局局长豪华的大门。国税局局长究竟住的有多豪华，在此我不想多说了，反正真像是古话说的，不知有汉，莫论魏晋。我只在我们一帮子离退休老家伙中间转，完全与外界失去了联系，不知道如今一个局长会有这么宽装修又这么高级的房子，简直就像港台电视剧里看到的那些豪华大客厅和摆设。局长们算是率先跨进资本主义或是早日实现共产主义了，殊不知在政府大院的门口还有那么多喊冤叫屈、没有饭吃、负担过重的工人农民。

这位局长二十多年前跟我一起在一个大队蹲过点，当然应该是我的下属了，那时他还是个一二十岁的小办事员，如今大权在握了。他见到我当然叫我坐了，给我端了茶，也叫了我老县长，但对于我过问的事不正面作答，十分不客气地说，你放心，小红的医药费我们全额报销。我说她根本没疯。但这位局长咬定了一句话，在医院住多久我们都全额报销。我说弄清楚首先她没有病，她可能只是对她的工作调整想不通，但是这位局长依旧那么一句话，她住医院，我们报销就完了。

已经没有了对话的基础，气氛。这是一个势利的小人，而且，他是一个帮凶，他只是一个帮凶。可恶的帮凶们！我的心里真的凝满了悲愤。这个时代真的不属于我们了吗？连真理也不属于我们了？谁拥有这个时代谁就拥有一切，包括拥有真理？这是多么悲哀的事。我含泪走在夜晚的街头。一个商店的老板正在柜台里观看本县电视台的新闻，一些头头脑脑——我们每天都能在电视里见到的那些人，正在台上作报告，他们浑身都是嘴，他们永远正确，他们掌握了所有的语言，他们有使用语言的优先权，评判这个社会的全部语言都被控制在他们嘴唇之下，他们公说公有理，婆说婆有理，一律地光彩照人。这是滚动式播出的新闻，每小时播送一次。现在有了电视，他们更是如鱼得水，而我们过去开会连个麦克风都没有，在台上干号。

我后来去了鲁将军的家里，我见到他就大哭不已。鲁将军听后对我说，光哭是没有用的。他批评我和我的女儿都太经受不住打击了，他说你们要挺住。你们挺不住，坏人只会躲在背后大笑。我说我什么挺不住呀，“文化大革命”那阵都挺住了，现在算得了啥。他说这就对了。我说我不知道他们会这么残忍，这么盯住我不放，非要把我搞得家破人亡后也不善罢甘休的。鲁将军说，这帮人心狠手辣超过了国民党，他们是咱们共产党的败类。我说，但是人家在前台，咱们不过是拍手鼓掌的看客。鲁将军说，我不拍手，我起哄，喝倒彩。看来，我们那些签过名了的人，都得留个心眼，但是我还是要告，我不相信天是他们的，天是共产党的，他们不是共产党，我们打下的江山，不能让他们卖了，换几个酒钱，换几个洗桑拿搞按摩的小钱。

五天之后我的女儿出院了，是他们单位的人把她送到我们这儿来了，因为我外孙女在我们这里。但是她来时门口又堵了，一个镇上什么工厂的几十个退休工人，说厂长把他们的养老钱拿去买了房子和车子。不过，这一次公安局很快派出了干警强力驱散。一些退休老家伙不经拉，三下两下就拉上车给拖回家去了。政府大门现在加强了防范，说是要把事件消灭在萌芽状态。只要发现有上十人聚集，公安干警就呜呜地开来警车处理，以保证机关的正常工作秩序，并贴了布告，还在电视里滚动播出。那一天因为干警出动迅速，我女儿就顺利地进大院回来了。她浑身青紫，特别是两个手腕，都被铁丝勒得伤痕累累。我瘫痪在床的老伴儿见了女儿母女俩就抱头痛哭。我那外孙女也哭得泣不成声。

过了几天，我的女儿出人意外地和我的女婿提出了离婚。我的女婿当然不同意，但女儿说，为了保住他的命，必须离婚。这很清楚，他不过是受了我的牵连，他自己并没有得罪谁，如果离了婚，他说不定又会回到县城来的，至少离婚之后，他可以活动活动，因为与我们席家没有了关系，关节是可以打通的。因为我的倔强的女儿的坚持，我女婿只好同意了，说，就算假离婚吧，以后我调上来了，咱们再复婚。这样，我的女儿的婚姻便就此完了。

离婚是女儿自己提出来的，可她自己却不能承受。气胸的女婿自离婚后便开始活动调动的事，作为病休，他带着我外孙女。我女儿却因为孤独和她自己不顺心的事再一次犯了病。那是在一次工会组织国税系统的“党在我心中”的演讲比赛时，我女儿突然大骂起国税局局长来，依然骂狗，狗，狗，破口大骂，作为演讲比赛的主持人，拿着麦克风破口大骂，当然最后只能被几个强人捆住送进了精神病院。我可怜的女儿这一次就不止五天了，可能将永远待在医院里。因为她扬言要告国税局局长。

我的女婿不能看我的女儿，也不能来看我们，只是让外孙女经常来来，并送来一些水果点心什么的。他托来话说，他不能来是怕院子里有人见了去汇报。难道见个面也要偷偷摸摸的了吗，我们究竟犯了什么罪？我们在做地下工作？我心酸，心冷。

我不想管女儿了，我不想看她被铁丝捆着的样子，那会把我的心刺得流血。我女儿再次发病对我老伴儿的打击是致命的。听说我的女儿又被捆到医院，她那天便大小便失禁了，且不能进食。她气得只有进气没有出气，不到三天，便一命呜呼了。

我的老伴儿死了，她是被气死的，她死时说不出一句话来，只是说一个字——米，米，米。我说你是说米呢还是说闵？她说，米，米，米。她肯定是说闵，姓闵的。我的老伴儿死不瞑目，我看了看她的眼珠子，眼珠子里映着姓闵的那张脸，那张每天在电视上出现的酱坛脸。我说，我会报仇的，不就是拿下姓闵的头吗。我看到我老伴儿的眼吧嗒一下就闭上了，脸上露出满意的笑容。我于是叫上计委的劳平，请他操持，悄悄地把老伴儿弄到火葬场烧了。后来，我的老伙伴们竟然闻讯赶来了，估计是劳平打电话通知的。鲁、黄将军，奄奄一息的胡大柚，因捡石头晒得黑红的韩绪林，巫大姐等，十好几个。他们用五六个车拉着十几个花圈，他们放了一个多小时的鞭炮，把火葬场炸得硝烟弥漫。我对他们说，我是在老伴儿闭眼之前答应了我老伴儿的，拿下姓闵的的头。鲁将军说，老席，你是不是真起了杀心？真杀还要你动手？你只说杀哪个，我叫两个新兵蛋子来摸他的哨不就得啦。你说全部杀？那也不要你动手，你老人家只要一声令下，我用十挺机关枪就把机关给端了。巫大姐说，说得怪吓人的。胡大柚说，如果真用机枪端了他们，我看老百姓会像欢迎解放军进城，箪食壶浆，夹道欢迎。

说过笑话之后他们又笑我了，说我连只蚂蚁也掐不死了，还想杀人。鲁将军说，咱们说归说，真动杀人念头，还是不要为好。就是公开化了又怎样，来文的不要来武的。我说，你以为我怕吗？我虽没像你们指挥千军万马，当年也是除奸队队长，腰里长短枪都别过。黄将军说，一个老县长杀一个新县长，这像什么话。我说，我以我血荐轩辕。没看见过这类事吗，我一个老家伙杀了县长，只不过添了一桩小新闻。他们说，你老伴儿去了，你得保重，节哀，多活几年，等着看他们的下场，多行不义必自毙。我说，狗屁！我看见一些多行不义的人，不仅没自毙，他毙也没有，倒是越爬越高了，你们难道还没看够吗？你们相信那些老话？大家都说也的确不好相信。我就说，好，你们不要劝我了，也不要拦我了，我会真下手干掉的。

我把我的老伴儿埋到了山上。我女婿偷偷雕了一块石碑送来了，我女儿也来了，医院里有两个人押送来的，手上拿着铁丝，准备随时绑住她。

回到家里，只有老伴儿的遗像迎接我了。她在镜框里笑着，好像要交代我什么似的，好像有什么话要说。每当暮色来临的时候，我就下到一楼，迈着孤独但并不虚弱的双脚，一个人走出政府大院去散步。我沿着街道，或是大院的那口大水塘子，看着这世界。

我好久都没有看到外孙女，也没听到女婿的消息。可是有一天我看到患气胸的女婿和几个人从一家名叫“哥哥喊爽”的桑拿夜总会出来，浑身香喷喷的。我虽年老，但眼睛还不混浊，分明是我的喉咙里拉大锯的女婿，另几个人至少我认识一个，是县农业局下属的一个种子公司的经理。我于是也不管三七二十一，喊女婿的名字。我女婿见是我，开始有点尴尬，后来就很自然了，神色自然得像参加了人大会议出来一样。我说你是不是调回来了？他说基本上调回来了吧。我说调到哪儿？他说农业局技术推广中心。我说任什么职？他说主任。就是这样，我女婿调回来了也不跟我说一声，甚至也不想通过我外孙女来转告我。到此，我才明白他已经与我女儿离婚了，他与我们家没什么关系了。而且，这位在偏远乡镇带领乡亲搞引水工程的副乡长，一回县城就知道往那块钻以寻求快活。

他们要的是快活。就是这一代的年轻的干部们，他们潇洒，知道这时代握在他们手里，有身体无身体也要寻求快活潇洒。因为开放，所以他们快活。因为想快活，所以他们要开放。可是，我们党的那些宗旨呢，举起拳头宣誓的那些话呢？都是不算数的，宣誓是一个过程，一种手段，宣誓的目的就是为了潇洒，为了如今浑身舒坦地从“哥哥喊爽桑拿夜总会”出来。

街上到处都是桑拿夜总会。

这两省交界的偏僻县份，若说这些年出现了什么新气象，除了发廊多，就是桑拿夜总会多，如此而已。当然了，还有一般小头儿们进不去的神秘的温泉。不过夜总会这名字，对于我们老家伙来说，怎么听怎么不舒服。

我等着我的女婿实践他的诺言，调回来之后与我的女儿复婚。然而这不可能了，我的女儿病情越来越重，已经转到市精神病院去了。

我在白天晚上都喜欢在外头瞎转悠。老干部活动中心因为我们去得少，改成了一家内部餐馆，活动室里仅剩下几副麻将，老干局让我们打麻将，让我们赌博，让我们内讧，让我们忘了大事，成为见钱眼开的老家伙，让我们输红了眼不欢而散，然后第二天继续为几个小钱来找老伙伴复仇。我们都没有上他们的当，这也正中他们的下怀，把我们这些危险的老家伙驱散了。而麻将室就成了机关里一些好赌分子们串门的去处，不管上班下班，不论白天黑夜，杀得天昏地暗。

在寒假的时候我的外孙女来到我这儿玩，我问她，你爸爸去市里看了你妈妈吗？外孙女说没有，我又问她，你爸爸给你找了新妈妈吗？外孙女说找了。说有一个女的经常到他们家里过夜，她爸爸要她叫那个女人新妈妈。外孙女说，我才不想叫呢，那个女人是个骚 ×！我想笑，但是我又想哭。因为我女儿的病，我知道他们的关系无法挽回了。已经患上了胃病和气胸的女婿，不可能冒着风险再成为我家的一员，回到县城是多么好啊，多么美妙啊。而且他的前妻已经病得如此严重。

我对着老伴儿的遗像往往一坐就是半天。我在想老伴儿那想说的话究竟是什么。有一天我以为她会说“快喊医生”的，但我分明听见她对我说，你给我下的姓闵的头呢？我一身冷汗。我知道了我欠我老伴儿的什么，欠她一个人头。我捏了捏拳头，没有劲了，手上全是老年斑。我没有枪，没有刀子，没有那种歹徒们经常使用的刀子。有尖的那种。我想，我真的要杀他吗？啊，一个老县长杀一个新县长？我对我的这种想法突然感到不可思议。噢，我滋生的这种凶恶的念头只是一个念头吗？它只代表街头的情绪？但一边是一个老头儿，一边是一个年轻人；一边老态龙钟，一边朝气蓬勃。一个老头儿有力气将一把刀捅进那么厚的满是油水的肚子里去？我发现过去的除奸队队长只是一种稀薄的记忆了，席老头满身的凶杀之气在五十年后已经变成了高血压、糖尿病、前列腺肥大和被切除了三分之二的胃。

我已经无力再杀人了，甚至这种杀人的念头也将要耗掉我余生的气力，让我虚弱见底。我自己发现我老得很快。我拄着拐杖一人散步时，有一天我看到出去的小汽车，正坐着姓闵的，那是我们县最亮的一辆红旗轿车，我来不及有什么恶念，只一秒这车就在我面前绝尘而去。我想除非我有帮手，才能完成这凶杀计划。谁呢，我如今差不多成一个孤老头子了，家里的小保姆不可能与我合伙去行凶。那是个乡下的小姑娘。嘿，我完全是在胡想。

这一天的晚上我照例打开电视机，却发现我们的县长换了一个人，一个陌生的，讲着外地话的人，也是个介乎于中年人和青年人的人。怎么这么快呢，说变就变呢，闵去了哪儿？抓起来了？调到别处去了？又升了？一直都是这样，说换就换，上面一任命，一个县长就变了，也不会事先通知谁，也不会事先征求谁的意见。如果说征求的话，那也是私下的，并不起多大作用。我就想到给胡大柚打个电话，他消息灵通，结果胡大柚的家人说，胡大柚死了，正在办丧事。我急急忙忙跑到胡大柚家里去，果然一口冰棺停在他家小院子里，几个老伙伴也相继来了。我问大家，才知道他们比我消息都灵通，说闵调到另一个县当县长去了。就是这样，闵过去在这个县的一切（所作所为）都一笔勾销了。他又可以在一个新的地方、一个新的地方电视台，把自己打扮成一个清廉的、能干的、务实的、开拓进取的好干部形象，这很容易，因为当地传媒又会跟着他跑。而他在那个地方想再从老百姓口中流传出一个闵百万的绰号，那又得几年，又得慢慢地，把自己荷包胀满，慢慢地滋生罪恶，慢慢地让像我这样的老头子（或是别的人）滋生出对他行凶的恶念，而最后呢，他会又走到另一个地方，走马上任，易地为官……

我的心里空落落的，当我重新从大院里走上街头，当我远远地望着县政府的大门，当我再看到那辆易了主人的红旗牌轿车，我的心真不知是什么滋味。

我将活下去，看那些人的下场。

老铁路

去年的今天，我患上了严重的甲亢，双手不停地颤抖，脖子肿大，眼球突出，心悸，而且食量惊人。我一顿吃十个肉包子，我的老婆说，你会发福的。奇怪的是，我这么吃非但没有发福，反而越来越消瘦，把过去的一身肉也吃没了。

这样我老婆就要我去医院检查，赶快吃药。老婆说了许多次了，我自己也下过许多次决心，但就是没敢去。因为我脖子肿大，我害怕我患上了淋巴癌，听说淋巴癌就是脖子肿大，对癌症的恐惧使我没法踏进医院。到了去年的今日，老婆和我两个大学的同事就把我架进了医院。

进了医院医生就要我去化验，并要我喝一种高碘的类似于石灰的水。这天早晨我按照约定的时间去了，一个四十多岁、面色黑瘦的医生提着一瓶开水，带着我们十几个被怀疑为甲亢的人下了楼。这个医生叼着一根香烟，衣裳穿得没有成色，脚下趿着一双塑料凉鞋，给人的感觉就是一个卖菜的人。而他身后的我们这十多个人，都惴惴不安。

医院倒是我们市很有名的医院，但治甲亢的地方却在后面的一栋老式楼房里，此房就是这医院的前身——教会医院的大楼。可想而知，那落落寡合的宗教气息除了给人萍絮漂泊的感觉还有什么。下了楼梯，进入一个堆放着各种建筑材料以及新旧医疗器械的走廊，看来楼下正在翻修。然后，医生打开门，我们被领进一个灰尘蒙面的空荡荡的屋子，那里面有一些铺上瓷砖的台子，估计将是做检验用的，但现在还没有设备。在蒙上约半寸厚灰尘的瓷砖台子上，有两个容器，估计那就是装碘的，容器旁有些小塑料杯子，透明的，歪七倒八地堆放在那儿。医生扶起来两个，我们看着这些小杯，是让我们服碘的吗？大家猜到了七八分。医生又用一个没有盖的大玻璃杯盛从容器里倒出的东西，那就是碘吗？接着他就用提来的一瓶开水冲那玻璃杯的“碘”，再接着就往他放好的那些小塑料杯里分倒“碘”了。

这果真是给我们服的，从大杯到小杯，都是在未经过消毒甚至没拿自来水涮一下的情况下就让我们直接服用的，而看起来这些小塑料杯是被人用过的，很可能每天他都让人用这几个杯子喝，因为每天都是预约的，总会有十几个检查甲亢的人来这儿服碘。我们就犹如在一个肮脏的小镇餐馆被强迫着让你使用那些千万人用过的碗筷一样，特别是我这个从来不进医院的人，对医院的印象彻底地坏了。也许医院有一些科室很规范，而另一些科室却处于无人管的状态，比个体诊所还糟糕。这个服碘的地方就是如此。

我瞅了瞅与我一起来的人，男人女人，中学生或者工人，大家都瞪着突出的眼球，你望着我我望着你，颤抖着手自己到那台上去取“碘”。

就这么大家只好喝下了，每人一杯。咬着牙喝了下去。那些杯子又放回原处——明天会又有人来这儿经受我们同样的痛苦发现，同样迫不得已地用别人使用过的杯子，并对这个社会日下的世风加深悲观的印象。

检查的结果是十分坏的，我的 T3、T4 高出了常人一倍的水平。这是两项主要的指标。回来我查一本《家庭医学》书；看到解释的 T3，即是三碘甲状腺原氨酸，而 T4 则指血清中的甲状腺素。至于这两项指标的医学意义对于患者，并没有深究的必要，只简单地记住 T3、T4 就可以了，就像糖尿病患者，记住几个“+”号就行。

接下来的是，我得病休。我得吃“甲亢平”与“甲基硫氧嘧啶”，还得吃维生素 D，而且是长期吃。

医生私下里跟我说，这种病没有根除的可能，只能控制。他要我以后不能激动，不能脾气急躁，他甚至认为我是 A 型血，说凡是 A 型血的人都容易激动，这病与激动有很大的关系。

就这样，我请了一年的病假，从省城来到了郎浦市，住在我姑姑家里。

这是我老婆的想法，也是我自己的想法，离开那些跟你利害关系很近的同事，你就会心平气和，另外，我所在的那个大学，虽然环境幽美，但我住的那个地方却十分嘈杂，推开窗子便是马路，汽车从早到晚一天二十四小时似乎从不间断，人们为了挣钱，几乎忘记了休息，任何时候都有不眠的人，他们挣钱的引擎声会把你的所有意识弄乱，关于道德，关于人生哲学的方方面面，都显得微不足道，软弱无力。最伟大最正确的道德与哲学能压过汽车的轰鸣声，特别是东风卡车驰过时坦克般卷过来的侵略声吗？楼下还有一些小酒馆与发廊。小酒馆猜拳行令的吆喝和发廊里密不透风的打情骂俏也是无法忍耐的。我想养病并且趁机编注一点儿明代的散文小品文章。明代的散文小品几乎到了我国散文小品的高峰，这些散文小品十分适合闲逸的人翻看，这种散文小品越来越走俏。

我姑姑是个爱打点儿小麻将的胖胖的家庭妇女，她开有一个旅社，四层楼的，十几间房子里很少有旅客光顾，她腾出一间给我长住，洗澡方便，有电视，特别好的是楼下有人承包了她的旅社餐馆，我在那儿搭伙，价钱相当便宜，油水也厚。这样，郎浦便成了我的疗养胜地。

临走时带上了我需要带的一些书籍和资料外，老婆给我塞进了许多可以磨练我的性子的书籍。塞给我的书中，有《天路历程》新译本，有《晨祭》和《蒙恩的见证》，有《灵花》《祈祷的操练》，还有一本我十分喜欢，只读过一小半的《人啊，你往何处去？》，还有《五福临门》。我和我的老婆都十分乐意收集这方面的书籍。

我带着沉重的病痛折磨和书籍来到了郎浦。在我姑姑所住的那个地方满目苍翠，绿树成荫，视野开阔。

我每天定时吃药并按照定真居士编的一本《静坐入门》上的方法，每天定时静坐以调养心身。

就在离我姑姑旅社不远的地方，有一个菜市场，它紧靠一条多少有些荒凉的铁路。这个菜市场就在铁路旁边。

我还没有看到过如此肮脏的菜市场，它比农村的厕所更脏。

先说说这条铁路吧。

这条铁路是从哪儿来的呢？它出现在郎浦市，而郎浦并没有火车站，你查找任何地图，也不会找到这条铁路。事实上，它是一条废弃的铁路，是当年老粤汉铁路的一段，在当年拆除它时，被这儿的一个工厂截留下来，用作自己的专用铁路。

它不是无用的，有时候当我想路过这条铁路，就听见了激促而鲁莽的汽笛声，接着，庞大的火车头就像特写一样出现在你眼前——它们沿着铁路开过来了，跟那些在京广铁路或者其他大铁路上的火车一样，它们巨大，震撼人心，车头喷吐着白汽，车轮与铁轨发出猛烈而尖锐的撞击，咔嚓，咔嚓，就好像一个工厂的整个车间都搬动一样，巨大的镗床、车床、刨床等开过来了，其实它们只是车头和车厢，车厢里有焦炭、硫黄、建筑材料。它的铁轨下面，许多枕木都已经腐烂了，在每一根衰老的枕木中间，夹着一根现在的水泥枕木，新老掺杂，所以它还能承受得起那火车的碾压。而路基呢，因为菜市场在它的旁边，里面积满了污泥浊水，卖鱼人砍下的鱼头和鸡肠鸭肚全沤在低洼的枕木下，完全没有人清扫，使你觉得火车这种东西其实所需不多，也很贱的，完全不必要那种大铁路上的高高的路基和干净铿亮的轨道。火车也并不可怕，不必要离它远远的，当火车开来时，离车厢只有一两尺远的地方就是卖菜人搭的塑料布棚和他们歪放在一边的自行车。卖菜的小孩们站在路轨旁，手上拿着一块红薯或者一个西红柿吃着，脏兮兮地望着比他们个头还高的车轮，他们的父母并没有喊着要他们当心。

这一切，菜市场和铁路和火车，几乎融为一体，它们密不可分，也就是说，铁路好像穿过菜市场的中心一样。

这个菜市场的另一边是工厂的围墙。工厂在一片高坡上，它的垃圾经常凌空而下，纷纷落到卖菜和买菜人的头上。腐烂的菜叶和它掐去的泥根加上充满着杀戮和杀戮后留下的残货，使人觉得这是个自由主义者的天堂。看起来没人管束，但收费的却不少，有的还穿着标准的制服。

就是这样的一个菜场，我看见一些老者们，每天早上都准时搬个小凳儿来铁路边观光，他们对这儿的臭气似乎并没有反感，倒是——讨价还价的、吵架的各种嘈杂声像磁石一样吸引了他们。

菜市场里处处是秤和金钱，在衡量某一种东西上人们会发生争执，钱的流通又暴露出了人的许多弱点，使每个人的性格在这儿充分展示，这就是为什么那些老年人放着清福不享，好味不闻，偏要坐在铁路边每天面对着菜场的原因，我想。

菜场闹归闹，吵归吵，可对于我来说心如止水，我也爱上了这儿。有时候我看着火车隆隆驰过，然后就是看人吵架。我穿着背心，趿着拖鞋，已经不是什么大学副教授了。我是个局外人，这儿不牵涉到我的利益，不牵涉到职称、与领导的关系和某一个同事的浓淡交往，我的心十分松弛。我静坐或者伏案之后，总要到菜市场和铁路上逛逛。

有一次我看到了一个安徽口音的卖菜女人跟一个买菜的女人打起来了。有人喊“又打起来了”的时候，千百颗头颅都朝骚动的方向看去，两个女人已经打到了铁路的路基上，卖菜的女人因穿的文化衫太旧，被买菜的女人扯破了，登时卖菜的女人露出了光溜溜的上身和两个奶子，别看乡下女人不经看，但健壮丰满，衣服里面也很白净，接着她们又互扯头发。买菜的女人借着自己是城里人的那点傲气，娇小的身子竟狠踢卖菜女人的下身。因为一个女人赤裸了背脊，逗来许多人观看，但更多的人也就扭头匆匆走了。在这看光背脊的女人的人群中，男人居多，男人中又老年男人居多，这使我相当悲哀。

我简单地问了一下情况，原来是买菜女人说卖菜女人少找了一块钱，就为这，打了起来。后来的事情就有点不好收场了，当人们把她们拉开，一个老婆婆替卖菜的女人拢好上衣遮住羞处，买菜的女人便喊她的一只金耳环不见了。金耳环的确有一只不见了，便开始找，哪里还找得到。掉在干处，准被人捡走了；掉在路基上的污水中，更找不到了。于是，尖着嗓子的买菜女人便要卖菜女人赔，说是她扯掉的。

因看到买菜女人身边没有男人，我便上前去对她们说：“那赔个屁，你怎么知道是她扯掉的，不赔，你还不是打了别个。”我当时理直气壮，在感情上我素来是向着乡下人的，我觉得城里人不值得同情。当然，我的理直气壮是因为她们两个都是女人，特别是掉耳环的又似乎没有什么背景，那打架和索赔的样子看起来也不是个蛮横之人，其丈夫顶多是个上班族。且我又不认识她，她也不认识我。但过了几天，我发现这个丢了耳环的女人竟是我姑姑的邻居，我吓了几天，害怕报复。不过，那耳环卖菜女人终是赔了，这位姑姑的邻居对我的多嘴似乎没有印象，看来当时她吵红了眼也急红了眼，否则我会多出一个麻烦来。

菜市场的好看当然不止这些，菜市场还经常出现一个性变态的人让大家指指点点。这人四十多岁，是个男的，长得相当结实，神经也很正常，他总是穿着女人的服装，服装也很次，比如从地摊上买来的长筒丝袜啦，女人的紧身内衣啦，半高跟的塑料凉鞋啦，他时常一个人来菜市场买菜，面带微笑，正步走路，对别人的指指点点与讥笑毫不理会，还起价来彬彬有礼，这样的变态男人我看比不变态的武蛮男人还好，起码他没有侵略性。

我为什么要往菜市场跑呢？像那些老头儿，是为了每天守候市场里出现的西洋景吗？不是，也不是为买菜。我主要是为了看报纸。

姑姑家的旅社没有任何报纸，虽然有电视，但比不了报纸的丰富，我在一次跨过铁路穿过菜市场的闲逛中，发现了一处报栏，是工厂门口的报栏，而且里面有我喜欢的《参考消息》。另外，它还有本地的一种晚报。这个小城市的晚报办得异常活跃，比起我那个省城的报纸，真是太过瘾了，在它的第一版几乎全是市里（及下属几个郊县）发生的稀奇古怪的案件，强奸的、凶杀的、行骗的，还有失火、交通事故，如果让我开会发言，我一定要痛斥这种小报，然而暗中我却窃喜有这么一份报纸，满足了不仅是我，而且是广大市民的那种俗不可耐的“看热闹”心理。另外它也还有比较雅的栏目，许多小的随笔，表明这个城市还有几支很不错的笔杆子。另外，它几乎用一个版每天刊登大量的群众来信及调查反馈情况。有点还政于民的意识。而这几个版的编辑和记者，几乎全是我的学生，其中有我直接教过分配到这儿来的，也有的是函授毕业或函授在读——每年的假期，我都要到这个城市来授课。

就在我刚来到这里的那个月，这些学生们为我摆了一桌酒席。“记者需要有正义感。”他们说。他们还希望我在这儿养病之际，为他们写点儿小稿，稿费一定从优。我没有答应，我给他们说，我住几天就走的。然后，我在他们的视野中消失了，声称走了，然后与世隔绝安心养病。

那几天我看着报纸，报纸上正连续报道台独分子的不正当言论，我每天不误地穿过老粤汉铁路，穿过乱糟糟的菜市场，怀着气愤的心情去报栏读报。

我听见几个老头在议论北约轰炸我国大使馆事件，我的心里很不是滋味。我又不敢去参与他们的谈话，只好走了。

我回来的时候在菜市场，看到一个角落围着许多人，挤进去一看，是有人卖蛇。

这个小伙子是一个个子高高的湖南人，岳阳口音，他就坐在铁轨上，面前放着六七个网眼袋子，袋里是花花绿绿、蜷作一团的各种蛇。有人问，他就用岳阳话回答这个袋子里是什么蛇，那个袋子里是什么蛇，有眼镜蛇、蝮蛇、青竹镖、五步倒、金环蛇、银环蛇等；这些蛇袋旁边还有几个五斤装的大酒瓶子。这个卖蛇人来到郎浦市，完全可以沿着老粤汉铁路走来，不过现在不必了，有各种交通工具。这是个辛苦的卖蛇人，他的蛇并不贵，十五到二十块钱一条。他的生意还不错，只要你想买，至少得买五条泡酒才行。他赤手从网兜里抓住一条蛇出来，又把网兜缠好，用脚踏住网兜的口，将蛇顺着塞进那小口径泡酒瓶中，顾客再点一种蛇，再捉再放。放完了，顾客已将在菜市场买的散装酒提来，然后，他就把酒灌进去。

这个卖蛇人是相当残忍的，活蛇被酒浸泡而死，在被浸泡的一刹那，要忍受巨大的痛苦。我在那儿看卖蛇的小伙子将酒灌进瓶子里时，有一条蛇不堪忍受竟准确地从那不足两寸宽的瓶口冲天而起，蹿出一丈多高，最后跌落到地上。

卖蛇人去捉那逃生的蛇，那蛇被酒湀了，加上摔跌，纵是剧毒，也没了多少雄气，又被生生地捉回了酒瓶里，没一会儿便被酒醉死了。

卖蛇人收过钱，再给买主开了一张单子，上写了几味中药，大约是枸杞、黄芪、川芎、淫羊藿之类，多少多少，生意就做成了。

我想，这些蛇肯定属于保护动物，这个菜市场的管理人员，只顾收钱，而不会没收或者制止。活剐青蛙和鹌鹑是这个菜市场每天上演不衰的惨剧之一。

这卖蛇人的生意一直很好。

当我顺着铁路行走的时候，总是想，如果老粤汉铁路当年的修建，只是为了让湖北人吃到来自湖南深山的毒蛇，这铁路是没有意义的，活该被拆除。当然，我说的是很久以前。而这条铁路上演的却并不是此类可悲的故事，我只记得这条铁路的另一端，走来的是叶剑英和贺龙的北阀军，闻名的汀泗桥之战、贺胜桥之战，才是老粤汉铁路的本质。

报纸上正在反反复复地发表文章，驳斥不正当言论。但我关心的不是这些，是解放军有没有什么动作。然而可能性不大，不然的话，就不会发表这么多文章了。我已经看得有些疲倦了，但我的心里依然充斥着愤怒。

我带着一种失落的心情回来了。我一路想，其实这与我有什么关系呢？我为什么如此关心台湾问题？这与我治疗甲亢有什么关系吗？我觉得好笑，为自己。

正在好笑的时候我就听见有人喊："又打起来了。"我才知道我正在沿铁路经过这个菜市场。

许多人都站得远远的，一个小个子的小伙子正在痛打那个湖南卖蛇人，那小伙子赤着膊，用膝盖撞卖蛇人的肚子，一双拳头打他脸。

这小伙子怎么有如此之大的胆量呢？按说真打起来他完全不是卖蛇人的对手，卖蛇人个高，一看就是经过劳动的，人不胖，但筋骨结实。巧的是小个子揍他时，这卖蛇人没有还手，捂着肚子，捂着头。

"老子要你卖，老子要你卖！"那个小个子边打边用强悍的本地话吼叫。

卖蛇人抱着头被打坐在路基上，鼻子开始淌血，暴雨般地淌，淌得十分吓人。

"老子说了不要你卖的！"见出了血，小个子就住了手，顺势将卖蛇人的六七个蛇袋子撸了，走了。

没有谁出来劝架，没有谁说一句公道话，大家都看着小个子暴打卖蛇人，看他把人家的蛇袋子全提走。

这个小个子我其实"认识"，每天我经过菜市场时都看到他赤着膊在操刀活剐青蛙，他的女友——一个面黄肌瘦的庸俗女人则在一块小板上血淋淋地杀鳝鱼，这是一对血腥男女。

等小个子提蛇走了，有人才小声柔气地议论，说是他嫌卖蛇人抢了他的生意。因为蛇与鳝鱼差不多，在这个市场，他只允许他一家经营这类东西，曾有人尝试过卖鳝鱼，都被他打跑了，这卖蛇人不知深浅，被打在情理之中。

这么议论的时候可怜的卖蛇人的鼻子一直在出血，他没去堵，他让其流。脚下不仅流了一大摊，身上也流红了。

这时有一个好心人说："你去洗一洗嘛。"他才慢慢站起来，到不远一个卖米人的小屋里去用自来水冲了冲。他过来之后血还在往外渗，但已经不那么鲜红了，身上还是血迹斑斑。

他没看任何人，他低着头回到自己卖蛇的地方，坐在自己流血的地方，坐在铁轨上，就这么坐着，低着头。突然他捏紧拳头，捏得整个膀子都嘎嘎发颤，这么捏着，一拳砸下去，砸在一根旧枕木上，顿时他的手又砸出了血。他又砸了一拳。这两拳，砸在人的身上，那是承受不了的。

他慢慢收拾着没卖完的两个瓶子，只有两个瓶子，还有灌酒的漏斗。就这么些东西。这时，那个面黄肌瘦的女孩才将他的六七个蛇袋子提来，她还算是善良的，她把袋子丢到他面前，说："要你莫卖莫卖，人少吃点儿亏啦。"

这时有几个人对他说："还不提了快走。"卖蛇的青年这才提起长长短短的蛇袋子，在人们的注目下，无言地走了。

我的心里突然涌出一股从未有过的愤怒，对那个小个子。可以说，我想把他们撕了，我想把他活剐。我从来没有过这种激愤，没有。在评职称，在面对同行的诽谤，领导的欺压时我都没有过这种愤愤，没有过，真的没有过。我感到我的血在上涌，虽然我站在那儿，一动未动，一句话也没说。我愤怒，内心愤怒，愤怒之火烧灼着我的五脏六腑，我感觉到未消肿的脖子疼痛起来，眼球突出得酸溜溜的，心在狂乱地跳动。为什么他要欺负一个外地人呢？为什么他就如此嚣张跋扈，这样一个在体质上的弱者竟敢对付一个体力强健之人，他不就是看准了他不敢还手吗？他真不敢还手，他就这么走了，他砸枕木，任血自流。他会仇恨地骂这个世道，这个地方，骂老粤汉铁路边那给他带来永久心灵伤害的一个地痞。他到另一个地方去，咬着咯咯作响的牙齿，又去卖蛇，当他晚上点燃一支烟在租住的小屋里躺着想事时，他会不会滋生出对这个社会强烈的报复心理呢？

以上这些都是我以后推想的。面对着这样的施暴谁都不敢吱声，而且我还看见了一个穿制服的管理人员从这儿走过，看了看卖蛇人和他淌血的鼻子，也一声不吭地走了。

其实别人和我本人的心理都没什么推想的，都很简单；伤害没侵犯到自己，施暴者心狠手辣，都是抬头不见低头见的，你管了日后他来报复你的家人怎么办？面对不平，许多人凭直觉都会让开。当然，如果你是一个有血性的，如果你不是当地人，拔刀相助后就可以走开，如果你武艺高强，跟电视上的那些侠客们一样，这另当别论。

我说了，我内心的那种愤怒的风暴已经达到了十二级，可是我的行动却与任何一个看客一样，我看了一眼剐青蛙的那个家伙和他的鳝鱼杀手女人，很毒地看了一眼，我穿过菜市场，走在排列整齐的路枕上，对这个臭不可闻、充斥了苍蝇、垃圾与乡下人和所有的饮食男女的市场痛恨不已，对撕票收钱的各路管理人员痛恨不已，对这个城市失望不已。

愤怒，这个让人身体产生毒素损害脏器的字眼用什么能发泄出去呢？像泼水一样，把这突然到来的极顶愤怒泼出去，泼干净，谁来抚平这样给人伤害的愤怒？

我吃了加倍的药，还是疼痛，所有的地方，脖子、心口、眼球。我的眼球差一点儿要像美国影片《变相怪杰》中史丹利·伊普奇斯的眼睛了，挤出来，挤出去几米长，再收回眼眶。真的，我的眼珠子都快因愤怒掉出来了，快了，它只在某一瞬间，如果我不尽快抑制。

医生告诉我说，我的病与我激动有关，他断定我是一个爱激动的人。他说对了，不过这是多少年以前，当我步入青年时代之后，在我的历史中，我不仅有过愤怒的内心，也有过愤怒的行动，内心与行动几乎同时爆发，这使得愤怒酿造的毒素一下就化作行动迸发出去了。在我还是某个乡下中学的代课老师的时候，有一天我去同事的家里做客，他住在县委会，他让我去食堂买一个荤菜，我拿着瓷碗和菜票去买，结果炊事员将荤菜放到柜子里不卖给我。我曾经找他买过几次菜，他知道我不是本单位的，也不是哪个书记或者要人的家属，这使我无法忍受这种势利，一个瓷碗掷到他的脸上。就这么一下，他竟发动了院子里的最高长官来惩罚我，县委会的炊事员可不是学校的炊事员啊，就这么，公安局把我抓去蹲了三天黑屋，出来时浑身爬满了臭虫与虱子，还付去了医疗费八百多元，因为我就那么用瓷碗掷了一下，掷到他的脸上把他打成了“脑震荡”（医院诊断结论）。

另一次，是我刚大学毕业留校，老是被派到各地去讲函授，突然接到家乡老父去世的噩耗，只好连忙搭车往回赶。在一个半道里碰到了四个找司机碴儿的地痞，原因是司机没让他们上车，他们拦了一辆车截住了我们的车，打司机，砸挡风玻璃和后视镜，不让车走。我是奔丧去的，我乘这趟车，还要去另一个地方换车，心如火焚，哪里容得下这伙歹人逞凶，当即操起司机座位下的一根长柄摇把，下了车就朝一个歹徒的腰部扫去，同时，胖胖的男售票员见我动了手，也拿起一把扳手朝另一个歹徒头上敲去。两人动了手，满车噤若寒蝉的乘客这才爆发出了生命的火花，一起呐喊，各自操起家伙潮水般下车与歹徒搏斗起来，把四个歹徒赶得鸡飞狗跳，我一个人竟将某歹徒在田野上撵了至少一公里。

这样的愤怒与激动是否埋下了甲亢的祸根？

其实这些年来，我的研究与教学是十分恬淡的，我教的是明清文学，主要研究明代的散文。明代的散文是曾在历史上受到非议的文字，现在当然吃香了，吃香就在它的闲适上，因此，授这样的课我们有什么激动的呢？当然，激不激动还要因人而异，我们系的曹教授，这是一个看起来心宽体胖，没有一点儿激情的人，可是当我还是他的学生时，听他在课堂上讲《孔雀东南飞》，他讲到刘兰芝拜别婆婆与小姑的那一段：“却与小姑别，泪落连珠子。新妇初来时，小姑始扶床；今日被驱遣，小姑如我长。勤心孝公婆，好自相扶将。初七及下九，嬉戏莫相忘，出门登车去，涕落百余行。”讲到这里，曹教授竟然潸然泪下，说：“讲不下去了，讲不下去了。”撇开五十余学生，拭泪而去。

在我的研究视野里，“公安派”三袁和徐文长是我所喜欢的，这是些性情中人，把玩山水为一绝。文字不会如《孔雀东南飞》一样让我垂泪。袁宏道的写山，“四面峰峦如花蕊，纤苞浓朵，横见侧出”“夫山远而缓，则乏神；逼而削，则乏态”；“西峰骨立无寸肤，生动如欲去，或锐如规，或方如削，或欹侧如坠云，或为芙蓉冠”“西峰斗绝出，诸山忽若屏息”等，都真是写山的好手，他之论山的句子更绝：“凡山之名者，要以骨，率不能倍肤，得三之一，奇乃著。表里纯骨者，唯华为然。骨有态，有色。黯而浊，病在色也；块而狞，病在态也。华之骨，如割云，如堵碎玉，天水烟雪，杂然缀壁矣。……”我以为三袁为千古写山之高手，可他们也不是个闲客，他们也有我们所不可企及的激情。这几位兄弟，在他们妻妾成群，良田千亩，高官在上之时，竟然全抛之身后，将妾遣了，田卖了，官辞了，造了一艘大船，载酒于上，去游历江南。这样的人生激情。出现在四百年前，如今还有人敢这么做吗？为了某个狗屁会议的几元钱纪念品，不惜倒四次车，耗费半天时间去出席，有什么能舍弃掉？而徐文长在我们这个年纪（中年）之时，竟还能用刀刃自己的脖子，用锥刺自己的耳朵和肾脏，以表达内心的情绪。这位画家和散文家的痛苦与激愤，纯粹是中国的凡·高，他的行为比凡·高有过之而无不及，所以，在我研究的这几位散文作家中，他们不是那种饱食无忧，以写阳台生活为乐的人。

现在我要说到对愤怒这种不良情绪损坏脏器的怀疑，徐文长活到七十三岁，他在这七十三年中，杀死了令他恶心的妻子，受到了六年的牢狱之灾。四百年前的七十三岁，至少相当于现在的八十三岁吧，这难道不是高寿吗？

我这样想的时候我在思考用什么行动来表达我的愤怒。

只有笔。刀已经提不起了，也不会走上街头。

向谁写？向这个市的市长？向市信访办？向工商局？向中央？

这些在我写信的念头一出现时就排除了，向报纸写信。我要写一封群众来信，要在这个报纸上揭露这老粤汉铁路菜市场的暴行，揭露它的肮脏和无人管理。我要表达对这一切的蔑视和愤怒。

前面说了，这个报纸中有我的许多学生，其实打一个电话他们就会帮着登了，但是问题不那么简单，第一，我声称已经离开了这个城市；第二，他们会认为我的文章不该出现在“市民之声”的栏目里，而应该占领他们的副刊“郎浦风”中的头条；第三，我不能以真名真地址见报，可恶的小个子剐蛙人会顺藤摸瓜地追杀而来，这就是我既想鞭笞这种恶行，也求自己安全的一点儿私下的想法。这种两全其美的想法促使我在旅社里展纸疾书，一吐为快。我写道：

尊敬的编辑同志：

今天下午我到龚家嘴菜市场买菜，看见菜市场的一霸——一个卖青蛙和鳝鱼的小个子，无缘无故，对一个湖南来卖蛇的年轻人拳打脚踢，将那人打得鼻青脸肿，头破血流。并将那人的所有蛇袋抢劫而去，我后来问清了，原因是这个施暴者是卖鳝鱼的，他觉得这个卖蛇人抢了他的生意——因为蛇与鳝鱼相像，真是岂有此理。据说这个地痞打跑过许多企图在这个市场卖鳝鱼和蛇的人。卖蛇人固然可恨，这个打人者更可恶。遗憾的是，不仅在场的群众不敢吭声，我看见一个穿工商制服的人经过也没管这些。联想到这个菜市场的混乱和肮脏，就好解释这种不管现象了。这个菜市场紧靠老粤汉铁路，污水横流，是我所见过的郎浦市最脏的菜市场，而且我还看见几个摆象棋残局以骗钱的人，给那个市场管理员递烟，管理员吃他们的烟还跟他们说笑。我们有理由相信，这儿的管理员与他们是一路的，因他们的纵容，坏人才在这个市场如此猖狂。并且长期卖青蛙没人管，我们强烈要求整顿这个靠铁路的龚家咀菜市场，严惩凶手！……

我以拥有铁路的那个工厂办公室“群声”的名字发出了这封信。我写完这封信，丢进那个工厂门口的邮箱。

我等着这家报纸将这封信发出来，等着坏人遭到惩罚，正义得到伸张。我每天准时去报栏，每天仔细地看那一版“群众来信”，每天我都失望而归。一直盼了十天，这封信还未发出来。看了看那些登载的信，日期都在我发出的信之后了，而且我看到那些反映的内容，有的并不比我反映的大，骂了一次人，吐了一口痰都登了，打人、卖蛙、脏、乱、差，难道都不值得登吗？或者他们可以派个记者来调查一下，问个情况。就是不登，也要将此信转给有关部门啊。只能这样推测了：因为使用的明显是化名，又落了不太确切的地址，报纸怕登出了打官司（不实），就没敢登。

当我一次次失望地从报栏回来，循铁路，过菜场，一切依旧，那个剐蛙的恶人还在操刀剐蛙，污水还在横流，我是多么伤心。一切都像没有发生过的，我的巨大愤怒就像一晃而过的幻影。我写过各种各样的学术文章，长的短的，这些年来，独有这样一篇文字未能发出来，被编辑给枪毙了。我时常讪笑着自己，有时候梦中都笑醒过来。有一次，我在厕所里想到这些也大笑起来，笑得很干涩，很怪异，结果我的姑姑听见了。等我出来，姑姑问我在厕所里笑什么。我说我想起来一个笑话。姑姑嘟哝着就走了。但我知道，那不是关于笑话的笑，是一种十分突兀的，具有神经病灶的笑。我笑自己的尴尬，自我解嘲，但是，这种笑十分痛苦，无法排解那内心的阴影。

愤怒是没有用处的，那就不愤怒吧，我是来养病，我养病就是磨性子，我这样安慰自己：如果你不到这儿来，如果你来了那天没去菜市场看到这一幕，你会愤怒吗？你会去管这类闲事吗？这种事儿在任何时候任何地方都会发生，你永远也管不完。

于是我吃着药，在无法静下心来注释明代的那些文章时，就读带来的宗教书。这些书让我磨性子。我一口气读完了《蒙恩的见证》后，只感到如果那些歹人读读这样的书，也许他们会痛改前非，重新做人。善良的人无须读这样的书，读了也只不过如神所说；打你的左脸，你把右脸送过去。这样，世界不更是恶人横行的天下？

这一天我带着《人啊，你往何处去？》这本书爬到了旅社的四楼顶去，天气晴好，微风习习，从这里可以看到很远的地方，一个湖泊，一座树林，形形色色的村落、工厂和街道，这周边地区是城乡接合部，风景还是不错的。而且也能看得到那条遗址般的老粤汉铁路，那铁路边的菜市场，市场上的人，清晰可辨，我在寻找那不共戴天的剐蛙人时，看到了铁路边的一个象棋残局摊，并且又将有人上当，又将被那些摆残局的家伙们连骗带抢去BP机、钱、手表之类。我找到了第二次对这个菜市场愤怒的机会，对这个菜市场的恶人复仇的机会，虽然他不是剐蛙人。但是，他们是恶人。我丢下书，跑到楼下的走廊里，拨出了电话，三个数字：110，对，报警，抓摆残局摊的人，在当地的报纸上已经看到过几次了。这次，警察会来到这个菜市场，杀杀他们的威风吧！

我十分兴奋，又激动起来，放下电话就跑上楼，观察着我导演的这幕捉歹徒的好戏。

我开始看表。因为这是城乡接合部，但警察还是来得很快，只有十五分钟，我就听到了警笛的叫声，接着市场上开始有人奔跑，看到了攒动的人群中似乎有戴白盔的人在那儿晃动。

我的手这时候抖动起来，而且很厉害，脖子硬硬的，两只眼睛像灌进了石灰一样难受，干涩，疼痛。

摆残局摊的那块围满了人，是不是在抓人呢？是不是把他们逮了个正着？

遗憾的是这时候火车来了，火车缓缓地驰过，是一列运煤的车，因为路轨上站满了人，火车头也只好学着汽车几乎停了下来以避人群。这个老粤汉铁路的火车可能已经习惯了在这儿避人，而不是风驰电掣般地开过去。

火车磨蹭了约二十分钟才开过这个可恶的菜市场，等火车过完之后，那个残局摊周围的人差不多散了，当然，还有一些在那儿站着交头接耳。

我下了楼打听菜市场的情况，姑姑隔壁的一个中年人刚卖菜回来，还有两个做生意的浙江人也刚从铁路那边回到旅社来，我故意问他们："菜市场围那么多人干什么？好像警车还开来了？"

他们告诉我，是警察来了，警察一共逮了五个人走了，全是一伙的，摆残局摊，不是警察来，一个建筑工地采买的青年差一点儿就把五百块钱输掉了。

"抓得好，抓得好。前几天我们看到一个老头输掉了两三百块，哭得好伤心。"两个浙江人说。

成了，我真是心花怒放，因为激动，因为解恨，我完全忘乎所以了，我竟然给他们说："今天是我见义勇为，晓不晓得，是我在楼上瞧见了，打 110 报的警。"

"是你报的警吗？"他们说。

我又给姑姑和姑父讲了。

可姑姑和姑父却批评我，说："你真是多管闲事，他们那些人得罪得起，那些上当的人也是傻瓜蛋，象棋残局顶多只和，哪有他输给你的，输给你了，他还摆摊做什么，明知道是做笼子掏你的腰包，你偏要去钻，那些人非要吃点儿亏，拿钱买教训。"他们对我盯着这个菜市场也不赞成，说你没看电视吗？好多菜市场还出现了命案呢，小偷成把成把地被抓，这儿还是好的。反正哪，乡下人到城里来扎堆了就不是好事，总要出点儿这事那事的，离他们远点儿。他们也是为了生存嘛，你安心养病，其他的事少掺和，他们的手又没摸到你腰包里来。

他们不能说服我，我想我不怕他们，用电话报警的手段来惩治他们，是聪明人想的两全其美的办法，我并没有与他们正面发生冲突，而且看来，这种办法（报警）比给报纸写信强多了。我在心里说，菜市场，咱们走着瞧，以后你就等着警察的再三光临吧！

正当我在为自己聪明的抑恶扬善方式窃喜时，这天晚上的晚餐，我、我姑父与楼下餐馆的老板一个桌子吃饭，老板喝着闷酒摇着头告诉我们："姚师傅硬是逼着我今天把工钱给他结清。我一时哪拿得出钱来。"我姑父说："他为么事非要今天逼你结清呢？"

"他的那两个徒弟帮人做笼子摆象棋残局，今天被捉去了，公安局要一个人罚一千块钱。……"

被抓去的人就是每天在楼下敲敲钉钉、为餐馆老板吊顶的那几个人吗？那几个赤着膊，短裤穿到肚脐眼以下的装修工？摆残局的就是他们？我既没有认清装修工的脸相，也在多次路过菜市场时没认清残局摊做笼子们的脸相。我这人不爱认相，连同事也记不住特征。

这真是乐极生悲，这个晚餐我极好的胃口突然就咽不下一口饭，径直上了楼。对我无微不至的姑父立马上楼来，问我：“你报警的事跟周围其他的人说了没有？”

我说说了，跟邻居和两个旅客说了，但绝对没跟餐馆老板说。

“你让他们损失几千块钱，那他们晓得了会放过你！说不定抓去了还挨打也难说呢。”姑父还说，这个餐馆的老板蛮阴的，说不定他晓得你报警的事，刚才故意说给你听的，然后，他就拖着不付他们的工钱，唆使他们找你要。钱是小事，人要吃亏就不得了啦。

然后姑父叫姑姑也上楼来给我出主意，要我这几天最好哪儿也别去，房间反锁，谁叫都不开，最好备一把刀子防身，吃饭我给你送来。说现在买刀子还来得及，铁路边有许多卖刀的人。

他们的安排是周到的，事情到此，没有办法。我只好赶忙下楼，到菜市场的地摊去买一把刀子。

我怀揣着恐惧的心情来到这个令人恐惧的菜市场，我观察我的前后，有没有跟踪的人。我对这个污秽遍地充满了叫卖声的菜市场没有愤怒只有恐惧了，现在恐惧是我内心的一切，是我所有的情绪。

我在一个卖假虎鞭、藏红花、羚羊角和刀子的藏人摊前，看中了一把称手的藏刀，卖刀人穿着藏袍，讲汉话（谁知道是汉人还是藏人）。刀柄上镶嵌有假绿松石。我问价。他开价一百五元，我还到五十元，他最后喊八十元，结果七十元成交了。我付了钱，拿起藏刀，匆匆离开了这气味刺鼻潜伏着不测的地方。

我揣着刀子回到姑姑的旅社，把自己关进房里，把刀子拿出来，拭拭它的尖头，很尖，一下可以刺进人的心脏。我把刀子插在桌子上。我看着这把寒光闪闪，充满着“人不犯我我不犯人人若犯我我必犯人”凛然气势的刀子，严阵以待的刀子，贼头贼脑、处世乖张的刀子，我还是第一次如此迅速地决定买一把刀子并拥有了一把刀子，我是个连菜刀都不会拿的懒人，手无缚鸡之力，百病缠身，现在已经在心悸，四肢颤抖，眼球欲裂，我凭什么现在要武装自己呢？我不是个惹是生非的人，我长期伏案，长期在讲台上声嘶力竭地向学生讲授那让我们骄傲的古代往事，我已经未老先衰，鬓发斑白，神劳形瘁。莫非在养病之时要与人展开一场殴杀，命丧异地小城？

我在恐惧中战战兢兢，闭门不出，我用一个硬塑料盆排泄，然后在夜深人静时从后窗倾倒于楼下的一个废水塘。我读《修身进德嘉言集》，慧玉居士说，格言、箴言，民俗宝谏。摩尼宝珠您曳着，在世出世圆圆圆。这本佛教内部流通的书中，多提到舌之祸，忍之美。她说驷不及舌，说口是伤人斧，舌是割心刀。闭口藏深舌，安身身定牢；夫口舌者，啮身之斧，灭身之祸；口开神气散，舌动是非生；是非只因多开口，烦恼只因强出头。

哈哈，在《圣经》里，也与佛教有相同的告勉，我记得雅各有一段话对我们这些不谙世事的俗人说：看哪，最小的火能点着最大的树林，舌头就是火，在我们身体中舌头是个罪恶的世界，能污秽全身，也能把生命的轮子点起来，并且是从地狱里点着的。

你看，舌头，可恶的舌头，报了警，还四处招摇，生怕别人不知你见义勇为了，可是，你是个懦夫，你害怕，你丑态百出，你是个缩头龟，已经不是这个世界的对手了。

我吃了大量的药，昏昏大睡，这样睡了四天四夜，好像没有动静，听姑父说，那些人可能放出来了，楼下老板也可能给他们结清了账，似乎没事了。

我试探着下楼来，揣着那把藏刀。我下楼来的第一天，我老婆从省城来看我了，给我带来了一些药，还带来了一些书和杂志。

我的老婆说我的脖子消肿了，说我的眼球回缩了，说我开始长胖了。我知道这是宽我的心，我给老婆开玩笑说：“我只是脖子胖得有点像刘欢。”

我看着老婆带给我的一些书，从这些书里我在想着知识分子的一些写在纸上的小聪明、一些愤怒和讽刺，而在内心激烈得怎样稳妥地保存自己的斗争中，已经无法直逼正义。是的，在我们的内心，每当遭遇到什么时，我们会把自己搬来搬去，苟全自己的企图消磨掉许多让生命大放光彩的瞬间。一个环节套着一个环节，才使我们如此黯淡了，如此优柔寡断，遮遮掩掩，冠冕堂皇，没有了可以振振有词地生活下去的理由。

我还是吃着药，并注释我的明代散文小品。

警报解除了，这样，我又试着穿过铁路和菜市场去报栏看报纸了。我的疗养生活又恢复了规律。我的规律是，十点钟出外走走，看隔日的参考（这里只有隔日的参考），中午吃饭后雷打不动午休一个半小时，大约四点半钟再下楼去走走，看当日的晚报。

刚开始的几天，我还带着藏刀，以防不测，后来，慢慢地我就不再带那玩意儿了，当衣裳单薄的时候，带着它，十分扎眼，刀柄露在口袋之外，而我趿着拖鞋，完全像一个歹徒。有一次，我带着藏刀到旅社后面的小街上去理发，躺在理发椅子上刮胡子的时候，刀竟然从裤子口袋里掉出来了。刮胡子的是个女孩，给我捡起来交给我的时候声音都变了。问我带刀干什么？我说防身的，没办法，跟人结了孽。我为自己这种神经过敏的举动好笑，一个月后，证明我的人身安全不会受到伤害，我就几乎把这事忘了，刀也放在了枕头底下的棉絮里。

这样平心静气地又过了一个多月，疼痛有些好转，也不时常心悸了，特别是双手不怎么颤抖了。姑姑说，只要情绪平稳，这病没事的。我说但愿如此。我的姑姑就是像布袋和尚一样的人。心宽体胖，能忍则忍，唾面自干。她虽然不懂佛法，我以为她已经成佛了。她就像一位菩萨。《六祖坛经》中的慧能大师说，若真修道人，不见世间过。这样的人，天下众生都是他的朋友，连虱子臭虫都是他的朋友。这个世界是没有过错的。有过错的是你自己。我想，我是不是要向我的姑姑学习，快六十岁的人了，从来不知道医院的门朝哪边开，无灾无病，真是佛相啊！

然而深秋来临的某一个晚上，我的姑姑将她长期以来的宽厚的笑声变成了尖声的哭喊。

我前面说过，我的姑姑爱打点儿小麻将，她的牌友除了街坊外，就是铁路那边工厂的几个退休大嫂。

这已经到了秋凉的时候，气候分外宜人，每天我都在蟋蟀的叫声中进入梦乡，秋风对我这样的养病之人来说，像音乐一样，而远山的金黄色和天空的高远，都对我的情绪是一种脉脉含情的抚慰。

秋天是忍耐的季节，佛经说，忍字是一种阴德，可以增加福报。在圣经的箴言里神告诫我们：不轻易发怒的胜过勇士，治服己心的强如取城。

秋水平静了，天空也不再电闪雷鸣暴雨成灾，树林不再疯长，草也在默默地向冬天让步。月亮是无比的明亮，明亮而理智，以温和的表情向我们暗示它内心极致的清澈与欢悦。而这个晚上的十点多钟，我的姑姑用电筒照着被露水浸湿的铁轨，菜市场的臭气正在秋夜中慢慢消散，她的心情跟月光一样好，她还在想着刚才最后一个大和，一个清一色，每人应该给她十五块钱，可最后，她没有要，她是个赢家，她已经有一百多元的进账了，她的手气总是很好，都是几十年的老姐妹，搓麻将是好玩，她对她们说，她不想让老姐妹输得太惨，她是一个心肠很软的人，也是一个会装糊涂的大方人。就这样，她踩着空无一人的铁路凯旋回家来了。

她发现有人挡住了她的路，这是从没有过的。她还来不及弄清楚是什么人，要干什么，她手上的两个戒指和耳朵上的一对耳环就被抢走了，当然，还有兜里两百元现钞。一共损失约两千元。

那时候，我已经洗盥了准备就寝，躺在床上读着一本韩彼得牧师写的《佳美的脚踪》，在读到第九十九页，我看到了这个牧师疾恶如仇的滚烫句子，正合我心，他说："揭露这世界上的一切不正义的'非'，我们对于侵略，对于剥削、奴役，对于种族歧视，对于欺诈、骄傲、自私……是坚决不能赞同的，我们要反对这些！因为它们与圣经中神的真理不合，与人类的良心也不合。"

好，这个爱憎分明的基督徒，我终于第一次在宗教书里看到了与忍耐唱反调的字句。这时候，就听楼下传来了我姑姑尖声的哭喊。

我以为是姑姑犯了什么病，或者与姑父打起来或者碰到了开水与电流。我飞快地下床，开门，跑下楼去。

我看见我的姑姑涕泗横流，跌坐在地上，我的姑父扶着她，他们十七岁的儿子都都也在一旁。

"究竟是怎么回事，你说话呀！"姑父说，看来姑姑刚从外面回来。

"我的妈呀，我不活了，我不想活了。"

"你说话，怎么啦？"姑父说。

"我被抢了呀，全抢去了呀，被抢光了呀。"

我们这才看到，姑姑的手指上和耳朵上全空了。

姑父问明地点，拖起一根木棒，唤了他儿子都都。都都拿来了一把斧头。父子俩出去后，姑姑也跟了去。我想要先报警，于是我赶快拨通了110，然后，我飞快奔到楼上，摸出藏刀，这时，楼下的餐馆老板和一名旅客也站在那儿，我让老板给我拿来了一把砍骨头的砍刀，然后让他们帮忙在楼下看看门，便手持双刀朝菜市场跑去。

铁路空旷，菜市场寂静，何曾有一人。我赶去时姑姑一个人坐在铁路上还在低泣，姑父与都都向歹徒跑的方向追去了。我看着表，等待巡警的到来。

等了二十分钟，巡警才赶到。因为汽车的声音，姑父和都都也过来了。他们显然没发现劫匪。两个高大魁梧的巡警对我们手指的方向并不急于去追捕，只是细细询问或听姑姑的含泪讲述。警察说这肯定追不到了，警察说他们还会抢的，肯定会案发，你们别急，只要逮住，抢一次判三年，等破了案我们会通知你们。警察办完这一切，摇摇头，上车走了。

这时候，在没有结尾的劫案发生后，我无法忍受警察的公事公办，姑姑一家都没说什么，都很平静，连姑姑都平静下来了，她受的惊吓是厉害的，她一定是平生第一次遇到此种情况，她的“不想活了”的叫喊一定是发自内心，是在极度绝望和伤害之后的一种对生命的感慨。

我让姑父扶着姑姑回家去，因为都都明天要上学，我也让他回去，我说我去那边寻寻，我想那些家伙不会走得太远的，看他们躲在哪个角落。姑父说算了，你在养病，也早点儿休息，算了算了，破财免灾。

“老子要杀了他们！老子非得要找到！”我咬牙切齿地边走边对姑姑一家说。我右手紧握砍骨头的刀，腰上插着藏刀，左手打一支电筒，在大约十一点四十分时开始了寻找。

我穿过一片树林，搜查着有可能是他们的藏身处，黑黢黢的树林完全可以是强人出没之地，我查遍了每一蓬树、草，都没有。那时候我没有了害怕，不懂害怕，而平常，白天我也一个人未必敢到这个树林里来。没有了害怕，因为仇恨烧灼着我，现在，我想，就是魔鬼来了，我也要把他劈死，三个歹徒真被我寻见了，我要把他们砍成肉酱才解恨。就这么，我到宿舍区，到居民区，看一些深夜亮灯的窗子，看深夜还在营业的小餐馆和小发廊，看出租车，细看任何可疑的人。我拿着砍刀站在一辆出租车前，看见出租车司机和旁边的一个押车人打亮了车顶的“出租”灯盒（表示报警）发动了汽车便飞快跑掉了；我在一个小发廊二话没说就冲进里面的按摩房，吓得一个按摩小姐和一个老嫖客赤身裸体地从床上惊起。

在一个副食店门口我问一个中年妇女是否看到过三个小青年从铁路那边走过来？中年妇女摇摇头，我讲了遭抢劫的事，中年妇女说，前一段时间这铁路边是抢疯了，白天都抢。我说是哪儿的人，中年妇女说不知道。

凌晨三点，我一无所获，攥刀的手都捏出了水。为以菜市场为圆心，在这方圆数百米的地方转悠。此刻天下大睡，到处听得到人们的鼾声，我却像一个游魂，在铁路周围寻找着恶人。

过了一会儿，一辆不眠的火车开过来了，这种老式的火车使我陡然想起也是在老粤汉铁路上，二十世纪四十年代的夜晚行走的一支复仇队伍，他们三五成群，专门爆炸日本鬼子。这个爆炸小组，曾炸死过日军的少佐小田次郎，将日军的弹药车数次炸到空中，使得粤汉铁路经常中断。这个爆炸小组的组长是淞沪之战八百壮士中的一位。在爆炸的行动中，他经常唱着《八百壮士之歌》，神出鬼没在铁道线上，最后因为配制炸药引发爆炸而光荣牺牲。他们复仇的对象很明确，是那些侵略中国的日本鬼子。我呢，我在这盲肠一样来不及割掉的老铁路线上，要找谁算账，要砍下谁的脑袋？那些朦胧模糊的歹徒的相貌，我真能认出他们吗？

结果一连几天的白天晚上，我看到周围的那些小青年一个个都像心怀鬼胎、危害社会的抢劫犯。

我看任何小青年都像抢劫犯，有一天下午我在一个餐馆里看见三个猜拳行令喝得猴臀红的小青年，一口气跑回去拉来了姑姑，胖胖的姑姑跟着我到了餐馆，远远一看，摇头说不是。又有一天我看到了两个打台球的青年，又去拉来姑姑，姑姑说也不是。

另外，一天我从臭风弥漫的菜市场盯准了一个推着自行车的小伙子，那人一看就是社会渣滓，极像姑姑描述的歹徒，我一路跟踪着，像国民党的暗探，一直跟到那人的家里，在一个住宅区的八楼，在楼下待了两个小时，最后怏怏而归。

还是说说那几个晚上的事情吧。

接连的几个晚上，我都在十点钟的时候准时出现在菜市场里，并且在四周游荡。我那些天唯一的意念是抓到歹徒，把他们绳之以法。然后在凌晨一两点钟时回来，为此我的衣裳沾满了露水，皮鞋也磨损污脏得软塌塌的。我握着砍刀，期待着那些家伙重现。我想他们在一个地方得手后，总会再实施第二次抢劫的，他们总会出来。为此，我在家里练着刀子，想象着怎么砍他们的脖子，怎么用藏刀刺他们的腹部。我用一些过时的杂志练着刺、砍，后来找到了一堆包装电器的泡沫，把这些泡沫刺砍得成了齑粉。

我的姑父和姑姑严厉地阻止我，说你这样病会犯的，在我这里休养不仅病没有养好，还给加重了就难办了。两千块钱怎么能抵得上你的身体呢。再则你抓不到的，你这单薄的身体，真是遇到了你不是那些人的对手，那些人心狠手辣，为两千块钱千万别干傻事。甭说那三条命，他们就是三十条命，能抵你一条命？划不着。他们是些社会渣滓，猪狗不如，而你是省里的大教授。

就是这样，我的意志开始软下来了，人就是一口气，气散了，就有些害怕。我真的杀得赢他们？我的刀能刺中他们的要害？能刺穿夹克到达皮肤再进入腹腔？你还没有出刀他们就拽住了你芦秆似的手。或者他们早就在暗中注意了你，哪天一个绊子把你装进麻袋丢进湖中又增添了新的疑案。而你真用得着拿你的这条命去换那三条禽兽不如的性命吗？

还得说说我的病，那几天因为我专注于寻找歹徒，竟把病忘了，连吃药都忘了，哪儿也不疼痛。当我决定不再夜里出动后，准备放弃寻找的努力后，疼痛又回到了体内，我的眼睛已经成了金鱼眼，脖子越来越粗大，两只手在安静时也颤抖得厉害。这样拿着砍刀砍什么人呢？哆嗦啊！

让我放弃寻找的想法还在于姑父一家和邻居们对派出所的分析，这样的案件是很难破的，除非那些人因别的事撞在了派出所的枪口上，而且还要主动交代，如果他不主动交代，你也没有办法。警察不可能因两个戒指来这里埋伏，比这大得多的案子没破的多得是，据知情人说，好多杀人案也破不了，偷窃抢劫点随身之物简直挂不上号，除非抢劫的是银行，那就要集中警力破了。另外，他们说，就是破了，你能追回那些戒指耳环？早被他们挥霍了。

我晚上不再出去，但是我依然难以像过去那样准时入睡，我总是在十点多钟关掉电灯，坐在窗口的桌子上，望着远处的铁路和菜市场。我的窗口正对着那个地方，那个地方还有一盏鬼火般的路灯。

我找表弟都都借了一个小望远镜。我在自己的房间里，在黑暗中用望远镜对着那个姑姑遭劫的地方，有人走过我的望远镜就跟踪着他（她）们。

我不能看书，不能编注我的那本《明代散文小品精选》，一点儿心思都没有。这样我依然只能在凌晨一两点钟才上床就寝。

过了两天，来了一个警察，是这儿官方的警察。因为我姑姑的旅社是特殊行业，时常会有警察光顾，他们是来检查旅客的身份的，看有没有在这儿隐藏的犯罪分子，有没有在这儿聚赌的、淫乱的、吸毒的等。

警察来敲我的房门，我开门后先是一惊，但发现姑姑陪着他一起来的，我就知道了是来随便查查的，看到了警察，我就对姑姑说那事正好给他说说，警察问是什么事，姑姑忙说就那个事。我说是我姑姑被抢的事，现在还未破案。警察说这一带是城乡接合部，治安差一点儿，而且流动人口多，你们要学会自我保护，晚上最好别带贵重的东西出门。并说如果发现情况可以随时拨打 110，也可以打他派出所的值班电话，于是抄给我一个电话。

我不甘心。晚上的观察成了我生活的一种惯性，在夜深人静时我就会拿起望远镜，坐在堆放着许多宗教书籍与明代古籍的书桌上，呆呆地观察着那个铁路和菜市场的动静。

功夫不负有心人。过了几天，我就发现了每到十点多钟的时候，那盏昏暗的路灯下就会出现一两个半大糙子的身影，他们鬼鬼祟祟，抽着烟，不声不响，有时候在路基上走，有时候蹲在地上。有时候往工厂而去，有时候又往一条小路而去。

这个发现使我的心又变得敏感而激动。我叫来了我的姑姑和姑父。我的姑姑老眼昏花，用望远镜细细地看了，却似是而非地摇头说，记不住了，完全记不住了。姑父也不表态。当我又想去报警时，我又考虑如果他们不是坏人呢？你没抓到赃。只有他们动手抢劫时，但你那时再报警，这城乡接合的地方，路又窄又破，等警察赶到，还不是让他们逃之夭夭了。

我和姑父就只好等着他们下手。但没等下手，他们又消失了。

下一个晚上，他们又出现在那儿，好像还有个女的，也是个半糙子，好了，有人走过，但是个男的，男的没什么可抢。

我和姑父在肯定和否定之中坚守着岗位，一定要抓住他们的把柄。这一天我的表弟都都上楼来，大约是要问我一个古典文学方面的问题，他正在读高三。我问清是谁开了门，都都进来，拉燃电灯，看到他父亲高高地坐在桌子上，敞开着窗口拿着望远镜，发出了轻蔑的一笑，轻描淡写地说："你们不要看了，不是他们。"

姑父看着自己秀气的儿子，说："你怎么知道？"

"我当然知道。"都都说。

"那是谁？"我问。我盯着这个高三学生，他有些成熟，又不怎么成熟，下巴上长着几根没修剪的长长的胡子，不细看还看不出来。

"我不能跟你们讲。"

他问了我一句古文的翻译，就离开了我的房间。

"喂都都，你没讲，究竟是谁？"姑父对着他下楼的背影喊。

都都没有回答。

他知道？他怎么不说？他是什么时候知道的？

这些问题简直太奇怪了。我忙要姑父下楼去问，我们收了望远镜，我们从桌上撤下来。

楼下传来了姑父和他儿子的争吵声，后来就平息了，就睡了。

第二天我问姑父，姑父无可奈何地摇摇头，他说都都不讲。

中午的时候，我抓住了机会在都都的房间里问他。他说："我肯定不会讲的，打死我我也不会说。"

"为什么呢？"

"说出来我的爸爸妈妈就要去找他们，到时候还要作为受害者做证。他们总有一天会知道是我说出的，我怎么办？他们来个取保候审，出来了不要报复我们？你就是抓，不能把他们全抓完，没抓的，也会来报复你。”

这个都都，他什么都知道，他比我懂得多。

“那么，”我说，“那些人你怎么敢肯定？”

“算了吧，”都都说，“我们学校的几个渣滓跟他们玩得好得很，天天在一起喝酒，他们不仅专抢这铁路一带的金银首饰，还撬保险柜呢……”

都都的学习成绩很好，可是在他的周围发生着什么事呢？他的心里装着数理化，装着思想政治，还装着哪些让他恐惧的东西？装着社会的另一面，让他自我思考自我化解的一些东西？

他的所有的道理都是对的吗？这些道理从撬保险柜、抢自己母亲的财物到不能检举，他要走多远的路？可他才十七岁。

姑父和姑姑对这一切情况都知道了，他们说那就让他们去吧。他们说：“那些人真把我儿子搞一下，我就完了。”他们只有一个孩子，这个聪明的孩子是他们二老的所有希望。而且，这孩子高考肯定能录取，极有可能录到一流的大学。

我把砍刀还给了厨房。

我把望远镜还给了都都。

我的心情突然平静下来，突然像退水的秋江，瘦成一条绳子，甚至有点麻木和懵懂。对，是懵懂，不是茫然，茫然是带感情的，而懵懂却是傻里傻气。

我现在傻里傻气地平静，坐在床沿边，看着桌上的那些书，看着编注了一半的《明代散文小品精选》，书商说，这是一套“怡情养性丛书”。书商说，要抓住读者的阅读心理，现在我们这个时代大家的思想都非常地闲适，心里都非常地恬淡，大家需要的是消闲。是的，是闲适，是恬淡，情绪十分地平和，当他们知道事情只能如此之后，只好把自己弄得闲适一些为妙。佛经上说得好：“上士闭心，中士闭口，下士闭门。”闭心者才是高人啊。

我看见我的这个高中生表弟也成了高人，为了不让其他的烦恼打扰，一心一意地迎接夏季的高考，他知道怎么才能成为高人——上士。而我这个在职称上的“上士”比闭门的下士还不如呢。

我十分萎靡地跨过铁路，走过菜市场去看报连带散步以散心。在经过让我愤怒和不平的菜市场时，我几乎目不斜视，我已经看不到谁在那儿摆残局，谁在那儿剐青蛙，谁在那儿揍人了。我看不见欺辱、骗局，看不见强人的洗劫，看不见臭水和腐烂的鸡肠鱼肚，当我践踏了一脚的臭泥回家，我在自来水龙头前冲冲。我是不是“不见世间过”了呢？我是不是磨好了性子？是谁教会了我呢？是一个十七岁的高中生，马上将毕业将考入我的那个大学即将成为我的弟子的小孩？

我还在想这些事情的时候，我的姑姑似乎早就忘了她曾有过这么一次痛苦而恐惧的经历，她依然哈哈地笑着，依然去搓小麻将，依然胖，眉目间没有惊吓的阴影。我的姑父也从不提这个事了（他真是个好丈夫）。都都正在好好地学习，要我时常教他一些古汉语的译法和怎样写高考作文。

我开始静下心来读宗教书，并加快了编注那本明代散文小品的进度。身体的自觉症状好多了。

冬天来临了，我在电暖气旁，偎在一把躺椅里，膝上盖着一条毛毯。郎浦市的雪下得宁静无声，四野莹白，雪有时候覆盖了铁轨，覆盖了菜市场的喧嚣与污秽，就这样，当我去看报纸的时候，踩着路基上的积雪，我的心还是很优美的。

我的优美使我的许多思绪也美丽，我想到这个铁路当年通到长江边的时候，一节节的车厢竟是用船渡过去的。这些车厢被解体，它们在波涛中驶向对岸，然后到了对岸又连接成一列火车，然后又向远方驶去，驶向北方的原野，驶向京汉铁路。这些景象当年一定十分地奇异，过瘾，就像神农架的一种百节虫，在受到伤害时自动解体，后来又自动地连接起来，成为一只完整的虫子。这景象如果在电影中出现，那就太美了，可惜还没有一部电影这样来再现火车当年的过江。

当我疗养期差不多结束时，我的那本书也编得差不多了。我到这个市的医院去重新检查了一次。令我惊喜的是，我的 T3、T4 完全正常了，T3 为

3.32，T4 为 14.96。这儿的医生说："你没有问题嘛。"

我还是开了一些药，吃维持量。

医生说我没有问题之后我当然非常高兴，人都轻松了一大截，我摸摸脖子，脖子的确消了些肿，我抬抬手臂，双手好像没有明显的颤抖。回到姑姑那儿，在房里细细照了照镜子，像打量陌生人似的仔细审视我这化验指标正常的人，但是，我无法欺骗自己，我的眼睛鼓凸得十分吓人，那一对僵直的眼珠，就那么瞪着，从镜子里瞪着外面，简直像个愤怒的瘪三。

在一个夕阳西下的晚上我顺着铁路走向长途汽车站，准备乘这晚的班车回到我的省城。这已经是春天了，铁路两边的草亮绿得让人直想流泪。我的眼睛开始迎风流泪了，因为突出，长期地暴露在外，得不到上下眼睑的滋养。我走着等距离的铁轨，有时候闭上眼睛也不会踏空。

身后的菜市场依然充满了乱糟糟的活力，依然人头攒动，人们趁着天黑前，在拼命抢购着食品和蔬菜，以便备下丰盛的晚餐。

那些被打的、被骗的、被抢的都过去了，我不过是个局外人，有什么值得耿耿于怀的呢？

一辆老式的蒸汽火车开过来了，我让下路基。我看它开过，听着它巨大的连续的声响，金属撞击与拽动的声响。我想起一首小时候念的儿歌："火车火车我不怕，我跟火车打一架。"火车头已经开过去了，铁轨和枕木的痛苦蹂躏又渐渐平息。我想起那首儿歌，傻乎乎地笑了起来。

暗杀者的后代

一

湘鄂边有一个叫塘嘴的地方，紧靠一条小河。河坎陡峭，河水常年冲刷，使塘嘴的居民越来越少，一些茅屋和墙垣半埋进崩土里，屋盖斜插进河中，几只野鸬鹚蹲在过去的窗棂上拉屎，下喙的软囊逍遥地蠕动着，它们青铜色的肩羽涂抹了这河边的沧桑。

这一天傍晚，一男一女出现在塘嘴的河边，住进一家客栈，叫避风客栈。因为这儿爱刮大风，每遇风，河渡不开，来往的孤客只好望河兴叹，极不情愿地进到这家虽然热情但床枕冰冷的店里。

风恣肆起来，在路上他们就感觉到了，因为天阴，地冷，人稀，草木发出不安的噪响，男人出现了跛行，他因外伤而导致无菌性坏死的股骨头，像一团石子磨砺着不堪一击的骶髂关节。这儿一疼痛，天则大变。

对一切行动的估计，没有将风灾打算进去，与其说是因男人的骨病发作而住进旅店，不如说是因为天色。天色已晚，住下再说。

这风一个晚上也没有停的意思，早晨起来风还呜呜地号叫，像一群在树林奔窜的恶狗，遭了天谴，百鞭抽身，狂吠不已。男人从床上坐起来打了一个哈欠，听来并不舒服，不是从好梦中醒来的那种感觉。他在夜里好像听见身旁的女人呻吟了几声，几次；是几声还是几次，他有些糊涂了。现在，风把屋檐下的一块席子抬起来，又扇下去，狠狠地扇，像掴人的脸，蛮不讲理。几串蒜头的十几颗脑袋碰来碰去，吊在檩上，在风里觳觫。

“起来吧，还装么事。”男人说。

女人就睁开了眼睛，男人看到她眼里到处是曲张的红静脉。

“你腿还疼吗？”女人问。

男人在被窝里揉着腿，没有回话。过了一会儿，才说：“你昨天哼了没？是你哼的。”

“我没有，”女人说，“我怕你的腿……”女人的手就往男人骶髂关节的凹处摸来。

男人本能地挡了挡，他害怕搔痒，在白天，他不喜欢别人摸他的身子。他挡她的手时，就触到了女人的腹部。那儿又硬又高，有时候，还会出现一阵儿躁动。他不希望触动那儿，不希望出现不合时宜的躁动。隔着肚皮，这孩子总好表现自己，希望外面的人别忘了他。还没出生就这么骄傲狂放，肯定前世是个诗人。我的小祖宗，你好好困觉，只当是一头冬眠的獾子这该行吧。别乱踢乱打误了我们的大事。

如果风不停……他想换一个话题，想忘掉女人的肚子。这无异于掩耳盗铃。孩子在女人的肚里盛着，这孩子精力充沛，跃跃欲试，有点憋不住想喷薄而出的感觉，让男人想起都害怕。

“如果风不停，船就不会过来。”女人说。

船不会过来，划船人就不会过来，他们的任务就没法完成，今天晚上说什么都得将那个名字勾去，清爽地“做”了。如果风不停，只好泅渡过去。可自己股骨头坏死的腿和妻子越来越大的肚子，能泅过这风急浪高的小河？

他从枕芯里摸出那把勃朗宁手枪，枪身冰凉，他使劲握着，想一下把它焐热，他用小指堵了堵枪口，再拿到自己鼻子前闻闻，那里有一丝很好闻的火药和铁锈的混合气味，像刚开封的某一种辣酱味。一闻就上瘾，早上起来，他都得这么闻闻，立刻精神振奋。这是一种老式的勃朗宁，上海仿造的，压七发子弹。枪把上刻着一些外国字母及1937年的字样，錾子錾上去的，有些模糊了，这枪出世已有十二年之久，经验老到而丰富，嗜血成性，黯旧的模样却能扬眉出鞘，辗转过各种各样的手，杀过各种各样的人，子弹一次次地撞出膛口磨出了许多细小槽痕。枪没有软蛋，在他的手里击倒过土匪地痞、地主恶霸、参议员国大代表……没有什么比枪更能直截了当地解决问题，国仇家恨，一扣了之。

女人先起床了，男人还在回忆着临行前接受任务时的情景。

暗杀队暂住在柳村祠堂的暗楼里，轩辕队长正靠着一堆柴草，半个被光线描出的脸十分严肃地候着他的到来。他爬上木梯看到队长坐在一座铁钟口下，铁钟悬在队长头上，给人一种古怪的气氛。

队长跟他说让他与他的女人一起去暗杀来往湘鄂渡的黄七头。听到黄七头的名字，他的心扯动了一下，好像根索子绊到了热腾腾嫩生生的心脏，发疼。

“为什么要暗杀他？”

这你就不要问了，有三分清楚就行了。轩辕队长的颞颥骨在铁钟割出的阴影里神经质地动了几下，笑意想冲出来，几次都没有成功。轩辕队长是个很难笑的人，队员们说，他杀十个人，才笑一次，因此，在这湘鄂边地，他有“铁观音杀手”之称。

已经快解放了，还有什么必要去暗杀呢？

你跟任何人都不要说，这是最后一个“堂客”（即目标）了，然后回来就进城。

据说轩辕队长已定为新政府的公安局局长，自己将依然在他的手下；不过也很难说，他有些文化，曾向组织提出想去学校教书，当一名先生，培养新人。但组织不予考虑，说另有安排，要服从大局。黄卷在手，清风两袖，这样的生活不光是为躲避心计太深的轩辕队长，确实是他内心的憧憬。他杀人太多，鼻子里进进出出的全是血腥味，头发里冒出来的不是汗，而是腾腾杀气。连半夜尿液打在夜壶里的声音，都喊着“杀呀杀呀杀堂客”。

他带着自己的女人出发了，他跟队长们说是与女人回一趟娘家的。

这当然是一桩好事，这三分明白中可见轩辕队长已经掌握了黄七头是他家的仇人，三分明白指的正是此。另外七分队长什么也没说。黄七头既不是官，也不是霸，只能猜想他是个土匪。事实上，黄七头正是土匪，杀过他家的父母和弟弟，至于父母如何与黄七头一伙结下了仇，他不清楚。黄七头的兄弟们全被一次火并杀尽了，黄七头是一个不飞扬的小土匪，他的身份只有他知道，怎么轩辕队长掌握了呢？

报仇当然是一桩痛快事，为什么在暗杀队已经停止行动之后又分派了他的任务，队长明明清楚他的女人已有八个月身孕，而这个眉清目秀的女人曾经被罗圈腿的轩辕队长追过好几年。

种种的疑问使他有一种不祥之感。在他领了任务下楼时，他的头撞上了那口铁钟，差一点儿跌下木梯，那铁钟冰凉的响声和轩辕队长痉挛的颞颥烙在了他的心里。

二

他们悄悄地潜伏进河边的一片芦苇中。河对岸，黄七头的那条渡船在波浪里，一会儿被浪头打没了，一会儿又出现了，就是没有黄七头的影子。

他们趴在一道两尺高的断墙上，脚下是一片水洼，螃蟹和癞蛤蟆在簌簌地爬着，它们的身子泛着陈年苍苔的颜色，使周围倒塌的墙基和芦苇都有一股阴惨惨的气息。虽然还没入冬，但风加上脚下的水，还有胸前湿漉漉的土墙，使人不禁瑟瑟发抖。男人的枪在他的鼻子下面，杀人的欲念使大脑和胸膛还处于亢奋和狂热之中，但从骶髂骨以下，就成了另一个人的身子，石头一样，像多余的一截躯干，痛楚还时时泛出来。

“你行吗？”男人问女人。

女人曾是这一带立马飞刀的角色，有一次，她的一条三八盖上曾挑过五个人的人头，一律地龇着男人的烟牙，十只眼睛瞪着这个袅袅淑女的屁股：这个杨柳女人，竟能用蒋门神的屠刀砍下我们的头来，做何道理。他们死不瞑目。如今这女人因有孕在身，整个儿都没有人形了，就像一个黄桶，臃肿、迟缓、丑陋不堪，手无缚鸡之力，一只手拿着一把十七式德国造，上面刻着M96的代号，也就是一支驳壳枪，十分粗糙，年头更久。另一只手托着贴地的腹部，眼眶浮肿，她能看到什么目标呢?

“这是报复！不就是没得到你吗，让你们成亲去，做队长夫人去。要是你肚里是他的种，你这个样子他还给派活儿来折磨你，也折磨我吗?”

男人咳嗽了两低声没咳出痰来就爆发了，一口瘀痰冲出肺管射到河里。他发狠地骂，愤怒的声音在风里打了几个滚，扫折了一排芦苇，又蹦起来跌进浪涛中。

“别把人想得那样坏了。后天就进城，说不定他是给你一个机会，报了这私仇，以后这些‘堂客’要杀也轮不到你了。”女人说。

“你少来这一套，他是你什么人，你袒护他，替他说话?没看看你是跟谁在一起，趴在哪儿，受哪样的活罪!”

他的脚搅起水洼的水，他本想是挪挪腿的，就摔起了水花，故意泼到女人的身上，这样解气。

女人直愣愣地看着他，她的裤腿全湿了，她的眼里一些泪珠子就要吧嗒吧嗒地落下来了，可是一忍那泪水又回转去了，全给咽进肚子里。

“你别乱嚷行吗，我是谁的老婆，跟谁在一起受哪样的罪我全知道。个把‘堂客’就把你急成这个样子了，不就是个黄七头吗，我游过去把他的头提来。”

女人真横，说着说着就越过断墙下了河，一直向深水走去。

“你回来，回来!”男人咆哮着像一头豹子去抓女人。抓到了女人就把她往回拖。女人不从，开弓不回头，两人就在河边拉扯起来。

这是十分危险的，男人只好以求情的口吻给她说：“我们去找船，都别埋怨了，行吧。好歹把这个‘堂客’做了，当教书先生去。”

男人扶着慢慢平息了的女人，高一脚低一脚地沿着河边去找船。

他们的努力白费了。两条船，一条是自家用船，船主是个个子高高的瘦男人，他不想在这样的天气里葬送四个孩子的父亲和一个哑巴女人的丈夫；另一条渔船是两个呆头呆脑的兄弟，他们已经两天没开锅了，.对这一对自称快生崽了的乡村教师拿出的一把湖北省军政府造的光洋只看了看，也没多大兴趣。“除非你再拿一百块钱来，我们就把船卖给你们。”

天又渐渐地沉了下去，四野都露出那种凄惶无助的冷漠，白胸脯的翡翠鸟一队队飞过河堤，这些残忍的笛手，它们狂叫不止的声音像从地狱跑出来似的，充满着警告。也许是这些尾翎发蓝而叫声急遽的鸟刺激了他，他对女人说："你等着吧，待到客栈去。"

女人还没反应过来，男人就一跃投入了河中，嘴上衔着那把勃朗宁。

"喂，喂！"女人发出短促的叫唤声，但是她无法阻拦男人的孤注一掷。她只好追随男人渐行渐远的影子，沿着河边奔跑。男人的头颅起伏在风浪中，他双手击水的力量很猛很足，风声再大，也无法掩盖男人的击水声，砰、哗、砰、哗……

女人没命地跑，男人的头颅消失在慢慢笼罩上来的夜色中，女人一阵儿腹痛，倒在渡口旁的水洼里。这时，她明白动了胎气，一种便秘的感觉和排泄的欲望无比强烈。她双手抓到了一把芦苇，在悄悄四合的暮色里望着河面，疼得死去活来。

男人爬上了岸，可是他不知道黄七头的住处，他迈着骶髂关节嘎嘣嘎嘣直响的坏腿，在沿河的几家铺子和茅屋里都细瞧了一遍，没有看到黄七头的影子。女人使他担心，风好像小了，浪也平缓了一些。只有偷船，他这么想，划走他的船来引出他。

这个"篾货帮"（驾船的一个帮口）的后代，能拿舵，能荡纤，能喊悠号子，划一条小渡船不在话下。主意这么定了，跳上船，解开缠得死死的缆结，故意敲击着船板，将船划离岸边。

这一天爱赌点儿博的黄七头去了一家茶馆搓麻将，那茶馆在堤上的一处高坡。他那天手气不好，无心恋战，觉得风打窗帘声细了，撩开帘子，看到自己的船被人划跑了，立马邀出五六个男人来，一路高喊"抓住偷船贼"，跑下河滩推出一条修理的渔船下水，追赶这位男人。

河不宽，这男人将船早已划到塘嘴岸边，他依稀看见女人在泥水里挣扎，一摸，摸到女人裆下一团肉球，还有怪难听的嘶嘶啦啦的哭声。女人早产了。

男人将孩子抱进可以避风的船舱，他脱下自己的湿衣裳包好孩子，就听得河上一阵敲锣狂喊捉偷船贼，几个火把照得河上通明，一条船也急划过来。男人捏着枪，怕误伤了无辜的群众，不敢轻易下手。跳下船就背上产后虚脱的女人，往野地里跑，救大人要紧，孩子就留在了那条渡船上。

这一对暗杀队队员，逃出了追贼人的围捕，半路上在一户农家给女人吃了四个鸡蛋。队长给他们限定的这天天亮前必须赶回柳村的时间，只能无条件遵守，这是纪律。

五更时分，大雾弥漫。已经看到了村头黑黢黢的土地庙影子，男人和女人都差不多不行了，男人的髋部一路上发出瘆人的磨砺声，坏死的骨头在疯狂地消损；而女人的下身血流不止，浑身冰凉，在男人的肩头像一捆冻硬的野蒿。

男人在想着此次没完成任务以什么理由向队长述说，女人早产，加上风急浪高，孩子生死未明，想轩辕陈长会原谅他们，生出一丝同情心来。这时，突然从大雾里挣出几条黑影来，齐声大喊："举起手来，不许动！放下武器！

那些声音异常地熟悉，可喊声没有一丝亲切，在如细雨的浓雾里像一块块石头掷来。

这是圈套！他开始跑。女人的双腿也落到地上，他想扶着她快跑。但那些人上来就把他逮了个正着。他在地上被制服了，满口含着刚解放了的黑土，醇香清新的土腥味直逼五脏。

这一对夫妻在接下来的进城中没有享受到夹道欢迎的场面，他们以新政府第一批犯人的身份被投进了监狱，而监狱牌子刚刚撤换。他们的罪名是擅自离队，公报私仇。没两天，女人因产后风死在医院里，看押她的工作人员清理出的唯一遗物是一张印着水渍迹的一元钞票，鄂西农民银行 1930 年发行。这在当时也是一张很难见到的钞票，通红的钞票正面还印有"此券一律通用随时照兑"。在钞票的反面有一行写上去的靛水字迹："我儿放在黄七头的船上。"这字小巧，颜色也不鲜明，看押人员没有在意，将它一起存入此人的死亡档案中。又在某一年县里成立纪念馆，有人想起这一张罕见的边区钞票，搜了出来放进馆里，镶嵌在玻璃里，供人参观。

这一切，那个男人并不知道。五年以后，从监狱出来，遣送回乡。

三

黄七头当初还以为是一只雪雁的叫声，以为是避风的雪雁，无路可走了，钻进了舱里。后来那声音又变成了野猫似的叫声。黄七头掀开船板时，一只野猫似的小伢儿出现在他眼前。这伢浑身嫩红，还没睁开眼睛，活脱脱一只小兽。四脚抓挠着，脐带还没缠好。那舱里干燥，还有些稻草，这伢连血带水的，一看就是个早产儿。

原来偷船的是个湖南来的女贼呢，也可怜她了，后悔不该追了人家，产后这么一跑，凶多吉少。

伢儿有一丝气，黄七头抱了回去，等候这女贼来抱回她的崽。

湖南人叫崽，湖北人叫伢。一河之隔，鸡犬相闻，叫法大不一样。冬天湖北人床上铺得软绵绵的，湖南人却喜欢卧在僵硬的竹席上，一点儿也不觉得冷。这早产伢睡在湖北人的软床上，嗷嗷待哺，黄七头只好将他抱着，四处去讨奶。镇上的人都可怜摆渡的癞子黄七头捡了个野猫一样的伢，有奶的，腾出一只奶来让这伢吮。这伢有奶便是娘，见稍丰满一点儿的女人胸脯就钻，三辈子的饿鬼，吮空了七八个小媳妇的奶，又吮黄七头老婆的空奶。

黄七头的老婆没有生育，吮她的奶完全是形式主义。吮了三年，黄七头的老婆一病呜呼。生前黄七头的老婆爱她的癞男人捡来的这条半死不活的生命如命一样，唤她一个湘鄂合璧的名儿，叫伢崽子，没有学名。两口子没给他起学名，时刻等着那偷船的女人来认领，加之这伢崽子欲壑难填，见了女人的肚脐眼也想去吮一口的样子，后来连镇上的狗奶也吃了，羊奶也吃了，都吃空了，黄七头就想着湖南那女贼尽快把这冤孽抱走。

时常听到有这里被毙的土匪，那里被抓的恶霸，黄七头一点儿事都没有。抱着伢崽子打噤，也就是打噤，白天将伢崽子腰用绳子系了绑在桨桩上，还是摆渡划船。清匪反霸的枪声不能让他不打噤。大土匪石均富在苇荡子里躲了两年，还是搜出来给毙了。

黄七头跟着几个打劫的人干的事，也就是一次复仇，那“篾货帮”的船主自以为纤荡得好，荡过人家的桅也不打声招呼，结了些孽，黄七头这瘸子手持利刃也的确砍了人家几刀，更多的时间是放哨的角色。那几个强人罪有应得，被地下党剿了。那一段历史也就没了见证人。被杀的船主一家杀光了，听说留了个儿子在外。十几年来，洗手不干的黄七头划着他的铲子船，心里怔怔地等着那活着的儿子来找他算账。清匪反霸想这次逃不脱了，可就是没人来找他。

不仅没来找他，还给他定了工资，归县水上交通站管了。每个月的十五日，黄七头戴上他的那顶蓝帽子，将伢崽子丢在妹妹家，去县里领工资。给伢崽子说：“我领饷了回来给你买水晶糕吃。”伢崽子听说有吃的，就不赶这瘸子爹的路。

清匪反霸过了，伢崽子没人来领走，黄七头想，这伢是个福星呢，就恋了他，不再想将他送人，给镇上的人说：“这伢我养了，管他是啥东西。”

入冬的日子，黄七头就去给伢崽子打野鸭、打氽鸡和獐鸡。入冬的河面，真是一碧万顷，除了河边有些薄冰外，其他的地方依然荡漾，芦苇枯黄而倔强地摇曳在滩渚，芦花像大朵的飞雪凝止在枝头，一律斜斜地垂着它们的雍容。

这伢崽子喜欢吃用干辣椒烹的野鸭，证明他的确是一个湖南人的崽。这伢在娘肚子里没落月，先天不足，后天就想大捞一把，吃个山呼海啸。黄七头到镇上朱二铁匠铺的大水缸里，捞了一瓢铁砂子儿，装进布袋里，就提着枪，带上伢崽子，划船去野河里寻野物。

伢崽子穿着通红的棉袄，黄七头的妹妹还给这侄儿的棉袄下摆绣了一圈避邪的花纹，四颗暗扣这伢崽子扣坏了两颗，留下中间两颗扣着，上下敞开，又露出金黄色的绒衣来，空气里到处是追鼻涕的风，伢崽子坐在船头，一双通红的耳朵像猎狗耳一样兴奋地竖着，给他的瘸子爹指点猎物，然后等爹往枪筒里灌铁砂子撞火。

野鸭三三两两，可伢崽子格外挑剔，这河里的野鸭他只瞧得起一种赤颈鸭和秋沙鸭。这赤颈鸭毛色异常美丽，颈项赤褐，在冬日的阳光下斑斓似火，飞起来如一团团浮火贴水疾燃，好不壮观，它们的叫声也像火一样嗞嗞地发烫。这种鸭肉坨坨的煞是好吃，只是它们飞行迅速，神经过敏，想打上一两只就得在河上守候半天；另一种秋沙鸭也是好吃的东西，煮出来各种鱼腥味都有，伢崽子等于是将鸭也吃了，百十种鱼也吃了。这鸭颈项修长，羽色灰白相杂，羽绒蓬松，导向翎高挑儿，它们不喜欢天空，只爱待在河面上，不过它们潜水的功夫特佳，从眼前百米处消失了，说不定在你身后百米处钻出来，为了对准它们，常弄得黄七头腰闪颈歪。

瞅准了猎物，一啄火，满腔的铁霰就轰的一声喷出去了，空气中便弥漫出一股火药味，水面上，击中的野鸭脚蹼朝天，未击中的或受了伤的，便惊惶地飞去，掠过水面，留下一阵阵凄清的叫声，这叫声将雪霁的河野涂得更旷寂。

“呀，三只，三只！”伢崽子叫着，黄七头还得搁枪划桨，去捡拾那些成为冤魂的水禽。

“爹，你的枪法好准，爹，你是跟哪个学的？”拾鸭的伢崽子手提着水淋淋的野鸭，抹着鼻涕问。

“跟你爷爷学的嘛，还能跟谁学？”

“他也打秋沙鸭？他又跟哪个学的？”

“你哪这多话，只管捡就是了，等船近些再捡，别够到河里去了。你说都跟谁学的，这万恶的旧社会，咱这湘鄂界闹了百年土匪，你不会点儿刀枪棍棒，你的性命就难保，晓得吧？男人连野鸭都不会打，能是男人吗。”

黄七头抠着头上的癞疤，给伢崽子这么灌输。当年他的父亲也是这么给他灌输的。

可是当伢崽子要抱起枪去瞄水禽时，黄七头就厉声制止他，让他别动。

这是凶物，别使这东西，不是小伢玩的！

“我要打。”

一个嘴巴掴去，把吃烹辣鸭子的欲望都打没了，哇哇地哭了起来，泪水鼻涕喷泉一样直泻进河里。

“政府不让弄这家伙，我这是好不容易弄的一张猎枪证，还不是为你，前世不是县长就是专员，专拣味重的吃。玩枪的死在枪上，老子要你明白这永世道理。”

癞子黄七头的脸都紫了，看着湖南那边，看着塘嘴渡倾圮的街屋和空无一人的渡头，看着河的尽处，捏着那杆越来越冰冷陈旧的猎枪。

四

伢崽子恨他爹没教给他玩枪以杀了护粮队民兵，这已是 1960 年的事了，1960 年小牛犊一样吃野鸭水晶糕长大的伢崽子突然变成了螳螂。这一年春天依然不解人意地绿，绿得四野肃杀，饿鹰盘旋。他的癞子爹黄七头把他赶出了河边的茅屋，对他说：“待在家里也是一死，出去也是一死，出去死了政府还给你收个尸。”他的癞子爹患上了严重的风湿病，冬春发得厉害，四肢关节红肿，那疼痛像气一样沿着全身的骨头窜去窜来。被吮过空奶的姑姑黄四妹给了伢崽子一块喂猪的黄豆饼说：“这个吃起来香，这是我在牲猪仓库抢的，很多人今天下乡抢苕子颠去了，你也去抢一把吧，你爹饿得，你不能饿。你是小伢，谅他们不敢怎样。”

伢崽子的确不能饿，有好几次在饿昏的时候把棒槌当成了狗腿，把他癞子爹红肿的手腕当成了鸭脯，面对着爹关节炎的腕子和脚踝，他禁不住流下了口水。他在姑姑的指引下汇入了那一群老人、妇女和小伢的捋苕子颠的队伍。

撑着螳螂颈的伢崽子看到了这场饥荒中的座座新坟，新坟显得小而仓促，野狗们把那些骨头和肠子从土里扒出来了，叼着在春天的田野上四处狂跑，以躲避争食的狗。

人也一样。

在恐惧中从死者安息的缝隙里往前走，他看到了一群用手、用刀子、用铲子刨着地下薯根茎块的人。那是一些有湖南人长相和湖南口音的人，他们用湖南话互相地骂着，从湖南来到湖北的地界。那块地被护粮的民兵放弃了，显然已经被挖过几次，人们翻来覆去地挖，把浮土越挖越高，把地越挖越深。还是有人能挖到。

种过红薯的地有一股红薯的气息，它是粮食的气息，收获的气息。伢崽子挤进人堆里，跪下来用他的一双瘦手急切地插进浮土里。那些人将脚踩到他下手的地方，另一些铲子和刀子也阻挡过来了，还有人的髋骨和膀子。

伢崽子抬起头，那些蒙着黑土的脸上是一颗颗沉默而敌视的眼珠子，连小伢的眼珠子都挤得出冰凌来。

我不怕。爹黄七头浑身红肿的关节似乎给了他力量，爹在床上贴着卫生所的黑膏药，满屋都是令人作呕的气味，县水上交通站没钱给他治病了，没米没油发给他了。我得找吃的，还给爹找吃的。他用膀子抵挡着别人，手掌不停地刨，像一只发疯的土拨鼠。

你滚，你有种到湖边去，到那里去，那里有苕子颠。一个鼻子奇大的少年吼着他，拿铲刀在空中挥舞。他衣领又脏又破，敞出锁骨窝里皴黑的污垢。

苕子颠，那葳蕤的、让牛吃了哞哞叫的春料，做粑粑甜滋滋的，想起来不会比野鸭和水晶糕的味差。捋苕子颠去，他本来就是为这个来的。

可是远远地他就听见了那些护粮民兵的呵斥，那些恶狠狠的声音从湖上腾起的白雾里传来，还有女人和小孩子的尖叫声，那是病痛、反抗和控诉的声音。

他挽着篮子往前走，就看见一群人迎面而来，这是些回转的拾粮人，一些女人和小伢，他们有的头上咕噜咕噜地往外冒着血，有的瘸了腿，有的脸上的鲜肉往外翻着。

这些都是被护粮的民兵抓住了打过的，他们皮开肉绽，哭哭啼啼，好像有勾魂鬼赶来似的没命地跑。伢崽子惊惶地望着他们，想开口问问，但没有开口。

他站在空荡荡的路上，他闻到了苕子花散发的芳香。从湖边吹来的，湖风把它们吹送来了。美丽的紫云英，这就是它们，它们正嫩着呢，它们妖冶地浪送着它们的春情，好像在说，来吧，少年，来吃我吧，来掐我吧，我都等不及了。

又有几个试图接近苕子田的妇女鲜血直流地与他擦肩而过，落荒而逃，把伢崽子撞得趔趔趄趄。

他的牙齿不让他逃。牙齿野性十足，它要把这世界啃个人仰马翻。就为着这饥饿的牙齿和浑身皮包着的骨头，也没有半途退却的道理。

这是些什么人啰，我倒要看看他们是些什么人，有枪就最狠吗？

苕子花的气息越来越浓，这扑鼻的香味含满了危险的征兆。伢崽子把篮子套在头上，犹如一个头盔，他有时站起来，有时趴下，越过低矮的田塍和田塍旁一丛丛的野蔷薇及柞刺。田野上的雾气时浓时淡地流溢，他在一蓬刺棵子后面看到了比雾气高一头的那些背着枪的民兵，他们走来走去的影子像神秘古怪的老鹳。低低的咳嗽声和说话声在雾里水波一样流动。

伢崽子已经变得亢奋而不能自持，他想冲过去，结果他瞄准湖边的一个土岗想从那儿绕过来接近苕子田垄。他猫着腰，半人深的野茅划击着他的脸和手。这时候，他膀头听到了一声鬼似的牛哞，一个与他年龄差不多的女伢挥舞着牛鞭在牛的尾后。他猛然站起来，把那个女伢吓了一跳，她差一点儿就要把牛鞭扔下跑了。

喔，喔，女伢惊慌着吆喝牛停下，同时那柳枝做的牛鞭举向空中。

牛站住了，女伢拽住了拖在地上的牛绳，牛鼻屎差不多快把牛鼻拉翻了，那儿沾着一团团泡沫和黏液。他们两人隔着距离对视着，牛时不时地挣着鼻桊仰天长哞一两声，那是头水牛，牛角又粗又长。牛身上的毛已经被冬天给冻光了，春天还没有长起来。这牛形销骨立，好像是一些枯树枝拼凑的。

女伢这时放下牛鞭，从她碎花的蓝小袄荷包里掏出两颗菱角来，双手捧着，战战兢兢地递到他手上。

伢崽子接过去就迫不及待地送入嘴里，用牙去剥菱壳，三下两下就把两颗肥硕的菱角吞进肚里。

女伢又给了他一颗。这可能是最后一颗了，伢崽子又把它吞进肚里。

两人再你望着我我望着你时，突然都哈哈大笑起来。

“你不要去。”女伢对他说。

他摇摇头。同时他卷了卷自己的裤腿，裤腿全在荒草里蹚湿了，膝盖以下全是湿漉漉的。

“你不要去，他们抓住就打的。苕子颠不能吃，你们为什么要来抢苕子颠？吃了头昏的，那比打一顿还难受。”

伢崽子在牛的屁股上拍了一把，没回话就跑了。他看见牛把那女伢拽拖而去。女伢用那忐忑而惶恐的颤音唱了起来：

两个枕头两头丢，
养的儿子像泥鳅；
四只角上放桂圆，
养的儿子当知县；
里边外边放枣子，
养的儿子像老子；
枕头里面放白玉，
养的儿子做皇帝……

那声音水似的，流到这荒坡湖边的每一个旮旯，摇晃着那些小树和野草。就在这时天空里忽然钻出一片阳光，顿时将这雾霭沉沉的大地洗得金黄发亮，伢崽子看到了那波浪一样层层向他涌来的紫色，真是一望无涯啊，紫色的苕子花招蜂引蝶，脉脉含情，数百只酒鬼鸟像从土里钻出似的，一下聚集在这紫色花地的上空，它们舒展雪白的羽裘，通红的眼喙和脚爪，异常激动地叫“酒——酒——酒——”。

真是醉人的时刻，盛世的景色，梦境般地绚丽。伢崽子看呆了，什么都忘了，不顾一切地冲向那紫色的云彩间，他匍匐在地，捋下一把绿色的草颠和着紫色的花蕾，全部塞进嘴里，连嚼带咽。一股苦涩中带着清香的滋味一下弥漫了他的全身。他不捋了，就那么啃，用嘴巴下手，牛一样地偷袭。那休眠的喉管不由痉挛起来，似乎越变越细，他的两腮已经鼓出来了。这时，一条木棒朝他的腰际杀来，他的头脚采莲船一样地两头一翘，腰就歪斜了。接着头上又一捧。哪是棒，是枪托。还有两个蛇洞般的枪口对着他。

你小抢犯!

伢崽子眼前模糊了又清晰，清晰了又模糊，有一边眼里全是红色，眼前整个紫色的地毡通红如霞。有血，血从头发缝里流出来了。他想哭，他想骂，可他满口的苕子颠舍不得吐出来，他的手护着头，嘴里还在不停地嚼，不停地咽。

紫色的苕子花粉和红色的血把他脸上、胸前涂得花一块白一块了，他的嘴角还伸出些卷须似的苕子颠，他仰起脖子伸出了被草汁染绿的牙齿，用愤怒而无望的尖声大喊：

“老子是黄七头的儿子，你们不过河的，你们过河老子用桨劈死你们!”

“老子是黄七头的儿子，你们不过河的，你们过河老子用桨劈死你们!”

“你们小心些，老子是黄七头的儿子，你们哪天过河，老子用桨劈死你们，劈死你们!……”

他一路叫骂到家里，骂了二十里地。

五

癞子黄七头再一次把伢崽子赶出门，是因为学校要开除他。这伢已经被护粮民兵抓到过好多回了，有一次还偷了他们的枪丢进粪坑里。

“我把这讨债鬼过继给你吧。”黄七头到他妹妹黄四妹家中去给她求情。“这伢生就是湖南强盗的崽。”他说。

黄四妹赶快拦住他说：“这话别当着伢子的面说，他是你的儿，他还是哪个的儿呢，都成人了，你还这么外心。”

“我养不活他了，他尽给我气受，我还得喂他的那张嘴，哪天能到头呀!”

“那就接给我，要死大家一起死，死哪个都不公平。”黄四妹说。

黄四妹虽然能干，可是有五个伢，男男女女挤作一堆，在堤下街口摆了个茶水摊，还卖点儿姜糖、甘蔗之类。她丈夫过去在搬运站扛包，后来闪了腰，又患上了哮喘，就只好给下河扛包的人发竹签。

黄四妹给学校校长送了一包姜糖和两根甘蔗，伢崽子就又能上学了。

伢崽子放学回来，黄七头就给他的衣裳鞋袜打好了包。

“你给你姑姑做儿子去。”

他姑姑黄四妹迈着矮小的步子钻进这黑咕隆咚的茅屋，茅屋里一股狗皮膏药的气味。那从卫生所赊来的膏药盖满了黄七头的四肢。

还有一种煤油的气味，那是每天伢崽子用来给他爹洗膏药残迹的。膏药是用桐油、铅丹和一些扯得下皮肉来的东西熬制的，沥青一样难洗。每天伢崽子就端着碗，用布筋蘸上煤油给黄七头刮洗。现在，黄七头不让他干了，黄七头要把他赶到另一家屋里去。这黄七头，这癞子！

“喂，问你哪，你愿意跟哥哥姐姐们睡吗，也就是三人睡一张床，你爹的这身病也不能怪他了。”

他未来的妈黄四妹问他。她看他夹着几本破破烂烂的书和一支铅笔站在窗户那儿，直愣愣地如一截木头左右不说话，粗大的眉眼和粗大的鼻子，还有那抿着的下嘴唇给人懵懵懂懂又倔强的印象。黄四妹觉得这伢可怜，就哭起来了，这伢可爱，可怜，的的确确的。这早产的伢，天大的命，天大的福，不知道自己的亲爹娘是哪个呢，嘬百家的奶捡的一条命，命也苦。既是天大的命，就有天大的福，黄四妹信这个。哥一身的病，养不了他，我养便是了。

“跟我走吧，伢，不说话就是应了。走还是不走呢？”

伢崽子——他叫黄良富，从床头拿上他爹癞子黄七头给他打好的包裹，低着头先迈出了这天天穿进穿出的家门。这时候正近黄昏，门楣上一个土砖缝里的蝙蝠一只接一只地飞出来了，它们要去觅食蚊虫。那扑棱棱的翅膀每天都在黄昏里亲切地响起。伢崽子曾与它们亲密无间，小镇上空的蝙蝠群，他能清楚地辨认出哪几只是他家门楣上的。从它们吱吱的叫声中也听得出来。

伢崽子要跟他的姑爹姓潘了，姑爹笑着对伢崽子说，跟我姓潘，就有得薯根吃。闪了腰而哮喘的新爹，喘得两只鼻孔又阔又大，颧骨要刺破青天的样子，他听姑妈的。去他家的那一天，伢崽子——现在叫潘良富了——一口气就喝了三碗薯根蛐蛐菜粥，他的那五个兄弟姊妹，都空着碗提着筷子看他抢食，新妈黄四妹说：“让潘良富吃饱。”在新妈的怂恿下，伢崽子就添了三碗，在添第四碗的时候，锅里已经见底了。他的两个哥哥就在桌子旁瞪着仇恨的眼睛谋划着怎样在晚上算计他。这一天晚上，喝了太多稀粥的伢崽子在第二次起夜的时候，一只癞蛤蟆从夜壶里窜出来，一口咬住了他的鸡鸡。

伢崽子每天放学后，要捡两篮子柴火才有饭吃。

他一般是到河边去捡浪渣，但他不到渡口去捡，他走很远。他想躲开将他过继给人的癞子黄七头。

这是一个懒洋洋的五月的傍晚，小镇的上空织满了黑压压的蝙蝠。伢崽子提了一篮柴火从河坎下爬上河滩。在广大的河滩上，他发现癞子黄七头正在一块洼地里挖沙。黄七头穿着一件破旧的褂子，一只脚有些使不上劲儿；他把一大片河滩都挖翻过来了，挖出的沙土培成很高很长的埂子。然后挑着箢箕到远处的土坎上挖来一担黄土倒在沙坑里。

看起来，黄七头做这个事已经做了很久了。他倒了一担黄土垫在沙坑之后，用箢箕擀平，抬起头来时，看到了螳螂颈的伢，在暮霞的余晖中头发像一蓬柞刺，眼珠子直勾勾地瞪着他，臂弯挽着一个沉甸甸的船形篮子。

"伢崽子！"

黄七头惊喜地笑起来了，他的笑声有点吃力，疙疙瘩瘩的。

"是你姑爹让你捡柴火是啵？他打不打你？你没吃是啵？你不管我了，你不管你爹了。"

黄七头一个人自顾着连珠炮地说话，气呼呼地掘土，也不管伢崽子回不回答。

伢崽子不回答，黄七头知道这伢是个闷火虫，见了皇帝都不想搭理的家伙，加上恨他呢。

"我开荒，伢崽子，我种谷子，咱们秋后就有谷吃了，我要你回来的，我晓得你恨我，我赶你出去的。我再不赶你了，我们要自力更生奋发图强。你不恨我，恨苏修，咱们都恨苏修。食品收购站老岳说，咱们这儿收了运过去给苏修还债的鸡蛋，他用筛子筛，小一点儿的鸡蛋他都不要，筛下来的就打碎了倒进黑龙江里。"

黄七头举起镬头费劲地开垦起河滩。

伢崽子又回来了，又成了黄良富。

于是一老一少的身影就出现在河滩上，从傍晚到深夜，这两个人，年少的拉着犁，年长的扶着犁，或者年长的拉着犁，年少的扶着犁。一直到垫出的黄土不再从沙底渗水，他们便开始耕耘、上肥，扑哧扑哧的泥水在脚下响着希望。

伢崽子回来了，他说。他头上的癞疤因为兴奋而放光。他摸着伢崽子的头，伢崽子又回来了！他站在自家门口的几棵野蓖麻旁龇着满口的烟牙齿，呵呵地笑着。他的脚上还沾着牛粪。他摆渡到湖南那边之后，就去寻堤坡上的牛粪，寻了一担牛粪，候渡的有了两三个，便将臭熏熏、热腾腾的牛粪放在船尾，将过渡人划过来，然后挑上牛粪直奔河滩的谷田。这光秃秃的、火炕火燎的河滩，突然有一天长出了一块绿色，老远就能看到。又突然有一天，谷子就金黄地唱了起来，在月光下沙沙沙地歌唱着，羞怯地歌唱，热烈地显示着。那分明是滋养生命的圣餐！

六

黄七头终于没能逃过这一生该有的报应劫难，是在丙午年十一月的某一天早上。这小镇往西北方向两里路边处，有一座县委党校，这一年“文化大革命”爆发以后，县里揪来的走资派和一些五类分子都关在党校办学习班，交代问题。当年的轩辕队长，如今停职反省的公安局轩辕局长，其中报复手下革命战士将某夫妇投入冤狱之事，给揭发出来了。但轩辕局长却死咬着那对夫妇是擅自离队，公报私仇。这是一个没有证人的阴谋，虽然对他施以了酷刑，三天三夜的车轮战，他也不肯承认。他知道，不承认是最狠的，这是胜利的法宝。重新审查那对夫妇的档案时，证实了那张“鄂西农民银行”的一元钞票背面的那行字，为暗杀队女队员的字迹。奇怪的是，在他们的交代材料里，都没有提到去“公报私仇”——轩辕队长给定的罪名——的仇人的名字，但这个“黄七头”引起了注意，轩辕队长守口如瓶，说并不知道黄七头是谁。“这事还是让世人彻底忘记的好。”轩辕局长就是这么想的，再扯出一个黄七头来，事情就会更麻烦。“我并不知道他们要杀的土匪是哪个，肯定不在我们暗杀的名单中。”轩辕局长对天发誓。那时他的腿已经被打得稀烂了，红肿、溃脓，还没人给他治。拷问他的人并不想深究哪个是黄七头，也不想为冤死的女暗杀队队员寻找遗子。

这个天天传来号叫嘶喊的县委党校学习班里，经常有人受不了跑出去投河自杀。

这一天传来商业局的易局长投水的消息，学习班一个满脸黑胡子的负责人来到关押轩辕局长的仓库，丢给他一根拐杖，要他去河边验尸。轩辕局长在公安部门干过多年，知晓对死者死因的技术鉴定，是否自杀或他杀。不过今天仅仅是走个过场而已。一般都是自杀，不会有什么他杀，因而这些人都是“自绝于党，自绝于人民”“死有余辜”“死后喂狗，狗还嫌臭”。也因此学习班的人摆脱了干系，是他们自己“活得不耐烦了”。

轩辕局长挪动着疼痛难忍的一双脚，被看守人员押往河边。昔日浑黄的河水已经开始青碧了，绕着寂寞的弯子流向西南的深秋里去。河滩上大片的芦苇眨眼间就满头白发，它们的花穗在这料峭的早晨漫天飞舞，简直挟带着愤怒。从那芦花中闪出一群算命鸟，栗褐色的精灵如一阵土块砸向天空，它们“劈——劈——劈”的凄叫，给这河滩和河水增添了几分绝望的温暖，让人恍然无措。

易局长的尸首还没有捞上来，从镇上请来的一些船，有下网捞的，有施滚钩的，也有用勾篙钩戳的。在这些捞尸的船客中，轩辕局长看见了一个熟悉的脑袋，几缕稀拉的黄发栽在满是亮疤的头上。这就是黄七头，不过他的大名叫黄德春。当初暗杀队留下他，的确因为他不过是个从犯，加上他机灵地逃脱了，退隐到这湘鄂界河的小码头以摆渡为生，不再从恶。暗杀队几起几落也没顾着追杀他。没想到在进城的最后关头，远在百多里之外的黄七头，成了轩辕队长翦除异己的工具，成全了他的心事。黄七头对这一切都蒙在鼓中，然而冤家路窄，就在又一次差一点儿逃脱的关口，他又一次成了这位轩辕局长手中的牌。

黄七头并不认识他。

尸体打捞上来了，黄七头他们将死人抬上岸来，昔日红光满面的人，已经惨白得像一堆见水的馍馍，似乎一碰即碎。

轩辕局长捋了一下死者湿漉漉的棕色毛衣，验看了一下胸腹，想去捋绒裤时，因水湿后贴得太紧，颈部头部并没有钝器所伤的伤痕和绳子的勒痕，但被滚钩刺穿的伤口比比皆是，皮肉外翻，一只右耳已被挂得稀烂，抑或是被饿鱼所噬。

负责捞尸的黑胡子这时要几个船客去掰开死者的嘴用棍子掏嘴里的泥沙，也让轩辕局长看看嘴里以及七窍有什么异样。

多发两个包子。黑胡子诱惑说。

黄七头从退缩的船客堆里站了出来，蹲下身去，用两只手的大拇指和食指从死者的上下唇齿间使力，掰出一条缝来，塞进棍子去撬。死者紧紧咬着的悲愤的牙齿就被黄七头残忍地撬开了。

在死者的嘴里和鼻子里挖出了一大堆沙子，鼻孔的沙呈黑铁色，是呛血所渗。

不愧是土匪，轩辕局长盯着癞子黄七头沉稳地做这一切，一双手连颤都不颤一下。

当黑胡子递给他一张什么字纸签字时，他胡乱地在上面写下了自己的名字。这一切都是心不在焉的敷衍。他想到的是自己的断腿，腿已经变黑了，他不能失去腿。腿，黄七头，他把它们联系起来。

黑胡子在给捞尸的船客发腌菜包子。黄七头发了六个，其他人只发了四个。黄七头乐呵呵地捧着六个黑乎乎的腌菜包子离开河滩上船去了，拄着拐杖的轩辕局长目送他，那松弛的颞颥痉挛着笑了一下，笑意闪电一样匆匆离去，他没让它停留在脸上。

一辆牛车过来，死者被扔在牛车上，赶车的人打响鞭子，牛哞叫起来，一时间，太阳钻出了浓云，把正在飞舞的点点芦花染成金色，金秋恢复了它辉煌的本相。两道泥泞的车辙也变得生机无限起来。

“如果我说出黄七头来，你们准许我去荆州治腿吗？”回去后轩辕局长对看管他的人说。他说：“我帮你们深挖细找一个敌人。”

抓他的人同意了他的条件，他们允许了轩辕局长去荆州医院医治开始坏死的腿脚。

七

伢崽子衣衫褴褛地从九江回来，才知他的父亲癞子黄七头被批斗的事。

他是与镇上的一群红卫兵去井冈山串联的，同行的有他的表姐潘小玲。他们步行到汉口后，乘搭了一艘名叫“东方红”的小客轮。这两层的客轮挤上了几千名红卫兵，大家喘气不得，动弹不得，船吭哧吭哧地开出去几小时之后，大江入夜，寒气侵人，同镇的一个岳姓女孩突然疯了，紧接着又疯了两个，这两个当中，就有伢崽子的表姐潘小玲。立马，疯病像疟疾一样快速地在这条船上蔓延，而且全是女性，有三十多个人，这些疯掉的女孩们，谁拉都拉不住，有两位坠江身亡。船拼命地开到九江，这三十多个女孩被送往九江医院，给她们注射镇静剂。伢崽子和镇上的同伴们只好改变了先井冈山再北京的行程，几人挟着一个疯女子，一路爬车、步行，疲惫地回到了小镇。他的姑姑黄四妹看着自己如花似玉的女儿回来时已经双目神散、满头油虱、臭不可闻，哭得气噎。

黄七头是土匪，是那种杀人如麻、心如蛇蝎的土匪。这不仅让伢崽子接受不了，也让他的姑姑黄四妹接受不了。“我们黄家造了什么孽哟！”黄四妹终日哭哭啼啼，面对着疯癫的女儿和时常被拉出去批斗的哥哥，短短的日子，似乎各种厄运都往这清静脆弱的小镇人头上降临。

早晨起来，黄七头就翻箱倒柜地寻找他的那件土布白褂子。

早晨很早，窗外的樟树叶子还没有发出那种准备承受太阳的喜悦的嫩绿色，河滩的鹳鸟还只是在清理嗓子，吐出它们在夜露风寒中最后的呓语。伢崽子在被窝里睁着两只惶恐的眼睛，看着癞子黄七头寻物的身影在屋里移动，并听他手下发出的故意克制的响声。

他知道弄醒了伢崽子，歉意地用小声说："他们让我穿白褂子。唉！"

后来，他索性就点起了煤油灯，这样，木箱里破烂杂驳的衣裳就能看清了。乌黑的灯罩子发出的光从黄七头的下颏那儿射出来，使黄七头的脸上层峦叠嶂，那稀瘦的胡子、眉毛、粗大的鼻孔和一棱棱车辙般的皱纹，都给放大了，并透出一种僵死的颜色，像河滩冬日的硬泥与浪渣，被岁月丢弃的废物，可怜，哀伤，不值得怜惜。

"他们硬要我穿白褂子。"他一个人在那儿絮叨。

他穿上了那件白褂子，衣领已经烂了，毛刺呼啦的；他把它穿在棉背心外面。天气已经有些冷了，他们干吗让他穿白褂子呢？

然后他就去洗脸。他从缸里舀水，倒进木盆，拧毛巾。然后他又刷锅，点火。

然后，他就进房来说："伢崽子，饭我给你热在锅里了。"

然后带门，沉重的脚步声消失在河堤上。

爹黄七头要去接受批斗。

伢崽子起床后吃了一碗剩饭就去河滩。

他再也不敢去街上了，他害怕看见人，看见熟人。如果见了，他会突然加速飞跑，他跑得比兔子还快。

河滩永远是那么一副老样子，河水夹在湘鄂两堤的裆里，呼里哗啦地流走了，让河滩上的草绿草枯，让淤泥变成沙子，风吹来的时候，满眼都是云母细碎的光；无家可归的算命鸟、山和尚和池鹭唧唧喳喳地发着怨气，河螃蟹瘦骨嶙峋地拼命挖洞，然后藏身其间，露出两粒小眼睛幸灾乐祸地看着波飞浪卷，舟摧楫折。伢崽子踩着半干半湿的泥沙，在河边漫无目的地走着，寻找着许多年前被掩埋现在又给潮汛淘出的铜钱、铜板和子弹壳。也用那些瓦片打漂漂、砸鸟。

他回到屋里挑水、做饭，之后他的爹黄七头也回来了。他看见黄七头时，黄七头早晨穿出去的白褂子已经涂得一塌糊涂。

黄七头的腰伛得很低，他是害怕人看到那胸前的大字。他一回来就想藏在暗处，他朝伢崽子笑笑，却并不去脱掉那件污脏的褂子。他到床头卷了支烟抽，又从灯盏里倒出一点儿煤油，捋起裤腿，用煤油去擦膝盖。他的关节炎可能又犯了，没有钱买膏药。

黄七头自批斗后露出满脸的歉意，对伢崽子总是欲言又止，好像有什么话要讲的。镇上的人见了伢崽子，也是有什么话要讲的样子，但又都躲着他。他杀了什么？他杀了谁？他曾经疯狂地杀过人吗，杀红了眼，见人就杀？他是土匪中的什么头目？动不动就强奸民女？他歪戴着帽子斜背着枪，对他的上司喊二爷？他偷鸡吃，丢字喊款？像湘鄂边界那些暴虐的土匪，谁不合他的心意便把谁踩进湖底？他们家有金银财宝无数，洋钱一罐罐地埋在自家檐前，穿的是绫罗绸缎，吃的是人参燕窝？

伢崽子年岁也不小了，长出了喉鹅包，两个鼻孔充满了朝气，虽然个子小点，但四肢有力，从小黄七头给他吃的野鸭，都长成了力气。他知晓这世道的事情了。他不说话，不能证明他心中无话，他在探究这突发的一切，他为何倏然成了土匪的儿子？

爹黄七头头上的癞疤越来越黯，当他操刀准备饭食时切菜的手格外小心翼翼；只要拿到锋锐的器物，他都想避开伢崽子，便尽量使这些铁器的声音小些，害怕伢崽听见似的。他穿着那件涂有大字的褂子，就为这，涂“黑心”和“杀人狂”大字的褂子，他是杀人狂，他拿菜刀不是切菜的，是割人颈的。

黄七头给镇上的一个头头戴孝，这是伢崽子第一次看见他的爹在坏人堆里可怜兮兮。他是被一阵震耳的鞭炮声吸引出去的。他趁没人，爬到堤上牲猪行的穿架子屋顶。那是一个奇怪的葬礼，数杆旗引路，许多人抬着通红的棺材。有二十多人，头上顶着印着字的麻袋，走几步就转过身跪下来。而这时大红棺材就搁在两条凳子上，鞭炮也就响起了。伢崽子认识的有瘸腿的熊右派，有做小老婆的邹阿飞，有鲍医生，有谢麻子，竹木社的梁社长，有小学的郭校长、他的爹土匪黄七头。几个人预先弄来了几筐牛粪，在送葬队伍的前头不远，将牛粪倒在石板路上，旗刚过，喊丧的敲锣人就将红棺木停了，刚刚跨过牛粪的人，转过身就只好往牛粪中跪。这时锣便更嘶哑地响起了，爆竹在牛粪里爆炸，人群中有人喊起了口号：

敌人一天天烂下去，我们一天天好起来！

接着就唱起了歌：人总是要死的，但死的意义不同，为人民利益而死，就比泰山还重。

伢崽子看见他的土匪爹跪在牛粪里，屁股撅得高高的，那涂满黑字的白褂子也污了一坨坨的牛粪。他跟那些坏人一起一拜，二拜，三拜。伢崽子看不见他爹黄七头的脸，只是那二十多个麻袋的尖角，齐崭崭地起来又伏地，起来又伏地，而去坟山的路上，还有人在倒着牛粪。

伢崽子溜下屋顶就跑了，他没命地在没人的堤上跑，又沿着河边食品站长长的围墙跑。那里有一丛丛的火棘，通红通红的火棘，在他的眼里恍然燃烧，燃烧成巨大的棺材，噼噼剥剥，烈焰腾空。

天黑的时候，黄七头回来了，他这下脱掉了白褂子，脱掉了裤子。他一身臭熏熏的，他悄没声息地进屋，但是牛粪的臭味和乱葬岗子的阴惨气息就全给带进来了。

他的关节肿大得非常厉害，积水。他回来后没有说话，卷了个烟卷，抽一口，呻吟一声。那种呻吟，就像被人打了的野狗，唯恐再被人发现的低低呻吟，无处诉说和安抚的呻吟。

“我给你弄饭吃吗？”他后来说。

伢崽子躺在床上，没吭声。连眼皮都没动一下，其实他什么都看在眼里了。

“他们说，发两个馒头的。”黄七头说。

但是没有馒头，他的手上空空，只有两手牛屎。

他好像去袋子里抓米，那儿还有一些米。他把米抓到瓦盆里，抓了稀稀的几把。他迈步的样子让人见了也痛苦万分。

他去缸里舀水淘米。然而缸里没水，一点儿水都没有。

他把伛着的腰伸起来，腰还是半伛着，他的手迟疑地停在缸沿上，然后缓缓转过头来对着伢崽子。

好半天，他才说：“你恨我吧？你都晓得了？他们都告诉你了，都传到你耳朵里了？我不是你的爹，我不配做你的爹！我一把屎一把尿把你养大，我还不是你的爹，你爹是有能耐的人！你去找你的爹！你走，省得难受！走哇，哪个拦你了，你走哇！”

这个驾船的人，这个摆渡的人，他摇桨的膀子好有力，他真是土匪的架势，他把盆里的米都撒泼了，他在那儿突然吼起来，他脾气凶狠的话让伢崽子听得寒毛倒竖，头发也一根根直立起来，并且在油灯的光线里闪着绿森森的疑惑。

八

通往湖南的路当然是从对岸的塘嘴那儿出发。

渡口已经换了一个姓杨的老头。癞子黄七头的小船被经常命令去县城往镇上运红书和药品。黄七头的腿关节因严重积水，只好坐在一个高凳子上划桨。

通往湖南的路由许多湖埂和荒苇组成，由许多沼泽、湿地组成。长脚秧鸡拖着响亮的叫声窜在荇藻深处，一群瘦骨伶仃的骗子鸭在狠斗一只黑鹳，两条竹竿一样青翠的大蛇盘缠在一棵死柳上，抢夺着一只铜嘴八哥的血肉，银灰色的羽毛被它们撕扯得到处飞扬。天空一碧如洗，湖风摇曳生醉。行走在这自然界互不相容的美景中，在去寻找探望生父的路上，他心里一片空白，好像过去生活的一切都不算数，都恍若梦中，人生从现在起得从头再来。

越往前走，风景越陌生，胆子越怯小，犹如做贼似的。

农舍有了炊烟，那是外省的炊烟，还有外省的狗叫、鸡鸣，缠着青帕的田佬肩背长锹，吸着烟匆匆走过，墙上到处是标语、语录和画像。河中浅浅的水，河边高高的水车，四平八稳地转动着，带起粼粼的水波；青瓦、泥房、小院落，禾场和藕塘。这都是湖南的。伢崽子有了一丝亲切感，好像他在这儿生活过，现在是返乡，回家。

这个个子不高的十七岁小青年，东张西望，退着走路，缩着酸酸的鼻子，拖着瓦口鞋，直往一个叫袁家塆的小村子走去。它在山中，在一个楠竹千竿的坳子里。

楠竹太高了，林中的斑鸠以迷失的叫声寻找躲藏的同类。那儿没有太阳，地衣溜滑，阴潮的气息把人浸得直打寒战。

怎么啦？越走寒战越烈，这不像是去见生父，倒像是去做贼似的。太陌生了，他企图使眼前的一切亲近起来，然而心却畏退到很远。他几乎是从荒草中走近那座土屋的，他看见了倒塌的院墙，绿莠子和野蒿扑打着那雕刻复杂但已腐烂黯淡的窗棂，野物在草丛里簌簌地窜动。

没有人吗？他想，也许没有人，那个人已经走了。那个人不存在，那个人死掉了。那个人在竹篁深处挖笋，或是背着犁耙卷起裤腿在秧风中走向湖田深处。那个人，他要见到的人，或者是满脸的霸气，带穗子的驳壳枪挂在墙上，打着绑腿走天下，以溪水洗脸，以山歌润喉；乔装打扮，摸进熙熙攘攘的城里，丝绸褂子，墨丝眼镜，一声枪响，满街苹果乱滚，鸡飞狗跳。

他推开了门，在空旷的屋子里，他看见了一张桌子、一个锡壶、一盏乌黑的破损马灯；他还看见了高高的横梁上面吊着装有蒜头的竹篮，蒜头的梗子干枯得像一些稻草。他看见了一张床，床在里面幽暗的偏厦中。他看见了床底的一把夜壶；一张低矮的凳子和两个扣着的碗，一个瓶子中插着的一双筷子，一张耷下一只角的画像，一双帮口低矮的布鞋，一个像冬天笋衣的瘦人。那人望着伢崽子放进来的阳光和空气，胡碴子像苍耳上的毛刺在他的脸上蠕动着。那人动了动腿，他的那一双因股骨头无菌性坏死的腿早就不管用了，在被子里曲张了一下。因咳嗽而打出的一个断断续续的嗝儿，奋力地压缩着胸膛的废气，被野草和苔藓包围的废气。就好像是一次漫长谈话中间的一段，这个人一点儿都不显得落寞和可怜，面对着这个陌生的青年也不惊讶。

“我的腿不行了，我的腿完全不行了。”他说。

“你来了，唔，唉，你来不来都一样了。你应该到你妈的坟头上看看。把你丢下了，你活下来，她倒死了。”他说。

“你想吃东西吗？你把碗揭开吃吧。”他用嘴努了努。

伢崽子才发觉自己饿极了，饿的感觉突然回到脑海里，他上去揭开碗。

那里有两个蒸熟的干红薯，鲜红的熟皮勾起了他万般欲念。他抓起一个就往口里塞去；他吃了两口就噎住了，好像有人要把他憋死似的；他的脖子拉长了一倍，像鹤颈一样，他翻着白眼，直瞪瞪地盯着床上的那个活鬼。

他的喉咙接着发出了鸡瘟似的打鸣声。他到缸里去找水。他闻到缸里的一股塘水臭味。他顾不了那么多，用葫芦瓢舀了一瓢就猛喝起来。噎着的红薯终于慢慢地滑进胃里。

他三下两下就消灭掉了那个红薯。他还想吃另一个，他舔着嘴唇，意犹未尽地看着碗里。

“吃吧，吃吧。”他的生父说。

伢崽子迅雷不及掩耳地抓到了碗里的另一个，也是最后一个，生怕别人夺走似的，急不可耐地塞进嘴里，想用宽大的嘴巴来保卫这比糖还甜还软绵的红薯。

“黄癞子把你养着，那就让他养着。我的骨头坏死了，我养不活你。你来了，再不回湖北去了吗？留在我屋里？黄癞子欠我全家的血债，你不想杀了他吗？黄癞子是‘堂客’，我命令你今天晚上子时把他做了。”

这个老暗杀队队员从他锈涩的牙缝里蹦出来这些话，他可能又回到了十多年以前，在无数个月黑风高的晚上，怀揣着寻求正义的仇恨，大义凛然，慷慨前行。

老暗杀队员在门隙的阳光渐渐阴沉下去时，忽然又说，借刀杀人的人也多啊。我现在不过像一只杜鹃鸟，借仇人的窝来孵你这只崽啊！

伢崽子看到眼前的这个活鬼又在床上恢复了他的本相，他不再吭声，也不再动弹，像鼓起的皮球一下瘪了下去。在那床黑乎乎的被子下，就像捂着一张芭蕉叶子，一张枯萎的、没有体积的芭蕉叶。

伢崽子惶恐地环视四周，似乎都没有人的气息，风在一些空空的瓦罐里发出荒凉的嚣声，紧接着，那嚣声越来越大，差不多要把耳膜震破了。伢崽子再也不能忍受，双手捂着耳朵就向外跑去。

外面青绿的风，青绿的野草和天空。他站在野草丛中，他定了定神，让自己的头与脚找到实处。

“喂，你是湘鄂边区暗杀队的吗？你说，你是暗杀队员？”

没有回答。只有山坳里高大的楠竹林在怒号，在帮着他可着喉咙询问。

“你说，你交给了我任务？你说，小鬼，仗总是有的打？”

没有回声。

伢崽子像逃离坟窟一样狂奔起来。

九

伢崽子的心里好像烧着了火，喉管呼呼地往外冒烈焰。他跑到塘嘴渡口时，没呼唤船，就一头扎进了河里。

水强行熄灭他心里的火头，不让它蔓延，烧掉自己的眼睛、嘴巴和眉毛。恶魔在身后追赶他，梦魇一样的挣扎使他想拼命恢复明亮的意识。他从水里落汤鸡一样爬上河滩时，听见了街上的一阵叫喊声和骚动。

“抢枪啊！抢枪去啊！”

伢崽子马上随着许多人往镇上的武装部跑，那儿开始抢枪了。枪是好东西，枪能杀人。他需要枪，那小时候玩过的猎枪，啪的一下，冷管变成热管，鲜活的生灵霎时间就扑腾翅膀，魂飞魄散。

武装部在堤脚的一座小庙里。从四面八方赶来的人中，伢崽子看他们肩上的红袖章，有“驱虎豹兵团”的，有“征腐恶”的，这是镇上最大的两个兵团，还有一些“换新天”“农奴戟”“万丈长缨”，都是很少很少的散兵游勇，不成气候，没有文化；“农奴戟”是铁木社几个黑鼻子铁匠组织的，“万丈长缨”是裁缝铺的残疾裁工们弄的。他还看到卫生所“送瘟神”的陈医生也来了，他是抓药的，手中还拿着捣药的药杵。

庙门太小，抢枪的人太多，前面的人有的给挤倒了，成了后来者的垫脚石，被踩得哇哇大叫；抢到枪的也在往外挤，并高举起枪咆哮着喊，小心老子开枪！堵在门外的却针锋相对，杀出一条血路！冲啊！

伢崽子矮小的身材这时异常机灵。他顺着墙壁往门口挤，从人的腿缝里钻了进去。

枪都放在两张木板床上，抢枪的人围成了两堆。伢崽子先是靠近一个黄桶去抢子弹，各种各样黄灿灿的子弹，他伸进手去抓了两把装进荷包里，再去伸手手就没处可伸了，围上去的人里外几层。他在地上又捡了几颗散落的子弹，就看见两堆抢枪的都是几个人争一杆枪；有的是长枪，有的是短枪。那些人各抓着枪的部位喊着，骂着，拽着；各派的援助各派。持有短枪的倒提着枪猛击对方的脑袋。许许多多的军帽被人抢了，有的连头发也被抓去了，头上血肉模糊。

打！打他个兔崽子！

伢崽子在人堆里被拥挤着，推搡着，碰着他鼻子的都是发馊的一张张汗背。他挤不进去，他抢不了。他感觉脚下有东西硌了他一下。那不是砖头，是枪。他踩出了枪的形状，是一只手枪。

于是，他用背、用肘抵着别人，终于蹲下身子去，用手摸到了那个东西，真是枪。他抓住了它，然后把它悄悄地插进裤腰里。然后，他想赶快离开这个要把人轧扁的地方，他紧跟着几个手持长枪的大汉往外挤，终于挤了出来。

“枪，我有枪了！”他说。他站在河堤上手举着那把手枪，用小指头塞进枪把上的小铁环里面，然后在手上转着圈儿。这把闪着白金一样光泽的勃朗宁大威力手枪，清晰地刻着“中华民国制造”六个大字。他拉出弹匣，从荷包里掏出子弹，选择着填进去。

子弹不是太大就是太小。他把荷包全翻出来，也没找到一颗合适的。只好填进了八颗小子弹，推上弹匣。那子弹在枪里面发出低沉的碰撞声。

他握着枪，身上不由打了一个深深的寒噤，才发觉自己全身还是湿漉漉的。于是，他猛然想起了这一天经过的一切。漫长的芦苇路、野草遮没的小屋、活鬼一样的生父、冷冰冰的蒸红薯……

我在这儿干什么呀，我要杀人！我要杀他个人仰马翻！

他冲下河堤，冲上河滩，他要寻找力量来抵御这将人埋进十八层地狱的寒冷。他眼睛充血，两只耳朵也涨得通红，眉毛像愤怒的刺猬。他搜索的目标终于出现了。与那手枪的缺口和准星在一条线上。那是癞子黄七头。

黄七头的船从河湾拐过来了，他的膝盖因为积水而坐在一个高凳上划船。

他的船是准备靠岸的，但是伢崽子狂奔过去，刹住脚，他的一只脚已经站在水边的软泥里了，差一点儿就冲进了河里。

“不许停，往前面划！划呀，划呀！”

黄七头看见了岸边的这个人，这人双手握着一把他并不陌生的手枪，那是真正的手枪！这人惊恐万分地向他举着枪，用枪指挥他向前划船，不准他靠近岸坎。这人后退到高坎上，踩着沙岸一脚一脚地陷塌。这人站上去了，居高临下地朝他怒吼：

“划呀，划！黑心的杀人犯，我一枪毙了你！杀我全家的杀人犯！”

这人是伢崽子，他是去了湖南，想瞒住的事瞒不住了，昨天是儿子，今日是仇人。然而他不知道镇上发生了什么，他手上的枪是从哪儿来的。

“划呀，划呀！快点划！”

划了整整一天的癞子黄七头早就耗尽了力气，他得赶紧划，有枪点着他。

“我划，我划。”

那两片沉重的桨在水里打出慌乱的声音。他的嘴角快要拉到下巴那儿来了，他快哭起来了。他的双手完全麻木了，腹内的所有器官都扯得生疼，身子前倾着机械地推桨。

“划！快划！不许停！”

这么划要划向哪儿呢？催逼的声音如狼似虎，没一点儿软下来的意思。已经划离了小镇，划到一片开阔的河滩，四野铅云低垂，一排斑头雁从天空飞过，发出不安的唳叫。

黄七头的船舱里，是三尊从县里给镇上请回的瓷像，瓷像在摇晃、颠簸着，时常有船头溅起的水洒在上面。

伢崽子是在某一个时刻定眼看到瓷像的，他的眼睛被烈火烧灼了，什么都看不到。当他发现枪对准那几个瓷像时，他的意识一下清楚了。他握枪的手不自觉地垂了下来，脚步也停住了。黄七头发现岸上没有了呵斥声，扭过头一看，伢崽子呆站在那儿了，雷打痴了一样，枪口朝下。黄七头这下也突然感到浑身的力气都耗尽了，整个人像一摊水似的坍化在舱里，两支桨拖在了两舷，桨桩上的绳套勒着桨把，就像折断的两只翅膀。

陡然，他们听见了枪声。

子弹划过田野的低空时发出“咝儿——咝儿——，啾啾啾——”的怪叫，犹如一张痛苦的嘴巴，哆嗦着、战栗着，一头扎进泥土里。

这是武斗，武斗开始了！“驱虎豹”和“征腐恶”两派已经誓不两立，伢崽子因为土匪黄七头的问题哪一派都不够资格参加，他没想到武斗会这么快，在这个时刻发生了。

“趴下！”

黄七头在喊，黄七头趴在舱里，对着呆呆站在岸上的伢崽子喊。

伢崽子望着枪弹飞来的地方，想看清开仗的人。

四野静悄悄的，几声枪响过后，似乎什么都没发生，连鸟的叫声也没有了。只有空气中柔软的风，在几棵歪柳树的瘦枝条上摇晃。

人都躲着了，都在用子弹试探着。

这时，伢崽子看到有一个人，鬼魂似的飘来，穿一袭白色的衣裙，那是个女的，是他的疯表姐潘小玲！

她像歪柳上的风摇摆着，头发长而零乱，她手拿着一根树枝，口里唱着歌子。她边唱边舞，在田垄里转着圈。她唱的是：飒爽英姿五尺枪，曙光初照演兵场。中华儿女多奇志，不爱红妆爱武装……

她旁若无人地跳着，唱着。她完全暴露在两派埋伏对峙的人的视野里。她的声音清脆、响亮，整个田野都能听见她的歌唱。

伢崽子看着她，看着这位表姐，他看呆了，他想说话，却发不出声，只是张大嘴巴，贪婪地看着她的表演。

“小玲！”她的舅舅黄七头在船上喊，“小玲！”

一颗子弹飞来了，又一颗子弹飞来了，子弹烫灼着这阴沉黏稠的空气，咝咝地乱窜。

潘小玲全然不顾这枪声与他人的呼唤，像一个白色的影子，飘行在田野。她好像什么都听不见。

伢崽子猫着腰，观看着远处模糊的树丛和高地，慢慢向他的表姐跑过去，他想把她拽回来，从这片危险的开阔地拽回河坎。他拨开田埂的野草，手、膝触地，小心地潜行。

然而，还没有挨近表姐，子弹就狠毒地射杀过来了，他清楚地看见表姐的后背上突然溅出鲜红的血水，在那件白衣裙上触目惊心；她的背脊像喷射而出的一朵花，一瞬间开放，一瞬间凋落破碎。然后，歌声戛然而止，她的头晃了几晃，长长的头发两边飘拂了几下，有如马尾悠扬奔放的姿态，也是一瞬间的美影，便一下扑倒在地上。

伢崽子是匍匐着爬到她跟前的。他摸摸她的脸，试试她的鼻息，又在她的胸口摁了摁。

她死了，她的脸白得那么沉静，面带微笑，嘴角似乎还残留着几个未吐出的歌曲的音符。

伢崽想哭，他瞧瞧四周，强忍着不敢哭，整个的脸腮都因为恐惧和惶然扭曲变形了，鼻子酸得好像能捏出一缸子醋来。

黄七头在船舱里看到了这一切，他在枪声过后的短暂沉寂里突然冲天而起，发亮的癞头高竖在船上，像一只秃鹫的头。他正准备高喊什么的时候，子弹顺着他的脑袋而来，他一低头，舱里的一尊瓷像顿时被击中了，一阵碎响，瓷像四分五裂。

有人高声喊了起来。

黄七头上去抱着破碎的瓷像哭喊起来。他爬上岸，高举着那尊面目全非的瓷像，跌跌撞撞地迎向子弹飞来的方向。

这时两派趁天黑之前的一场交火开始了，子弹划着瘆人的光弧，拖着瘆人的嚣声炒豆一样响了起来，两边的人依然伏在各自的掩体里，以枪弹说话。黄七头身中数弹，被打跪下了又爬起来，怀里还是抱着那尊破瓷像。当他几次爬起来之后，那尊瓷像连枪击带摔打，只剩下一块大碎片了。那块白色的锃亮的碎片在一片暮色中尤其耀眼，没有它，伢崽子根本看不到黄七头，就是那一块碎片彻底消失的时候，伢崽子才透过暮霭与硝烟，看见了黄七头扑跌在田沟里，全身痉挛得缩成一团。

十

伢崽子以抢枪乱军的罪名被关押进去的时候，没有谁给他送行。他一个人从那个河滩茅屋给抓走了，然后，门就落锁了。他抽出那把长柄的黄铜钥匙，听见门楣空隙的蝙蝠窝里传来蝙蝠们撕咬的阴暗叫声，有如婴孩的啼哭。

他押上船后行了一段路，他的姑妈黄四妹才出现，跟着船跑，挥手。姑妈挽着猪菜篮子，她可能是刚听人说的。伢崽子双手被反绑着，几个人各拽着他一只肩膀，以防他跳水自杀或逃跑。他这时想到应该把钥匙交给他的姑妈。这房子本来就是姓黄的，他不姓黄了，不叫黄良富。但是他不能动弹，他被按在船舱的柳条椅上，他的视线没能越过船舷，姑妈黄四妹还是半截儿在岸上跑着。他想站起来，押他的人不让他站起来。

伢崽子蹲了一个月黑屋子并且被吊打过几次之后，便进了监狱的一个小玻璃厂，整天鼓着腮吹玻璃瓶子。

这一天，监狱长把他叫了去，说是有人要见他。他跟着监狱长进了办公室，看到有个陌生的中年男人坐在那里，铁黑的脸上没有一丝笑意。他戴着没有帽徽的军帽，身着没有领章的军服，有一只腿的裤管里好像是空的，因为伢崽了发现了那人放在椅子旁的一支拐杖。

那人从纸烟盒里抽出一支新华烟点燃，再抽出一支，隔着桌子递给伢崽子。伢崽子站起来赶快接着。

“嗯，你很像你的妈。不过你这个个头谁都不像；既不像你爹，也不像你妈。”

伢崽子点着的烟没吸，拿在手上，让它燃烧。他很吃惊，这人怎么提他的爹妈呢？

“你是饿狠了。”那人说，“在这儿吃得饱吗？”

伢崽子审视着那人。他看看手上的烟，又看看那人。那人的口气是软和的，面相却极端阴险冷酷。

“你喜欢枪吗？嗯，你喜欢枪，可是你喜欢得不是时候。现在，我想送一把枪给你，因为……因为嘛，我喜欢喜欢枪的伢子。”他说。

伢崽子看那个人从兜里掏出一把枪来，放到桌上，推到伢崽子的面前。

那是一把十七式德国造，很旧的枪，好像生锈了，有缨穗，暗旧的红色。

伢崽子知道自己的罪名，他坐在那里一动不敢动。他以为这人要来捆他了，要折磨他给他上刑。

“你不敢拿吗？这枪不是你抢的，是我送给你的。现在物归原主。这枪是你妈当年用过的。我不过替她保存了几年而已。现在，你可以走了，出去了，回家了，听见了吗？”

伢崽子树桩一样坐在那里。直到那人拄着拐杖过来，将那把枪塞进他的口袋里，直到进来了监狱长，说：“我们轩辕局长亲自来处理你的事，懂吗？”说完，发给了他一张盖有县公安局革命委员会的释放通知书。

剃着光头的伢崽子背着行李卷走出了监狱大门。他走了很远还不敢动一下兜里的那把德国老驳壳枪。

走了很远，他发觉自己不知道往哪儿走。他往哪儿走呢？他这样漫无目的地走着，看天，看地。他走一会儿，歇一会儿。他明白他自己是在沿着一条小河朝南走，朝河的下游走。

有一阵儿船歌飘来，在一个避风的河湾，在许多芦苇的尽头。几个虾子似的船工在拉纤，正向他走来。他们唱的是小调：

拜上姐来拜上乖，
拜上乖乖郎不来，
鹅卵鼓开岔“石”（识）破了，
咸蛋无盐淡了心，
劝姐好好交别人。

劝声郎来劝声哥，

劝哥不要把心多，

你不要浇桶打水听人家“咚”，

楠竹下坡由人家“唆”，

瓦落檐前打破的多……

阴沉沉的天空到处是群鸦的乱叫，渐渐压倒了那在河沿蹒跚匍匐的船歌。

他在抬头端视的那一刻看到了河滩上一溜儿的乱坟，和一块巨大的粗糙的石碑，上写着：

× 年 × 月 × 日武斗死难者之墓

为有牺牲多壮志，敢叫日月换新天

——那里有他的表姐，有他的养父。

他这时才从兜里掏出那把枪来。他端在手上，然后放到鼻子下闻闻，依稀闻到了铁腥味、火药味和一丝微弱的母性的气味。他循着这一丝从历史深罅中透出来的气味去寻找辨认他的亲人，生下他的那个人，曾经在她的暖怀中只待上了片刻；母亲的气息，一个女暗杀队队员的气息，凶狠，但充满柔情，疾恶如仇，对爱情忠贞不贰；痛苦的死亡，永远的冤魂，在另一个世界张大期待的眼睛，看着她无家可归的儿子。

“娘——娘——”

他终于哭着喊了起来。他一手抓住枪头，一手抓住枪柄，使劲地掰，像掰一块瓦似的想把它掰成两截。

他扑在癞子黄七头的坟上，哭着呼唤。那时候没有人，大野低垂，他的声音刺穿所有的云层和空寂，连乌鸦的翅膀也在打战，风东倒西歪，河水流得更加仓皇凶猛。他在黄七头的坟上扒呀扒呀，扒了个大洞，手指都扒出血了。然后他把那支德国撸子埋进洞里，把浮土堆起来。

“娘——娘——”

他的嗓子已经哑了。

十一

镇里的领导给伢崽子两把桨，要他顶他养父的班，划船摆渡。

他一天十几趟来往于湖南湖北之间，像一只蜘蛛，用他的渡船织着无形的网。后来塘嘴那边停止了崩岸，而小镇这边的河沿却出现了大面积坍陷，有五家人家的房子一夜之间就扎进了河心，这五家人家的二十几号人也不知去向，无影无踪了，都是半夜梦中发生的事情。

伢崽子得小心河中的那些墙壁，那些歪斜的院落。不管怎样，河还是那么宽，不过是此消彼长，航道一时间改变，慢慢地就摸熟了，桨声也十分娴静，犹如黄七头当年划桨的姿势，只是少了一杯酒、一个癞头而已。

过了几年，伢崽子再一次顶职——顶他得到改正了的亲生父母的职，到县公安局当了一名警察。不过没多久他就回来了，主要的问题是出现了夜盲症状，医生说他是晚期青光眼，小时候严重的营养不良所致，完全不能胜任警察工作。回来继续干他摆渡的活儿，眼疾也慢慢好了。

在他养父坟上埋下的那支枪，后来长出了笋，长成一蓬箭竹，锐气逼人，绿叶蓊翳。并且在每天傍晚时分散发出一股呛人的火药味。

图书在版编目（CIP）数据

暗杀者的后代 / 陈应松著 . -- 南京 : 江苏凤凰文艺出版社 , 2019.12
（陈应松文集）
ISBN 978-7-5594-4130-0

Ⅰ . ①暗… Ⅱ . ①陈… Ⅲ . ①中篇小说 – 小说集 – 中国 – 当代 Ⅳ . ① I247.5

中国版本图书馆 CIP 数据核字 (2019) 第 231576 号

暗杀者的后代

陈应松 著

出 版 人　张在健
责任编辑　张　倩　王　青
特约编辑　王美元
装帧设计　WONDERLAND Book design 仙境 QQ:344581934
出版发行　江苏凤凰文艺出版社
南京市中央路 165 号，邮编：210009
网　　址　http://www.jswenyi.com
印　　刷　三河市人民印务有限公司
开　　本　650 毫米 ×920 毫米 1/16
印　　张　13.25
字　　数　195 千字
版　　次　2020 年 1 月第 1 版　2020 年 1 月第 1 次印刷
书　　号　ISBN 978 - 7 - 5594 - 4130 - 0
定　　价　48.00 元